KB236984

박영순 장편소설

그 남자

도서
출판 계간문예

박영순 장편소설

그 남자

| 초판인쇄 | 2012년 3월 15일 |
| 초판발행 | 2012년 3월 17일 |

저　　자　박 영 순
발 행 인　서 정 환
편 집 인　백 시 종
주　　간　채 문 수
편 집 장　김 정 례
편집차장　박 명 숙
편　　집　권 은 경 · 김 미 림
펴 낸 곳　도서출판 **계간문예**

출판등록	2005년 3월 9일 제300-2005-34호
주　　소	서울시 종로구 익선동 30-6
	운현신화타워 207호
E-mail	qmyes@naver.com
전　　화	☎ 02) 3675-5633

값 11,000원

ISBN 978-89-6554-038-0 (03810)

ⓒ박영순 2012. Printed in Korea

파본은 본사나 구입한 서점에서 바꾸어 드립니다.
내용의 재사용은 저작권자의 동의를 받아야 합니다.

박영순 장편소설
그 남자

두 번째 소설은 제대로 써야지 했으나 역시 역부족이다. 우리 시대의 이야기를 어떤 형식으로든 남겨야 한다는 사명감만으로 용기를 내기는 했으나, 맘 같이 써지지는 않았다. 못난 내 글이라도 이젠 어쩔 수 없이 세상에 내보낸다. 소설로서의 작품성은 떨어질망정, 작중 주인공이 이 세상을 치열하게 산 것만은 칭찬해줬으면 좋겠다. 소설의 기법에서 보면 엄청난 사건도 없고, 첨예한 갈등구조도 없고, 눈시울을 적시는 감동은 없어도 어려운 환경에서 건전하게, 성실하게, 뛰어나게 세상을 산 한 학자의 삶의 궤적을 세상에 알리고 싶었다. 우리나라에는 이런 사람도 있다는 걸 알리고 싶었고, 이 사람이 전하고자 하는 메시지도 전하고 싶었다. 독자들이 애정어린 마음으로 읽고, 나라와 학문의 발전을 위해 불철주야 노력하는 독불장군 주인공에게 격려의 박수를 보내주었으면 하는 바람이다.

옛날 옛적 호랑이 담배 피던 얘기는 들었지만, 정작 나의 할아버지 할머니의 살아온 얘기를 못 들었던 안타까움을 지녔던 필자는 우리가 살아온 얘기를 후손들에게 부지런히 들려주고, 글로 남기자는 생각을 했었다. 그리고 두 번 째 이야기책을 펴내게 되었다. 주인공을 위해 정화수 떠놓고 아들의 안녕을 빌어주셨던 주인공의 어머니께 이 책을 헌정하고 싶다.

소설은 꽃으로 말하면 화려하고 아름다운 백합이나 장미같이 근사한 언어예술품이 되어야겠지만, 필자의 무딘 필력으로 이름 없고 볼품없는 들풀을 만들어 버린 것이 못내 아쉽다. 그러나 들풀도 나름대로의 생명력이 있고, 존재 이유가 있다고 생각하면서 썼다. 그래도 쓰는 동안은 행복했다. 살아있음에, 글을 쓸 수 있음에, 한결같이 나에게 주기만 하는 햇빛과 바람과 공기가 있음에 감사하지 않을 수 없었다. 때때로 찾아오는 비바람도, 눈보라도 모두 반갑고 고맙기만 했다. 쓰는 동안 가족들도 나에게 힘을 실어줬고, 눈꽃과 함께 엄동설한에 빨간 꽃을 피운 베란다의 동백꽃도 나를 응원했다. 문단 선배님들의 충고를 받아 다음에는 정말 소설다운 소설을 써보고 싶다.

이 못난 글을 책으로 내는 데 용기를 주신 서정자 교수님, 한

상윤 작가님, 백시종 이사장님, 김정례 작가님, 박명숙 작가님
께 감사드리며, 편집과 교정에 힘써준 김미림씨에게 고마움을
표하고 싶다. 계간 문예의 무궁한 발전을 빈다.

2012. 2. 10 박 영 순

목차

고향이여 안녕

춥고 음침했던 계절이 가고 올해도 어김없이 만물에 생기를 불어넣는 계절이 왔다. 따스한 햇볕과 상쾌한 바람과 눈부시게 새하얀 뭉게구름까지 한아름 안고 이 땅에 축복을 전하러 사뿐사뿐 날아왔다. 계절의 날갯짓에 따라 산에는 개나리와 진달래가 흐드러지게 피고, 죽은 것 같았던 나무에도 물이 올라 파릇파릇 새잎으로 화답하고 있다. 겨울 내내 움츠러들었던 사람들의 마음도 새로운 희망으로 활기가 넘치는 어느 날, 서울의 동쪽 끝자락 태능에서는 연중행사가 펼쳐지고 있었다.

－국기에 대하여－, 받들어－, 총!

지휘 생도의 우렁찬 구령 소리, 이어서 은은히 울려 퍼지는 군악대의 애국가 연주……. 육군사관학교 화랑대 연병장의 중앙 부분에 도열한 오늘의 졸업생, 그 뒤에 단정한 예복을 입고 도열해 있는 재학생, 사열대에 자리잡은 대통령을 비롯한 삼부 요인, 외교사절과 고위 장성, 그리고 연병장 주위 스탠드를 가득 메운 졸업생 가족과 친지……. 모두들 엄숙한 자세로 국기에 대한 경례를 올린다. 상철은 이백 명 졸업생 대열 속에 끼어 남다른 감회에 젖어 있다. 지난 4년간 매주 월요일 국기 하기식 때는 물론, 평일 5시면 어김없이 울려 퍼지는 국기하강 나팔소리에 맞춰 몇 미터 밖에서도 주위에 누가 있건 말건 동작을 멈추고 수없이 행한 국기에 대한 경례지만, 오늘은 그 느낌과 무게가 달랐다.

'그래, 이것이 사관생도로서는 마지막 국기에 대한 경례로구나.'

평범한 것 같으면서도 평범하지 않았던 지난날들이 주마등처럼 뇌리를 스친다. 이제 마감되고 있는 육사생도로서의 4년, 부산에서의 고교 시절, 고향에서 지냈던 어린 시절……. 이 모든 상념들이 상철이를 휘감고 있다.

'드디어 졸업이구나.'

그는 그 어느 때보다도 애국에 대한 감정으로 가슴이 뜨거워짐을 느꼈다.

'이제는 내가 국가에 보답할 차례다. 이 순간 이후 나는 더 이상 올챙이가 아니다. 탈바꿈한 개구리는 뛰고 또 뛰어 아주 멀리까지도 가지 않던가. 사열대에 앉아 있는 귀빈들, 나도 언젠가는 저 대열에 들어가고 싶다. 대한민국을 빛내는…….'

그는 희망찬 내일이 기다려진다.

졸업식은 한 치의 오차도 없이 식순에 따라 진행되고 있었다. 학교장의 식사, 그리고 대통령의 축사가 이어졌다. 그다음은 졸업생이 한 사람씩 사열대에 올라가 졸업장을 받고, 대통령과 영부인으로부터 축하 악수를 받는다.

─대통령께서는 연로하시니 악수할 때 손을 세게 잡지 말라. 이백 명의 젊은이가 손을 꽉 잡으면 몸살이 나실지 모른다. 가볍게 손을 잡는 듯 마는 듯 악수하라.

주의를 주던 훈육관과 악수 연습까지 하던 일이 생각나 상철은 피식 웃음이 나올 뻔했다. 그 연로한 대통령은 하와이로 망명가고 젊은 대통령과 힘차게 악수를 했기 때문이다.

졸업식은 이렇게 하이라이트를 지나 우렁찬 행진곡에 맞추어 펼쳐지는 재학생의 화려하고도 절도 있는 퍼레이드로 끝났다. 청백의 대열! 이 두 단어의 짜릿함은 그 대열 속에 있어보지 않고는 맛볼 수 없는 것. '청색' 상의와 '백색' 하의, 금테가 있는

청색모자와 하얀 깃털. 화려하고도 멋있는 예복을 입은 팔백 명
의 육사생도가 여덟 개 중대로 나뉘어 푸른 잔디 위를 행진하는
광경은 그야말로 장관이다. 이 광경을 보고 있노라면 아무리 감
정이 무딘 사람도 감탄이 절로 나온다. 이곳 화랑대 연병장에서
거행되는 행사는 주로 이 화려하고 멋있는 퍼레이드로 막을 내
린다.

뒤이어 열리는 장교 임관식. 임관식에는 대통령도, 삼부요인
도, 고위급 장성도 없었다. 어느새 모두 오래 입었던 생도 예복
을 벗고 계급장 없는 국방색 장교복으로 갈아입고 식장에 나왔
다. 상철은 다른 동기생과 함께 '국가에 대한 충성'을 선서하고
소위계급장을 달았다. 상철 아버지가 그의 오른쪽 어깨에, 연대
군수참모 이승훈 소령이 왼쪽 어깨에 계급장을 달아주었다. 이
소령은 상철이가 연대참모 생도로 근무할 때 지도해 주던 선배
였다. 계급장을 단 졸업생들은 가족과 함께 식장을 떠나고 있었
다. 육군소위가 된 이들은 한 시간 전의 사관생도와는 분위기가
확연히 달랐다. 끼리끼리 껄껄거리기도 하고 심지어는 휘파람
소리도 들렸다. 너나없이 이 순간만은 자유와 행복을 만끽하는
것 같았다. 그리고 뿔뿔이 가족과 함께 화랑대를 떠나면서 졸업
식은 완전히 끝났다. 불과 한두 시간 전까지 졸업식 열기로 가
득 찼던 연병장도 텅 비어 언제 무슨 일이 있었냐는 듯 정적만이
흐르고 있었다.

상철도 가족과 함께 교문을 나섰다. 화랑대에서의 남다른 추억을 간직하고 '건강한 신체, 건전한 정신'이라는 큰 자산을 안고 한사람의 육군 장교 신분으로 교문을 나서는 것이다. 이 제 더 이상 피교육자 신분이 아닌, 남을 지휘하는 지위에 서기 위해 세상으로 나가는 첫 발걸음이었다. 문득 감사한 생각이 가슴 가득 벅차오르며 눈시울이 뜨거워졌다.

'고마워, 화랑대!

'사랑해, 육사!'

지난 4년간의, 힘들었지만 희망과 패기로 가득 찼던 생도 시 절이 오래된 흑백영화처럼 한 장면씩 떠오르기 시작했다.

가입교한 신입생은 정식 입학식 때까지 2개월간 기초군사 훈련(beast training)을 받는다. 이 훈련은 신입생을 민간인에서 군인으로, 다시 말하면 자유분방하던 개개인을 규율이 엄격한 단체의 일원으로 변신시키는 것이 주 목적일 터. 기간은 단 2 개월. 자연히 훈련의 강도는 높을 수밖에 없다. 강한 신체와 정 신력이 요구되는 훈련이었다. 일명 '지옥훈련'이라는 별명이 붙은 그 훈련이었다. 상철은 입교 전에 이 엄한 훈련에 대해 들 은 바 있어 많은 걱정을 하면서 들어왔으나, 그래도 못 넘을 산 은 아니었다. 아침 6시에 일어나면 잠자리에 드는 10시까지 거 의 틈이 없었다. 아니 틈을 주지 않았다.

오전 8시부터 오후 5시까지 공부하는 군사학 시간에는 화기

다루는 법, 전술학 등 군인으로서의 기본 군사학 강의 시간인
데 그냥 지낼 만 했다. 그 외의 시간은 상급생 조교의 선처와 자
비에 맡겨진 시간이라고나 할까? 가끔씩 상급생 훈련 조교의
　—군인정신이 들려면 아직 멀었다!

　하면서 행해지는 특성훈련('기합')이라는 것이 수시로 자행
되기도 한다. 다행히 야비한 구타같은 것은 없었다. 한여름 야
외 강의장(축구장 스탠드같이 생긴 곳에 지붕만 있고 벽은 아예 없다)
에 꼿꼿한 자세로 강의를 듣고 여러 가지 시범을 보고 있노라
면 그렇지 않아도 지친 생도들에게는 그냥 졸음이 쏟아진다.
이런 날에는 으레 그 특성훈련이 가해지곤 한다. '일요일이라
고 그냥 지나가지 않는다.' 대부분의 기초군사훈련을 받는 신
입생들이 하는 푸념이었다.

　이 특성 훈련은 몇 사람의 잘못 때문에 전원이 받는 단체 훈
련도 있고, 개인적으로 받는 경우도 있었다. 특성훈련의 빈도
와 강도 그리고 내용은 조교 생도(3학년)에게 많이 달려 있는데,
악명이 높은 조교도 더러 있었다. 훈련받는 신입생도 어느새
대책이 없을 수 없다. 악명 높은 조교생도가 있는 내무반은 일
부러 피해 돌아가기도 하고, 단체기합을 받을 때는 한 명이 일
부러 넘어지면 다른 생도들이 모두 같이 넘어진다. 그러면 모
두 방면되고 처음 넘어진 한 사람만 남아 추궁 받게 되기도 한
다. 훈련조교의 쥐어박기, '원산폭격'이라는 별명의 거꾸로 서

서 걸어가기, 운동장 수십 번 달리기, 엎드려뻗치기, 토끼뜀뛰기……. 이름높던 기합도 이젠 모두 아름다운 추억이 되었다.

이 기초군사훈련 기간에는 주말마다 번갈아 육사 경내의 사찰, 교회, 성당 등 세 종교기관의 의식에 참여하는 것도 교육의 일부가 되어 있었다. 이 군사훈련이 끝나면 생도는 종교를 갖도록 권장받는다. 물론 최종 결정은 본인 자신이 내리는 것이지만 대부분의 생도는 이 권고를 긍정적으로 받아들여 어느 한 종교를 갖게 된다. 종교는 군인으로서의 사생관(死生觀)에 큰 영향을 미치며, 장차 지휘관이 되었을 때 휘하의 장병이 생사기로를 헤맬 때 종교가 그들에게 얼마나 큰 위안과 용기를 줄 수 있는가를 이해하기 위함일 것이었다. 그런데 사회와는 달리 육사 안에서는 이 세 가지 종교의 교세가 매우 엇비슷했다. 완전 자유로 선택할 수 있는데도 묘하게 균형이 잡혔다.

상철은 부모님이 결혼한 지 20년 만에 얻은 특별한 아들이었다. 어머니는 8남매를 낳았으나 4명을 홍역과 전염병으로 잃고 결국 아들 둘, 딸 둘만 건졌는데, 상철은 맏아들이었다. 상철도 죽을 고비가 있었으나 용한 점쟁이가 남쪽 약을 쓰면 낫는다고 하여 남쪽 의원한테 가서 약을 지어다 먹여 살렸다며 어머니는 이렇게 덧붙였다.

―내 나이 열다섯에 시집 와서 서른다섯에 아들 하나 얻었건만…….내 팔자에 아들이 없나 보다 하고 탄식하던 차였으니

점쟁이 아니라 누구의 말인들 마다 하겠노?

상철이 들어간 의성군 단북면 단북초등학교(당시는 국민학교)는 해방 후의 사회상이 고스란히 옮겨와 있었다. 의무교육이 실시되기 전이라 해방과 함께 폭발적으로 일어난 교육열 때문에 한 학급이 110명까지 되어 2,30명은 창문과 출입문을 다 떼내고 복도에 앉아 수업을 받아야 했다. 입학적령기의 아이들도 많지만, 열 살이나 많은 아이들, 심지어는 결혼한 애도 있었다. 2학년이 되니까 학급당 학생 수가 많이 줄어 7,80명이 되었는데, 알고 보니 나이 많은 아이들이 월반을 했기 때문이었다.

이런 분위기에서 상철은 공부가 별로 재미없었다. 주로 동네 아이들과 어울려 놀았다. 팽이치기, 제기차기, 연날리기도 하였다. 물론 팽이도 아이들 스스로 나무를 깎아서 만들었고, 연도 직접 만들어 날렸다. 또 야구도 했는데, 당시 야구공이 없으니까 어머니들이 힘들여 만든 무명실 뭉치를 몰래 가지고 나와 실이 풀리지 않게 단단하게 묶은 다음 그것을 공으로 쓰고, 글로브도 짚과 헝겊으로 적당히 만들어 썼다. 인원을 다 채울 수도 없고 야구장도 없어 산비탈에서 그야말로 동네 야구를 했던 것이다.

여름에는 동네 개울에서 멱을 감고 겨울에는 썰매를 만들어 탔다. 썰매도 대충 나무로 판을 만들어 철사로 한가운데를 몇 번 가로지른 다음, 한쪽 발로 탔다. 겨울에는 늪에 가서 잉어와 메기도 잡았다. 얼음이 꽁꽁 언 소(沼)에 가보면 잉어와 메기들이 풀잎 밑에 가만히 쉬고 있는 것이 투명한 얼음 사이로 보였다. 그러면 돌로 얼음을 깨고 손으로 잡는데, 시린 손에 물컹하고 미끄러운 물고기의 느낌은 전율을 일으킬 만큼 매우 독특해서 오래도록 잊혀지지 않았다. 농번기에는 농사일도 도왔다. 부모님은 큰아들이 너무 소중해 되도록 농사일을 안 시키려고 했으나 상철은 초등학교 고학년이 되고부터는 스스로 소꼴도 베고, 논도 매고, 타작도 거들었다.

어려서는 잘 몰랐지만 나중에 조금 더 커서 보니 상철이네는 농토가 적었다. 상철의 아버지는 늘 가난하였고, 어머니는 그 가난한 살림을 꾸리는 데 능숙하였다. 상철이 아버지는 부잣집 막내로 태어나서 젊을 때는 가난을 몰랐으나, 결혼하고 분가한 후부터 가난에서 벗어나지 못했다. 매우 부자였던 상철이 할아버지가 돌아가시자 유산은 모두 큰아버지 차지가 되었다. 할아버지가 살아 계실 때 분가해 나간 둘째집은 할아버지로부터 직접 많은 농토를 받아 꽤 부자였다. 그러나 할아버지가 돌아가신 후 분가를 하게 된 상철이 아버지는 큰아버지가 가진 논 백오십 마지기 중에서 겨우 여섯 마지기만 받았을 뿐이었다. 논 여섯 마지기로 일곱 식구가 먹고 살고 네 명이 학교에 다니는 상철이네는 가난할 수밖에 없었던 것이다. 어머니는 큰아버지 원망을 많이 했으나 아버지는 형님을 원망조차 안 하는 무골호

인이었다.

아버지는 그냥 형편에 따라 아들은 초등학교 졸업, 딸은 초등학교 4학년까지만 학교에 보내는 걸로 방침을 세웠는지도 모를 일이었다. 왜냐하면 상철의 누나 두 명이 모두 초등학교 4학년만 마치고 집에서 어머니를 도왔으니까. 그러나 어머니는 어떤 일이 있어도 아들은 중학교를 보내야 한다고 생각했다. 어머니는 궁리 끝에 누나들과 같이 목화를 사다가 실을 뽑고, 그걸로 무명을 짜서 안계장에 내다팔아 돈을 벌어 아들들 뒷바라지를 했다. 안계장은 당시 인근에서 제일 큰 5일 장이었다. 상철이 아버지 3형제 중, 자식 교육에 있어서는 중학교 다니는 아들을 두 명이나 둔 상철이 아버지가 단연 1등이 되어 경제적 순위와 역순위가 되었다. 당시는 동네에 중학교를 다니는 애가 몇 명 없었으니 마을에서 최고의 대접을 받는 것은 상철이 부모였다.

상철이 어머니는 베 짜는 덴 이골이 났다. 시집 온 직후부터 베를 짰기 때문이다. 어머니는 이 당시를 얘기하실 때는 언제나 눈가가 촉촉해졌다. 맏동서의 시집살이 얘기를 할 때면 언제나 얼굴이 일그러졌고, 시어머니 얘기를 할 때면 새색시처럼 얼굴이 발그레해지면서 눈시울을 붉혔다. 상철이 어머니가 처음 시집왔을 땐 부자집 막내한테 시집간다고 친정 동네에서는 떠들썩했다고 한다. 그러나 맏동서 즉 상철이 큰어머니가 심술이 많아 예쁘장하게 생긴 막내동서에게 시집살이를 심하게 시켰는데, 밥을 먹고 있으면 꼭 무슨 심부름을 시켰고, 심부름을 하고 오면 밥이 다 없어졌다고 어머니는 딸들한테 하소연을 하곤 했다. 베를 직접 짜지 않아도 될 정도로 부자였는데도 꼭 막내동서에게 밤에 베 짜는 일을 시켰던 것이다.

겨울에는 베틀에 올라앉아 몇 시간이고 베를 짜고 나면 허기도 지고 발도 시리고 손이 곱아 호호 불어야 했는데 이때 시어머니, 그러니까 상철 할머니는 막내며느리가 안쓰러워 며느리의 손을 당신 품속에 넣어 녹여 주시고, 발을 주물러 주시고 감추어 두었던 밥을 주셨다고 한다. 이 무렵 상철의 큰누나가 홍역에 걸려 죽었다. 빨리 대구의 큰 병원에 데리고 갔으면 살렸을지도 모르겠지만 그건 엄두도 못 낼 일이었으니, 결국 16세의 꽃다운 처녀로 세상을 떴다. 상철은 너무도 예쁘고 착한 누나가 곤고한 집안을 위해 애면글면하던 것이 생각나 가슴이 미어졌다. 무심한 해와 달만 원망했다. 어머니가 한동안 식음을 전폐하시니 더욱 읍읍불락했다.

5학년 때부터는 성적이 반에서 1,2등 안에 들었다. 시험공부라고 따로 한 적이 없는데, 산수가 어려워지면서 상철은 조금씩 두각을 나타내기 시작했던 것이다. 6학년이 되자 처음으로 국가 학력고사가 생겨 전국의 초등학교 6학년 학생들이 똑같은 시험을 한날 한시에 보았다. 이 시험을 위해 학교에서는 방과 후 수업을 하였다. 그러나 상철은 이걸 할 수가 없었다. 과외수업료를 낼 수 없었기 때문이다. 어머니한테 얘기했으면 어떻게든 마련해 주었을지 모르지만 자기 집은 항상 가난하다는 걸 아니까 아예 부모님께 말도 꺼내지 않았던 것이다. 대신 그는 집에서 혼자 공부했다.

드디어 학력고사 날이 되었다. 학교에 가보니 평소와는 많이 달랐다. 우선 자기 학교 선생님은 없고, 전혀 모르는 선생님들이 와서 자리배치를 하였다. 옆 사람과 많이 떨어지게 앉히고, 감독 선생님도 두 분이 들어오셨다. 약간 긴장되는 분위기에서 시험을 봤다. 두어 달 뒤에 결과가 나왔는데 상철은 자기 학교에서는 1등이고 의성군 전체에서는 2등이었다. 담임선생님이 그것을 알려 주시면서,

－상철이 성적이면 경기중학도 갈 수 있다.

라고 했으나 그는 그게 무슨 말인지도 몰랐다.

상철은 고향을 떠나 부산사범학교에 합격할 때부터 행운의 여신은 자기편이라는 생각을 하게 되었다. 자칫하면 초등학교만 졸업하고 경북 의성군 안계면 묵계리(墨溪里)에서 농부가 되었을지도 모르는 절체절명의 순간에 그의 어머니도 국가학력고사에서 전교 1등을 한 아들의 진학을 내심 결정하고 있었겠지만, 진학을 상담하러 가정방문을 오신 담임선생님의 영향이 결정적이었다.

—상철이는 반드시 중학을 보내야 합니더. 이렇게 우수한 아이가 중학을 안 가면 누가 가겠십니껴? 꼭 보내이소.

담임선생님의 말씀에 부모님은 고개를 끄덕였던 것이다.

시골 마을에서 중학교 진학은 빚을 지거나 농사짓던 소를 팔아야 하는 것을 의미하므로 어린 상철의 가슴 한구석에 자기도 모를 결의 같은 것이 생겼다.

당시 의성군에는 두 개의 공립중학교가 있었는데, 상철이 입학한 안계중학교는 서부 일곱 개 면의 유일한 중학교여서, 요즘의 대학 입학보다도 더 흥분되는 일이었다. 중학 입학 이후는 모든 걸 혼자 생각하고, 혼자 목표를 세우고, 혼자 세상을 헤쳐 나가야 했다. 당시 상철이네 집은 동네에서 제일 높은 위치에 있어 마을이 한눈에 굽어보였고, 뒷산에 오르면 넓은 안계 평야가 사방 훤히 내려다보였다. 상철은 이 평야를 바라보면 뭔가 가슴이 탁 트이고 편안해졌으며 나중에는 이 평야보다 더 넓은 세상으로 나가고 싶다는 꿈이 생기기도 하였다.

상철이가 태어나고 자란 이 묵계(墨溪) 마을의 한자 의미는 '검은 계곡' 이란 뜻이지만, 실제로 검은 계곡은 아니다. 묵계는 여느 산골마을과는 달리 사방이 평지로 둘러싸인 개활지대의 농촌마을이었다. 묵계리는 동쪽으로만 낮은 산등성이가 길게 연결되어있는데 그 언덕줄기 끝에 약 150호의 농가가 모여 사는 마을이었다. 얼른 보기엔 부유한 마을같이 보일 정도로 괜찮은 집이 많았고, 실제로도 다른 산골에 비해 괜찮은 편이었다. 이 마을을 중심으로 사방 몇 십 리가 평지이고 평야였기 때문이다. 한가지 특이한 것은 삼면이 늪으로 둘러싸여 있다는 점이다. 그러나 이 늪은 버려진 땅이라기보다 이 마을에서는 보고(寶庫)에 가까운 쓸모 있는 땅이었다. 풀이 늘 있으니 소의 양식이 풍부했고, 부지런하기만 하면 온갖 민물고기와 골뱅이를 얼마든지 잡을 수 있었으니 마을 주민에게는 고마운 땅이었던 것이다. 한가지 불편한 점은 이 늪을 지나야만 넓은 들판을 갈 수 있다는 것이었다. 이러한 지형 탓으로 마을이 발전하기 어려웠는지도 모른다.

묵계는 마을을 개척할 당시 마을 위쪽에 '미기못' 이라는 하나의 못이 있었는데, 이 못의 이름을 따서 '미기', '믹기', '미끼' 로 불려오다가 신라시대에 모든 지명을 한자로 바꾸면서 '묵계(墨溪)' 가 된 곳이다. 그런데 이 마을을 둘러싼 늪에 대한 이야기가 전해져 내려오고 있다. 원래 '믹기' 라는 350호가 사는 큰 마을이 있었는데, 큰 강이 마을 삼면을 굽이쳐 흐르고 있었다. 어쩌면 지금의 하회마을과 비슷한 지형이었을 법도 하다. 그런데 어느 해 큰 홍수가 났다. 인명피해는 물론, 많은 가옥이 떠내려가고, 가축을 잃는 등 피해가 막심하였고, 급기야는 이 대홍수의 여파로 마을은 폐허에 가깝게 되어 버렸다. 마을 주위를 흐르던 강은 20리 밖에서 새로운 물줄기를 형성하여 쌍계천에 합류하여 다시 낙동강으로 이어졌다. 마을 주변은 이젠 흐르지 않는 강에 수백 년(수천 년일지도 모른다) 동안 퇴적물이 쌓여 길이 3㎞의 늪이 되어 버린 것이다. 야산 하나가 떠내려갔다는 위치에는 단단한 돌섬과 그 주위의 늪, 그리고 대홍수 때 이 돌산에 부딪친 물이 큰 회오리를 일으키면서 사람의 키를 조금 넘는 반경 50m의 꽤 큰 소(沼)를 형성하고는 언제 그랬느냐는 듯 조용해졌다.

이 묵계 마을에는 하나의 전설이 내려오고 있었다. '대홍수가 마을의 정기를 떠내려 보내는 바람에 앞으로 큰 인재는 나기 어렵다.' 라는 비관적인 내용과, '언젠가는 옛 믹기의 영광을 재현할 인재가 나온다' 는 낙관적인 내용도 함께 있었다. 마을 주민들은 낙관적인 이야기를 더 믿고 싶어 했다. 또한 '묵'은 '먹'을 뜻하니 '큰 학자가 태어날 마을' 로 해석하기도 했다. 묵계 1, 20리 이내에는 '계(溪) 자' 돌림의 마을 이름이 몇 가지 더 있다. 강의 두 지류가 합쳐지는 곳에 '쌍계(雙溪) 마을', 묵계보다 위치가 높아 홍수 피해가 없었던 곳에 '안계(安溪)마을', 그리고 대 홍수로 새로운 강줄기가 형성된 곳에 '신계(新溪)마을'.

상철이네 집안이 묵계마을에 정착한 것은 할아버지 때부터였다. 하루는 할아버지가 우연히 이 묵계 마을 근처를 지나게 되었는데, 들판이 하도 넓고 풍요로워 깊은 인상을 받게 되었고, 급기야는 이주를 결심하게 되었다고 한다. 묵계와 붙어있는 안계평야는 경북에서 알아줄 정도로 드넓은 평야를 자랑한다. 상철이 할아버지가 10대를 이어 살아온 고향을 떠나기가 쉬운 일은 아니었을 것이나, 옛날 노인치고는 진취적이었던 듯하다. 상철은 묵계에서 4촌밖에 없는 것이 처음엔 이상했다. 조금 더 철이 들고 집안 묘사(墓祀)에 참석하면서 30리 밖에 12대조가 사셨다는 쌍계에 6촌, 8촌은 물론, 10촌이 넘는 친척이 많음을 알았다. 12대조가 경주에서 사시다 당시 비안현이었던 이곳의 현감을 제수 받아 지금의 의성군 비안면 쌍계리로 이주해 온 이후 12대째 살아온 경주이씨 집성촌이 있었던 것이다.

의성군은 기원 전후에 '조문국'이라는 아주 작은 나라였는데, 신라에게 멸망하고 '조문군'이라는 이름으로 개칭되어, 신라 경덕왕(717)까지 이어진 800년의 역사를 가지고 있었으나 고려, 조선시대로 내려오면서 행정구역과 명칭이 여러 번 바뀌어 오늘에 이른다. 상철은 묵계의 전설이 단순히 전설이 아니라 진실일 것으로 차차 믿게 되었다. 상철은 이 '밋기'에서 인재가 난다는 이야기를 들으면 공연히 가슴이 두근거렸다. '묵계의 푸른 꿈'이란 단어를 혼자서 수없이 되뇌어 보기도 하였다.

상철이가 안계중학교에 입학해보니 학생은 모두 3학급이었는데, 한 반이 70명 정도 되었으나, 여학생은 한 학년 전체 중 10명 정도밖에 되지 않았다. 안계중학교도 3킬로미터나 떨어져 있어 40분 이상 걸어다녀야 했다. 중학교부터는 공부를 잘하면 장학금을 받을 수 있다는 걸 알고 상철은 그때부터 공부를 열심히 했다. 영어도 배우고 수학, 과학 같은 것도 좀 더 어려워지니까 공부가 재미있어졌기 때문이다. 반에서는 늘 1등을 하였고, 전체로는 2등을 하였다. 예체능을 다 잘 하는 친구가 한 명 있어 기말에서는 늘 2등이었으나 장학금을 받으니 어머니가 특히 좋아하시면서 2등이 1등보다 더 좋다고 우기셨다. 아들이 전교 2등을 하니 무조건 2등이 더 좋다고 하실 정도로 그에게는 절대적이었다. 상철 자신도 1등은 더 이상의 목표가 없지만 2등은 올라갈 목표가 있고, 그래도 장학금을 받으니 그도 2등이 더 좋게 느껴졌다.

2학년이 되자 그는 이 좁은 시골을 벗어나 더 큰 세상으로 나가고 싶은 생각이 불현듯 들기 시작했다. 이제 한 명 남은 누나가 부산으로 시집가고 난 후 상철이의 헛헛한 마음을 헤집고 고개를 내민 희망의 싹이었다. 그는 어느 누구한테도 이 싹을 보여주지 못한 채 혼자서 꿈 많은 싹을 고이고이 키우고 있었다. 시골에서 중학을 마치고 대도시 고등학교로 유학가려고 하면 무엇보다 넘어야 할 과제는 학력차였다. 일손 바쁜 농사일을 도우며 중학교 다니는 시골 학생과 대도시 중학교의 보다 좋은 교육환경과 입시를 위한 과외 수업까지 받을 수 있는 학생과의 학력은 애초부터 경쟁이 될 수 없었다. 그러니 시골 중학교 출신이 대도시 고등학교로 진학할 땐 모든 기회를 최대한 활용해야 한다. 특차, 1차, 2차, 3차까지 모두 원서를 냈다가 어디든 합격만 되면 고맙다 하고 가는 것이다. 당시에는 보궐 입학도 성행했다. 상철은 '돈이 가장 적게 들고, 수준 높은 고등학교 과정을 마칠 수 있고, 졸업 즉시 초등학교 교사로 임용되는 "사범학교"라는 데가 있다' 는 담임선생님의 말씀을 듣고 속으로 무릎을 쳤다. 마치 자신을 위해 설립된 학교 같았다. 더구나 사범학교는 특차라서 일반 고등학교 보다 먼저 입학시험을 치고, 만일 떨어지면 다시 일반 고등학교를 응시할 수 있으니 모든 게 완벽했다.

'그래, 사범학교를 가는 거야.'

그는 굉장한 정보를 얻게 되었다며 속으로 쾌재를 불렀다. 그날 밤 하늘을 쳐다보니 둥근 달이 반짝이는 별무리와 함께 환한 응원의 미소를 보내주고 있었다. 그때부터 사범학교 입학시험 준비에 매진하였다. 국·영·수는 기본이고 과학·사회·예체능 과목을 모두 공부해야 했다. 그러나 집에서는 아무도 눈치 채지 못했다. 중학교도 겨우 간 집안사정에 도시의 사범학교에 진학하고 싶다는 말을 꺼낼 용기도 없었고, 또한 합격할 자신은 더욱 없었기 때문이다. 드디어 원서를 사서 넣을 때가 왔다. 집에는 누나 댁에 잠깐 다녀오고 싶다고 하고, 어머니한테 교통비를 얻어 우선 대구로 가는 버스를 탔다. 대구에서는 부산가는 기차가 있어서 기차를 타고 부산엘 갔다. 상철이 탄 기차는 유개화차를 개조한, 나무 의자로 된 객차였다. 6·25전쟁이 끝나고 반년 정도 지난 때였으니 오죽했으랴.

부산에 내려 보니 첫인상은 실망 그 자체였다. 다닥다닥 붙은 판자촌, 지저분한 거리, 비릿한 갯내, 낯선 외국 군인들……. 드디어 누나 집에 도착하자 누나는 늘 보고 싶던 친정 남동생이 온 것이 너무도 놀랍고 기뻐서 어쩔 줄을 몰라 했다. 이 머나먼 부산까지 어떻게 왔느냐며 눈물까지 글썽였다. 이튿날 두근거리는 가슴을 안고 부산사범학교에 갔다. 그런데 산비탈에 있는 허름한 건물을 보고는 크게 실망했다. 그러나 본교사 건물은 전쟁 중에 미군 병원으로 징발되었는데, 곧 반환될 것이라는 말에 어느 정도 위안이 되었다. 나중에 안 사실이지만 당시 부산 시내 반듯한 학교 건물은 대부분 관공서로 징발되어 있었다. 원서를 샀는데, 알고 보니 그날이 바로 원서접수 마감 날이었다. 그는 마치 뒤통수를 망치로 얻어맞은 듯 아찔하였다.

'이 일을 어째노?'

한참동안 넋을 잃었다가 정신이 들어 궁리를 해보니 '도저히 포기할 수 없다'는 결론이 나왔다. '사정이라도 한번 해보자.' 큰 용기를 내어 원서를 취급하는 선생님을 찾아가 이틀만 말미를 줄 수 없느냐고 간곡하게 말했다. 그러자 어린 소년이 멀리서 혼자 온 것이 가상하다며, 이틀 후 원서 제출을 허락한다고 쓰고, 자기 이름을 쓰고 도장을 찍어 주었다. 고맙다고 열 번도 넘게 절을 하고 그 길로 안계로 돌아오니 이미 밤중이었다. 이 틀날 아침 학교에 가서 담임선생님에게 원서를 내보이자,

　－사범학교는 워낙 우수인재들이 많이 모이는 곳이지만 상철이라면 한번 도전해 볼 만하다. 남은 시간 잘 준비하여라.

　하시며 원서를 써 주셨다.

　상철은 그 길로 다시 대구로 가서 부산행 열차를 탔다. 약속한 날 오전에 원서를 제출하고 나니 기분이 날아갈 것 같았다.

　'아, 한고비 넘겼다. 우째 이럴 수가 있노? 부산에 그래도 접수 마지막 날에 왔고, 또 운 좋게 이틀이나 말미를 받고……. 또 이렇게 접수를 마치고……. 운명의 여신이 나를 지켜주는 게 틀림없어. 정말이지 운좋게 접수했대이.'

　상철은 속으로 중얼거렸다.

　이제 시험일까지 남은 시간은 3주였다. 3주 동안을 매우 효과적으로 써야 했다. 국영수 · 과학 · 사회 · 음악 · 미술까지 다 시험을 보니 공부할 게 너무 많았으나 착실히 준비했다. 드디어 시험 이틀 전에 다시 부산으로 가면서 이번에는 부모님께 말씀드리고 떠났다. 약간 설레기도 하고 긴장도 되었으나 특차라는 것이 안도감을 안겨 주었다.

　부산에 도착하여 그 이튿날 시립도서관에 가서 마무리 정리

를 하였다. 시험일 아침이 되어 마당에 나가보니 웬 까치 한 마리가 마당에서 무엇을 쪼아 먹다가 깍깍 소리를 내며 날아갔다. 하늘을 쳐다보니 높이높이 떠있는 푸르고 투명한 천이 끝없이 펼쳐져 있고 눈부시게 새하얀 구름이 온갖 모양으로 여기저기 수놓여 있었다. 누나가 차려준 아침을 먹고 정성스럽게 싸준 도시락을 들고 학교에 갔다. 아무도 상철이 시험 치는 데 따라가지 않았지만 그는 어쩐지 기분이 좋아서 혼자 흥얼거렸다.

'나 사범학교 시험 보러 간대이…….'

상철은 큰 출세라도 한 기분으로 우쭐했으나 아무도 그에게 관심을 보이는 행인은 없었다.

'날 몰라주네.'

혼자 생각하며 전차를 탔다. 전번에 부산 왔을 때 전차를 타고 운전기사가 운전하는 것을 보고 신기하고 재미있게 생각되었던 기억을 떠올리면서.

그런데 도중에 전차가 서버렸다.

'이를 어쩌면 좋노?

기사가 말했다.

―정전인데 곧 다시 갈 기라요.

'우째 아침에도 전차가 늦게 온다 싶더니…….'

6·25 전쟁 직후의 전기 사정이야 말할 필요도 없었다. 5분, 10분이 지나도 전차는 움직이지 않았다. 승객들이 하나둘씩

내리기 시작했다. 상철이도 더 이상 지체했다가는 큰일날 것 같아 얼른 내려 버스를 갈아타고 시험장소로 갔다. 도착해 보니 운동장에 가득 모여 있어야 할 응시생들이 보이지 않았다. 가슴이 덜컥 내려앉았다. 사방을 얼른 둘러보니 마침 저쪽 현관으로 줄지어 가는 행렬의 끝이 보였다. 원서접수를 제일 늦게 했으니 아무래도 저 줄의 끝이 끝번호가 아니겠나.' 라는 생각이 번득 들어 그 줄의 맨 뒤를 향해 뛰어갔다. 그의 예측이 적중했다. '후유' 한숨을 쉬며 자리에 앉아 마음을 가다듬고 정신을 모았다. 이마에 땀이 송글송글 맺혔고 등 뒤도 촉촉이 젖어 있었다. 시간이 되니 감독관 두 명이 들어와 앞뒤에서 감독을 하였다.

상철은 시험을 치면서도 '그것 참 재수가 디기(매우) 좋았네…… . 조금만 더 늦었어도 시험을 못 칠 뻔했잖아. 이번에도 행운의 여신이 날 구해 줬구나,'

'이 순간 어머니도 날 위해 기도하시겠지?' 라고 생각하니 힘이 절로 났다. 시험 자체는 쉽지도, 아주 어렵지도 않았다. 집에 와서 한 달쯤 지났을까 부산사범 1차에 합격했으니 2차 시험인 구두시험에 나오라는 전보가 왔다. 그는 뛸 듯이 기뻤으나 혹시 2차에서 떨어져 실망시킬지도 모르겠기에 부모님께 내색을 하지 않고, 2차 시험을 보러 가야 한다고만 알리고 부산에 갔다. 이튿날 구두시험장에 갔더니 첫날의 수험생에 비해

십 분의 1도 안 되는 학생들이 대기하고 있었다.

'아, 거의 합격된 사람만 보는 건가?' 특별히 교사로서의 소양이 부족하다고 생각되는 사람만 걸러내는 건지 모를 일이었다.

줄을 서서 기다리는데 긴장도 되고 들뜨기도 하였다. 차례가 되어 면접실에 들어가니 3명의 면접관이 그를 유심히 바라보는 것이었다.

－멀리 의성에서 왔군요. 거기서 가까운 안동사범이나 대구사범을 안 가고 왜 이 먼 부산사범에 왔어요?

－누나가 부산에 살고 있어서요.

－아, 그래요? 만일 교사가 된다면 교사로서 가장 중요한 게 뭐라고 생각해요?

－교사는 우선 학생을 사랑해야 한다고 생각합니다. 한 명 한 명 사랑으로 가르치고 격려해야 한다고 생각합니다. 아직 어린 학생들이라 교사의 역할이 매우 중요합니다. 학생들이 교사를 믿고 따르도록 정성을 다해야 합니다.

－그럼 공부도 안 하고, 말노 안 듣고, 다른 학생들을 괴롭히는 학생이 있다면 어떻게 해야 할까요?

－그런 학생에게는 그의 가정 사정이나 건강, 성격, 학교 성적 등을 잘 살펴 원인을 알아내고, 특별한 관심과 애정으로 잘 타이르며, 방과 후에 개인 지도를 통해 바로 이끌어주겠습니다.

이런 질문을 받으리라고는 생각지 않았기 때문에 순간적으로 당황했으나, 자신이 생각해도 신기할 만큼 대답이 술술 나왔다.

　ー이걸 읽고 해석을 해 보세요.

　하며 내놓은 것은 영어쪽지였다. 문제가 그리 어렵지 않아서 읽고 해석을 했더니, 됐으니 가라고 하였다.

　집에 돌아와 열흘쯤 지나니 최종 합격 통지서가 왔다. 그는 기뻐서 펄쩍펄쩍 뛰었다. 부모님도 좋아하셨고, 학교 선생님들도 안계중학교에 경사 났다며 칭찬을 하셨다. 이튿날 등교하면서 보니 '경축 이상철 군 부산사범 합격' 이라는 플래카드가 교문에 걸려 있었다.

　부모님은 기뻐했지만 한동안 고민을 많이 하신 모양이었다. 어린 아들을 혼자 부산에서 자취하게 할 수도 없고, 그렇다고 충층시하에서 어려운 살림을 꾸려가는 큰딸한테 아들을 맡기기도 곤란한 모양이었다. 그러나 상철은 그런 문제는 다 제쳐두고 합격한 기쁨만 만끽하고 싶었다.

　이제 졸업하고 부산에 갈 날만 기다리는 석 달 동안 어머니가 아버지를 설득하여, 묵계의 집과 농토를 정리하여 부산에 함께 갈 준비를 하고 있다는 걸 안 건 한참 지나서였다. 막상 이곳을 떠난다고 생각하니 상철은 정들었던 마을이 갑자기 더 아름다워 보이고, 동네의 제일 높은 곳에 위치한 자기 집이 아까운 생각도 들었다. 그러나 이미 주사위는 던져졌으니 다른 방법이 없었다. 그가 조금만 더 컸어도 고민이 더 많았겠지만 앞으로 자기 가족이 부산에 가서 어떻게 살아갈지 깊이 고민하기에는 나이가 너무 어린 것이 오히려 약이 되었다. 어쨌든 상철은 의성을 영구히 떠나게 되었다. 안계중학교도 마찬가지였다.

그가 가장 아쉽게 생각한 것은 지금의 집이 앞으로는 자기네 집이 아니라는 것이었다. 집이 크고 시골서는 보기 드물게 반듯했다. 마당도 넓었다. 그나마 그에게 위안이 된 것은 집을 산 쪽이 어느 개인이 아니라 자기 동네의 가톨릭 신자 모임이라는 점이었다. 성당이 너무 떨어져 있으니까 마을에서 신자들이 모금하여 공소로 쓰기 위해 집을 샀다는 것이었다. 그가 살던 집이 가톨릭의 조그마한 성소가 된다고 생각하니 어쩐지 기분이 좋았다. 그래서였는지 부모님도 값을 따지지 않고 넘긴 것 같았다.

떠나기 며칠 전에 상철은 친구들과 마지막 자리를 마련하고 싶었다. 그는 어머니에게 쉽게 준비할 수 있는 음식이 무엇인지 물었다. 겨울에 먹을 수 있는 것은 배추전과, 조금 더 시간을 준다면 인절미를 해줄 수 있다고 하였다. 과일로는 사과는 구할 수 있을 것 같단다. 그래서 배추전, 인절미, 사과를 준비해놓고 친구들을 불렀다. 주로 1학년 때 함께 놀았던 친구 8명이었다.

ー야들아, 내가 그동안 부산사범 시험 보는 것도 얘기 못했고, 이제 이곳을 떠나는 것도 미리 말하지 못해서 미안하다. 그치만 나는 니들을 못 잊을 기야. 혹시라도 부산에 올 일 있으면 연락해래이. 나도 의성에 올 일 있으면 니들 보러 올게.

―우선 축하한다. 우리는 니가 우리하고 놀아도 어쩐지 우리와는 수준이 다르다는 걸 느꼈었어. 너는 우리들의 희망이야. 부디 성공해서 다시 만나자. 아무리 높이 되더라도 우릴 잊으면 안 돼. 알았제? 한번 친구면 영원히 친구인 기야.

의젓한 창수가 친구들을 대표해 환송 인사를 했다.

―물론이지. 나도 니들을 잊지 않을게. 그동안 고마웠다. 지금은 우리가 모두 가난하지만 분명히 잘 사는 때가 올 기야. 그때까지 니들 열심히 공부하고, 꿈을 크게 가져. 알았제?

자, 먹자. 이것밖에는 준비 못했어.

―고맙다. 잘 먹을게. 우린 너를 위해 아무것도 준비 못했는데, 이거나 받아줘.

친구들이 가지고 온 건 함께 가지고 놀았던 축구공이었다. 그 공에 이렇게 씌어 있었다.

―이상철 선생님 만세! 친구 창수, 정한, 영수, 기찬, 동욱, 진호, 수철, 한수.

그가 사범학교에 들어갔다고 '선생님'이라고 써넣은 것이었다.

―정말 고맙다. 어떻게 이런 생각을 다 했어? 내 공부방 가장

잘 보이는 곳에 놓아두고 매일 볼게.

　3일 뒤 그의 가족은 이삿짐을 싸기 시작했다. 상철은 16년을 살아온 고향 묵계 마을에 하직 인사를 했다.

　– 고향이여, 안녕, 나를 키워준 은혜를 잊지 않으마.

미국 유학

상철은 오랫동안 꿈꿔왔던 미국 유학을 가게 되었다. 1960년대 말 미국에 도착해보니 한국과는 역시 많이 달랐다. 오래된 학생아파트인데도 냉장고, 세탁기, 건조기, 에어컨이 다 있으니 지영이 매우 감격해 하였다. 물론 백화점에 가보면 컬러 TV도 있었지만 아직 그들에겐 그림의 떡이었다. 그리고 자동차도 2명당 한 대 이상이라고 하였다. 화장실도 모두 수세식이고 보드라운 화장지가 상비되어 있어 너무 편리하고 좋았다.

천국이 따로 없었다. 길이란 길은 다 포장되어 있었고, 매연이
별로 없으니까 옷이 더러워지지 않는 것도 놀라웠다.

상철은 외국학생센터에 가서 자기가 왔음을 알리고 그다음
무엇을 어떻게 해야 하는지를 물었다. 친절하게 모든 걸 하나
하나 설명해 주면서 다시 적어주었다. 우선 외국 학생을 위한
오리엔테이션이 있으니 그때 꼭 참석하라는 것과, 한국의 주민
등록번호 같은 소시얼시큐리티 넘버를 받는 절차, 그리고 학과
에 가서 지도교수 정하는 것, 국제 운전면허증이 없으면 어디
에서 운전면허 시험을 볼 수 있는지, 슈퍼마켓은 어디에 있는
지 가르쳐 주었다. 3일 뒤 외국 학생 오리엔테이션에 갔더니
의료보험 가입에 대해 알려주었고, 만일 어려운 일을 당했을
때 걸 수 있는 전화번호 및 이 대학의 학기 시스템, 반드시 알
아야 할 생활 수칙 등을 말과 글로 알려주었다.

버클리는 지척에서 태평양을 볼 수 있어 늘 가슴이 울렁거렸
다. 저 바다 건너에 한국이 있다고 생각하니 기분이 묘했다. 때
로는 한달음에 한국에 다녀오고 싶은 충동도 수시로 느꼈다. 학
기가 시작되어 강의를 듣는데, 그가 걱정한 것보다는 그래도 들
을 만했다. 여름 학기는 짧기 때문에 미국 학생도 보통 한 과목
을 듣지만, 그는 처자식 있는 몸이 그렇게 한가할 수 없다고 생
각하여 두 과목을 들었다. 다른 외국 학생들은 영어만 들어도
벅찬 여름학기에 전공과목 두 개나 듣고 모두 A를 받으니 지도

교수가 '너는 천재인가 보다' 라고까지 칭찬해 주어서 기분이
좋았다.

원래 외국 학생이 학교에 도착하면 배치고사(placement test)
라고 하여 영어 수준이 어느 정도인지를 시험 봐서 영어 과목
들을 걸 결정해 준다. 가령 회화를 못하면 회화 반에, 문법을
잘 모르면 문법 반에, 작문을 못하면 작문 반에서 의무적으로
영어를 들어야 한다. 어떤 학생은 첫 학기엔 전공과목을 못 듣
고 영어만 서너 과목을 들으라고 하기도 한다. 그는 배치고사
에서 성적이 좋아 영어 과목은 하나도 안 듣고 바로 전공과목
을 들어도 된다고 하여 전공과목을 두 과목을 들었던 터였다.

미국의 대학원 공부는 한국하고는 천지 차이였다. 한국에서
는 교수들이 거의 강의도 안 해주고 책 한두 권 소개하는 게 다였
고, 기말이 되면 자유 주제로 리포트를 내면 끝이었다. 그러나
미국은 한 과목에 읽으라고 주는 독서 리스트가 적어도 두세 쪽
이나 되었다. 대충 책 열 권에 논문 4,50편은 보아야 강의를 다
이해할 수 있고, 또 중간고사와 기말고사를 볼 수 있었으며, 리
포트를 내야 하니 정말 공부를 하는 것 답게 할 수 있었다. 그래
서 이미 S대에서 석사학위를 받았지만 그는 석사를 하나 더 하
기로 하였다. 어차피 박사 공부하려면 학점도 많이 따고, 종합시
험 같은 것도 보아야 하니 중간에 석사 논문 하나 더 쓰는 건 별
로 부담이 되지 않았기 때문이다. 그래도 육사에서 원어민 교수

들에게서 영어를 제대로 배운 터라 영어에 큰 어려움이 없는 것이 큰 도움이 되었다. 물론 영어책을 읽고 리포트를 쓰는 속도가 한국에서보다는 열 배로 빨라야만 따라갈 수 있었지만 열심히 하다 보니 저절로 빨라졌다.

정말 문화 충격은 한 학기 내내 받았다. 예를 들어 한국 사람은 모르는 사람한테 절대로 인사도 안하고 웃지도 않는데, 미국사람들은 길가에서 마주치는 사람마다 '하이'를 하면서 미소를 보내준다. 처음에는 '내가 저 사람을 언제 어디에서 봤더라?' 하며 누구인지를 기억해 보려고 애를 썼다. 그러나 조금 후에 어디서든 마주치는 사람에겐 무조건 '하이'라고 인사하는 게 미국의 문화라는 걸 알게 되었다.

미국사람들의 옷차림도 놀라웠다. 학생들이 모두 캐주얼한 옷차림만 하고 다녀서 만일 양복을 입고 넥타이를 매고 학교에 간다면 매우 어색한 분위기였다. 그래서 그도 최대한 편안한 옷을 입고 다녔는데, 문제는 교수들의 옷차림이었다. 30대부터 60대 교수까지 대부분 거의 학생과 똑같이 티셔츠에 청바지 차림이었다. 어떤 젊은 교수는 배꼽이 나오는 티셔츠에 무릎이 너덜너덜한 청바지를 입고 강단에 서서 고차원적인 이론을 강의하니 너무 우스꽝스럽고 어색하여 똑바로 쳐다볼 수가 없었다. 물론 정장에 넥타이를 맨 교수들도 있었는데, 이들은 대부분 나이 드신 교수들이었다. 처음엔 도저히 이해하기 어렵고 적응하기 어려웠으나 시간이 지나면서 익숙해지니까 오히려 편안해졌다. 정말 그토록 형식에 구애받지 않는 미국문화가 때론 거북하게, 때론 부럽게 여겨졌다. 그러나 이들도 남의 결혼식에 가거나 교회에 갈 때엔 깨끗한 양복에 넥타이를 매고 간다. 유치원 학생도 교회에 갈 때엔 양복을 입는다. 자유분방한 가운데서도 규범이 있는 것이다. 지킬 것은 철저하게 지키는 사회였다.

놀라운 것은 이들의 검소함과 절약 정신이었다. 지도교수를 점심시간에 만날 때가 더러 있었는데, 점심 먹었냐고 묻는 법도 없이 혼자서 샌드위치를 먹으면서 그와 상담을 해주는 것이었다. 더욱 놀라운 것은 샌드위치를 넣어 온 종이봉투가 적어도 한 달은 넘게 들었을 법하게 하늘하늘 다 낡은 것이라는 것이었다. 그런 종이봉투 하나도 다 떨어져 도저히 못 쓸 때까지 쓰는 것이었다. 그 유명한 세계적 학자가 말이다. 이런 학자가 출퇴근을 걸어서 하거나(30분 정도 걷는 건 보통으로 여긴다), 낡은 자전거를 타고 다니는 교수도 많았다.

한번은 저녁 7시에 지도교수 집에 오라고 해서 그는 당연히 저녁을 주는 줄 알고 굶고 갔는데, 딱 커피 한 잔뿐이었다. 그러니까 이 사람들은 저녁 먹으러 오라고 분명히 말하지 않으면 아무리 저녁시간이라도 음식을 안 준다. 처음엔 거의 충격적으로 받아들여졌으나 이런 것도 나중엔 다 적응이 되었다.

미국문화는 근본적으로 한국의 문화와 많이 다르다는 것을 뼈저리게 느꼈다. 문화라는 것이 얼마나 사고방식을 다르게 하고, 일상생활을 다르게 하는지도 깨닫게 되었다. 단순히 주식이 밥과 빵과 같이 다를 뿐만 아니라 세상을 보는 눈도 모두 다르다는 것을 느끼기 시작했다. 가령 수업이 끝나고 학생들 몇 명이 함께 학교 식당에 가도 당연히 자기 밥값은 자기가 내는 것도 처음엔 매우 이상했지만 좀 지나고 나니 매우 편리하게 느껴졌다. 서로가 부담이 없기 때문이다. 그야말로 ‘개인’이 모든 일의 중심에 있었다. 한국처럼 ‘우리’보다 ‘나’가 모든 것에서 우선권을 갖는 나라가 바로 미국이었다. 그러니 남의 눈을 의식할 필요도 없고, 더구나 남에 대해 간섭하는 것은 아예 없는 문화였던 것이다.

학기가 끝나면 한국 유학생들끼리 모여 파티를 하는데 집집마다 반찬 한두 가지씩을 가지고 공원에 모여 밥을 먹었다. 당시 버클리에는 한국 학생이 3, 40명 되었다. 새로 온 학생 소개도 하고, 학위를 마치고 떠나는 사람이 있으면 축하도 하고, 아기가 태어났다든가 어떤 학생이 한국에 가서 결혼하고 왔다든가 다른 학교로 가게 되었다든가 하는 새로운 소식도 전하며 축하와 환송을 하는 자리였다. 이런 모임에서 한국 같으면 당연히 술이 있어야 할 텐데 독한 술은 고사하고 맥주도 없었다. 하도 신기해서 물어봤더니 미국에서는 공원에서 맥주라도 마시면 바로 경찰에 연행되어 간다고 하였다. 로마에 가면 로마법을 따라야 한다고 했던가. 정말 한국 유학생들이 철저하게 미국법을 준수하며 사는 것이 현명하고 당연하다고 생각했지만 첫 학기에 겪은 문화충격은 참으로 컸다.

미국에는 공원이 많은 것도 부러운 것 중의 하나였다. 조그만 캠퍼스 타운인 이 도시에도 군데군데 넓은 공원이 있어 그냥 산책도 할 수 있고, 고기를 구워 먹을 수 있는 시설도 있고, 도시락 싸가지고 가서 먹을 수 있는 테이블도 있고, 아이들이 놀 수 있는 시설도 다 되어 있다. 집에서 자동차로 5분, 10분 거리 안에 이런 공원이 여러 개가 있으니 편리하기 그지없다.

미국사람은 자기 집 넓은 정원에 잔디 심고 꽃 가꾸고 살면서도 이런 공원을 마음껏 이용할 수 있으니 정말 축복받은 사람들이었다. 조금만 더 나가면 골프장도 도처에 있다. 무료로 언제든 골프를 칠 수 있다. 물론 상철 부부에게는 그림의 떡이었지만.

강의실에서도 교수가 어느 학생의 이름을 부르면 학생은 자연스럽게 교수의 이름을 불렀다. 한국 학생으로서는 상상도 할 수 없는 일이었다. 가령 제임스 존스라는 교수가 있다면 한국식으로는 '제임스 존스 교수님' 혹은 '존스 교수님' 이라고 불러야 하지만, 처음 만났을 때 그가 '제임스 존스 교수님' 하면 교수는 그에게 '미스터 상철 리' 식으로 대답한다. 그러다가 교수가 그에게 친근감을 표시하려면 ‘상철’ 하고 이름만 부른다. 그러면 그는 ‘제임스’ 라고 이름을 불러주어야 한다. 그러나 한국 학생들은 엄격한 경어법에 익숙하여 도저히 ‘제임스’ 가 안 나온다. 예의를 지켜 ‘존스 교수님’ 이라고 부르면 그 교수는 다시 ‘미스터 리’ 라고 부르게 되는데, 이렇게 되면 교수가 불편하니까 그 이후로는 서로 가까이 하기가 어려워진다. 이런 영어 호칭법을 빨리 터득하여 미국 학생처럼 해야 사적으로도 가까워질 수 있는데, 한국 학생들은 이런 걸 잘 못해 손해를 보기도 한다. 영어에는 어떤 상하관계라도 친숙해지면 서로가 이름을 부르는 호칭법이 있는 것이다.

제일 문제가 되는 것이 지도교수였다. 당시 새로운 이론인 유한요소법을 새롭게 발전시킨 학자로 세계적으로도 상당히 유명한 분이었다. 이 분은 그가 ‘브라운 교수님’ 이라고 부르니까 자기도 계속 ‘미스터 리’ 라고 부르는 것이었다. 그가 이미 육사에서 교수를 하다 왔으니까 더욱 이름만 부르기도 어려운데 ‘상철’ 이라는 이름도 발음하기가 만만치 않으니까 그냥 ‘미스터 리’ 로 계속 불렀다. 4년간이나 지도교수와 지도학생 간이었지만 결국 한 번도 서로를 이름으로 불러보지 못했다. 다른 지도학생들과는 ‘빌(윌리엄을 줄여서 보통 이렇게 부른다)’ 로 부르는데도 말이다.

그의 지도교수는 비록 호칭은 서로가 친숙하게 부르지 못했지만 다른 면에서는 그에게 각별하였다. 그의 능력을 처음부터 높이 평가해 주었고, 그 후로도 4년간 장학금을 주었으며, 다른 학생들이 보통 석박사 학위 받는 데 6,7년, 때론 그 이상도 걸렸지만 그는 석사 1년, 박사 3년에 마치겠다는데도 이의를 달지 않고 뒷받침해 주었다. 그가 논문을 쓸 때도 한 장(章)씩 써서 주면 바로 읽고 코멘트를 해주어 큰 도움이 되었다. 다른 친구들 애길 들어보면 한 장씩 써서 주면 지도교수한테 가서 몇 달씩 걸리는 것이 다반사였다. 모두 자기 연구와 논문 쓰기에 바쁘니까 지도학생 논문 봐 주는 건 뒷전이었던 것이다.

상철은 지도교수 은혜에 늘 감사하며 살았다. 나중에 그가 국제학술지 1호를 낼 때 공동 편집장을 제안했는데 그것도 동의해 주었고, 그가 국제학술회의를 하면서 너덧 번 초청할 때마다 한국엘 와서 조금이나마 보답할 기회를 주어서 감사했다.

한국과 또 다른 점은 쥐꼬리만한 장학금으로 연명하는데도 자기앞수표를 사용하는 것이었다. 그러니까 현금을 쓸 일은 거의 없고, 1,2불짜리 물건을 사도 수표를 써 준다. 수표에 자기 이름, 주소, 전화번호가 다 쓰여 있기 때문에 일일이 확인하지 않고 수표를 받았다. 은행에서 계좌를 열고 수표를 발행할 때 철저하게 신분을 확인하고 수표를 발행해주기 때문이다. 어쨌든 이렇게 수표로 생활하게 되니 그가 항상 수표를 끊어주어야 하고, 은행잔고를 체크해야 했으므로 그만 경제에 관한 모든 것이 상철 차지가 되어버렸다. 처음에 그의 장학금을 그의 이름으로 된 계좌로 받고, 자기 이름으로 수표를 발행했기 때문에 피할 도리가 없었다. 한국에서는 경제 문제에 일체 신경 안 쓰다가 미국에 와서 딱 잡힌 셈이었다. 정말 그의 체질에는 안 맞는 일이었지만 달리 방법이 없었다.

상철이 미국에 와서 한국과 미국의 기술적인 격차를 실감하고 충격받은 것은 컴퓨터였다. 한국에서는 키스트(KIST)에 소형 아이비엠(IBM) 1130(지금 PC 수준 이하)이 설치되었다는 뉴스는 들었으나 직접 본 일도, 사용해 본 적은 더욱 없었다. 미국에 오자마자 첫 여름학기에 '컴퓨터 응용' 과목을 수강하였다. 당시 미국대학의 컴퓨터 시설은 대체로 중앙컴퓨터실에 여러 대의 IBM 360급 컴퓨터가 있고, 각 단과대학 또는 큰 학과에는 IBM 1130급이 있어 중앙 컴퓨터의 터미널이나 학생들의 숙제용으로 사용되고 있었다.

당연히 그가 속한 토목공학과에도 이 컴퓨터 시설이 있었다. 그도 컴퓨터를 이용해 구조계산 방법을 터득했고, 유한요소법이라는 새로운 이론에 따른 구조계산 결과를 점검하곤 하였다. 여러 명의 학생들이 둥글게 둘러앉아 카드에 펀치(구멍내기)하여 컴퓨터 안에 넣으면 작업한 내용이 요즘 프린터기에서 인쇄되어 나오듯 죽 연결된 종이에 구조계산의 결과가 찍혀 나오는 식이었다. 그런데 여러 명이 한꺼번에 입력하면 컴퓨터에서 작업되어 나오는 시간이 너무 많이 걸렸다. 컴퓨터실은 24시간 운영하므로 상철은 밤 12시까진 책과 논문을 읽고, 집에 가서 간식을 먹고 다시 컴퓨터실에서 작업을 하기로 하였다. 밤 12시가 넘으면 학생들이 별로 없어서 작업 속도가 그만큼 빨랐기 때문이다. 그렇게 컴퓨터실에서 5,6시간 작업을 하고, 집에 돌아와 너댓 시간을 자고, 아침 먹고 다시 학교에 가는 생활이 계속되었다. 이러한 컴퓨터는 발전에 발전을 거듭하여 그가 귀국한 몇 년 뒤부터 개인용 컴퓨터(PC)가 나오기 시작했다.

상철 부부는 경제적 고통에 많이 시달려야 했다. 그러니 제일 싼 채소, 제일 싼 고기만 사 먹어야 했다. 그들 형편으론 햄버거도 먹을 수 없었다. 몇 년 뒤 지영이가

─내가 햄버거를 얼마나 먹어보고 싶었는지 알아요?

하고 말해서 상철은 애잔한 마음이 들었다. 머리가 아무리 길어도 이발관에 가서 머리를 자를 돈이 없었다. 지금까지 군대생활만 한 그는 머리가 조금만 길어도 참기 어려웠다. 당시 대부분의 유학생들은 집에서 이발을 했다. 그러니 그도 집에서 이발을 할 수밖에 없었다. 한 번씩 지영이가 머리를 깎으려면 시간도 많이 걸리고, 깎은 뒤에 거울을 보면 별로 마음에 들지 않았지만 대안이 없었다. 둘째가 태어나고 나니 나중엔 아내가 세 명의 이발을 해야 했고, 자신의 머리도 자신이 잘라야 하니 이발 솜씨가 조금씩 늘어갔다. 그는 아내의 머리를 못 잘라 주

는데 아내가 이만큼이라도 해주니 고마울 수밖에 없었다.

그런데 이번에도 하늘은 상철이 편이었다. 우선 지영이도 심리학과에서 입학허가와 함께 장학금을 받게 되었고, 그도 여름 방학 석 달은 장학금이 없는 펠로우십에서 열두 달 내내 나오는 장학금으로 바뀌게 되어 한결 숨통이 트였다. 당시 미국에서는 어린이집에 아이들을 보내도 전혀 돈이 들지 않았다. 정부에서 무상으로 보육할 수 있는 어린이집을 동네마다 만들어 놓았기 때문이다. 정말 부러운 나라였다.

한번은 심리학과에서 외국학생들을 위한 파티를 하는데, 배우자도 다 초청한다는 연락이 왔다. 마음이 썩 내키진 않았으나 상철은 지영이가 원하니 할 수 없이 따라갔다. 미국에서는 대부분의 모임은 기본적으로 부부동반이기 때문에 특별한 일 없이 빠지긴 미안해서 참석했는데 만나서 인사하는 사람마다 '하이, 미스터 정'이라고 하는 것이 아닌가? 아내가 정씨니까 남편인 자기는 당연히 정씨인 줄 알고 그렇게 부르는 것이었다. 기분이 나빴지만 미국의 문화를 이해하게 된 그는 자신이 '미스터 정'이 아니고 '미스터 리'임을 설명해주었다. 설명을 들은 그들은 미안해하며 다시 '미스터 리'로 부르면서도 한국이 그토록 남녀평등을 이룬 민주적인 나라냐며 놀라는 것이었다. 그들은 결혼하면 아내는 남편의 성을 따르는 제도였는데 그것이 남녀 차별이라는 것도 모르고 살았고, 한편 우리나라는 여자가 결혼을 해도 자기의 성을 지키고 사는 것이 남녀평등 제도인데 그것을 모르고 살았던 셈이었다. 일본만 해도 결혼하면 여자는 남편의 성을 따르는데, 그런 데 대해서는 무감각했던 것이다.

일 년 뒤에 지영이 둘째를 임신하게 되었다. 지영은 두 돌 지난 아이를 키우며 입덧까지 하면서 공부하는 것이 어려운지 휴학을 하였다. 둘째 애까지 임신하고 나니 자동차 없이는 도저히 살 수가 없었다. 미국은 대중교통 수단이 워낙 없기 때문에 자동차 없이는 생활이 거의 불가능했다. 10년 된 뷰익을 300불에 샀다. 이것도 돈이 모자라 학교에서 융자를 받아서 샀기 때문에 매달 2,30불씩 갚아야 했다. 워낙 오래 된 차라 그런지 자동차에 계속 문제가 생겼다. 그래도 정비소에 갈 돈이 없으니까 차는 무조건 상철이가 고쳤다. 자기 차를 자기가 손보는 것은 당연했고, 공대생들은 더욱 그랬다. 하지만 어떻게 그렇게 할 수 있었는지 그 자신도 신기할 뿐이었다. 전에 자동차를 운전해본 것도 아니고, 더구나 수리 같은 건 해 본 일이 없었기 때문이다. 육사 다닐 때 자동차학개론에서 자동차의 전반적인 구조와 기능을 배웠을 뿐인데, 급하니까 그냥 머리가 돌아갔다. 우선 무엇이 문제인지를 파악하고 어떤 부분이 어떻게 잘못 되었는지를 알아내어 교체할 부품은 사다가 직접 교체하고, 쓸 수 있는 것은 먼지를 닦아내고 기름칠을 하는 등 자동차에 대한 지식과

분석력과 응용력을 총동원하여 자동차를 고쳐 가면서 타는 그를 지영은 신기해 하였다.

상철은 4년 만에 석박사 과정을 다 마치고 토목공학박사학위를 받았다. 학위가 끝나면 즉시 귀국해야 하지만 남보다 워낙 일찍 끝낸 데다, 군사 관련 연구소에 취직이 되었기 때문에 1년의 체미 연장 허락을 받았다. 그는 미육군건설기술연구소에서 1년간 일하면서 매우 소중한 경험을 하게 되었다. 건설부나 국토부 같은 것이 없는 미국에서는 이러한 몇몇 육군 연구소가 우리나라 건설부의 역할을 대부분 하고 있었다. 이 연구소가 이곳 버클리에 있게 된 것은 같은 도시에 있는 버클리 대학이 토목 분야에서 미국 대학 내 최상위권이어서 연구 인력 충원을 쉽게 하기 위해서였을 것이다.

그가 이 연구소에서 수행한 2개의 주요 프로젝트 중 첫 번째는 레터만 육군 병원의 내진 안전 진단과 보수 계획 작성이었다. 이 병원은 샌프란시스코 지역에 위치한 2차 대전 중에 건립된 6층 건물을 주축으로 하고 있었다. 지은 지 30년이 지났으니 최신기술로 다시 안전 진단을 하고 계속 사용할 것인지, 헐고 다시 지을 것인지를 결정하겠다는 것이었다. 대충 '많이 낡았으니 안전을 위해 재건축하자' 는 논리에 익숙했던 상철에게는 신선한 느낌으로 다가왔다. 당시 '유한요소법' 에 의한 새로운 구조 해석 기법이 실용화되어 그에 따른 컴퓨터 프로그램인 SAP4와 TABS가 상업용으로 처음 나온 때였다. 이 분야는 그의 박사학위 논문의 주제인데 벌써 상용화되고 그것을 신속히 적용하려는 미국인의 진취적인 자세에 또 한 번 놀랐다. 나중에 귀국 후 이 프로그램을 한국에 소개했으나 큰 반응은 없었다. 한국은 기술적으로 아직 이를 받아들여 활용할 단계가 아니었던 것이다. 상철의 연구결과에 따라 결국 레터만병원은 보수, 보강한 뒤 아직도 사용되고 있다.

그가 관계한 두 번째 프로젝트는 지하 미사일 발사대의 안정성에 관한 연구였다. 지하 발사대에 대기하고 있는 미사일을 받치고 있는 거대한 스프링군이 침수(일부러 물을 넣은 것인지는 알 수 없었다)되면 이온 반응을 일으켜 스프링에 균열이 생겨 비상시 실제 미사일 발사를 못 할 수도 있다는 우려 때문에 안전을 확보하려는 목적에서 연구가 진행되었던 것이다. 상철이가 맡은 부분은 이 스프링군에 대하여 컴퓨터에 의한 동력학적 해석을 하는 것이었다. 아직 미사일 같은 것은 한국에서는 상상도 못하던 시절에 미사일과 관련된 연구를 한다는 것 자체가 상철이로서는 가슴 벅찬 일이었다. 많은 기밀사항이 있어 전부를 알 수는 없었으나 주어진 데이터 즉 미사일의 무게, 발사 시 충격 계수 등은 모두 제공되어 주어진 연구를 수행하였다. 연구가 끝난 뒤 상철이가 귀국한 후에 전체보고서가 나왔기 때문에 보고서 전체를 보지는 못했지만 아주 소중한 경험을 한 것

임에는 틀림이 없었다. 이 두 프로젝트에 참여한 경험은 나중 그가 귀국 후 우리나라 최초의 내진 설계 규준(안)을 만들고 민방위시설을 만드는 데 큰 도움이 되었다.

지영이도 다시 복학하여 공부를 계속했다. 1년 동안 그가 제대로 된 월급을 가져오고 지영이도 장학금을 받고 하니 형편이 좋아져 결혼한 후 처음으로 안정되고 행복한 날들을 보내게 되었다. 주말이면 전철을 타고 샌프란시스코도 가 볼 수 있게 되었다. 정말 교과서에서만 배웠던 샌프란시스코는 너무나 아름답고 쾌적한 항구도시였다. 날씨도 연 평균 20도 내외로 참으로 살기 좋고, 인근에는 관광거리도 많았다. 따스한 봄 햇살이 온 집 안에 가득한 느낌이었다.

그러나 이러한 행복이 채 두 달도 되기 전에 아버지가 폐암에 걸리셨다는 청천벽력 같은 소식이 날아들었다. 아들 된 도리를 하자면 귀국하여 아버지를 간병해야 했으나 모든 여건이 그렇질 못했다. 그는 한 푼이라도 더 돈을 보내드려야 했고, 지영이는 어린아이 둘을 데리고 들어가 봐야 간병할 여력도 없었다. 더구나 지영이가 아직 학업 중에 있었기 때문에 다른 방법이 없었다. 그때는 비행기 값이 너무 비싸서 웬만해선 쉽게 왕래할 수도 없었다. 하는 수 없이 간병인을 한 명 쓰기로 하고, 그는 최대한 돈을 보내드리기로 하였다. 둘은 또다시 빈손이 되었고 오히려 빚을 지게 되었다. 결국 아버지는 그렇게 투병

생활을 하시다가 상철의 귀국을 한 달여 남겨 놓고 돌아가셨다. 폐암 판정을 받고 항암치료를 받은 지 11개월 만이었다. '부모는 기다려주지 않는다.'고 한 말이 실감이 났다. 자식이 모든 여건이 되어 효도할 수 있도록 부모는 기다려주지 않는다는 것을 뼈저리게 느꼈다. 그나마 아들이 학위를 받은 것을 알고 돌아가셨으니 다행이었다. 특히 그의 경우 워낙 늦게 얻은 아들인데다, 유학 같은 힘든 길만 걸었으니 아들 노릇도 제대로 못한 채 아버지가 돌아가시게 된 셈이었다. 상철은 아버지에게 용서를 구했다.

'아버지, 불효자를 용서해 주세요.'

갈림길에서

아직 추위가 채 가시지 않은 2월 어느날 상철이네 가족은 생면부지의 부산이지만 누나네 집 가까운 동네에 조그만 집 하나를 마련하고, 부모님, 상철, 한 살 아래의 남동생 상현, 8년 아래의 여동생 상희, 이렇게 다섯 식구의 부산 생활이 시작되었다. 어머니는 가족들의 생계를 위해 조그만 구멍가게를 내고 아버지는 목수 일을 시작하였다. 그러나 아버지 어머니가 아무리 열심히 일해도 다섯식구가 먹고, 세 명이 학교에 다니는 상철네는 일주일에 한두 번은 저녁을 굶어야 했다. 온 가족이 물로 배를 채우는 데 익숙해졌다.

상철은 되도록 가정 일엔 관심을 안 두는 척했다. 다 알려고 들면 골치가 아플 것 같고, 안다고 해도 학생인 자기로서 어쩔 수도 없으니 그냥 모르는 척 어머니가 해주는 밥 먹고 도시락 싸가지고 학교로 내빼면 그만이었다. 물론 저녁을 못 먹고 물로 배를 채우는 날엔 '반드시 성공해야지.' 두 주먹을 불끈 쥐곤 했다.

사범학교에 입학해보니 남학생 두 반, 여학생 두 반, 모두 네 학급 240명이었다. 남학생들은 여학생들에게 조금이라도 더 잘 보이기 위해, 혹은 부산시내에 교사 발령을 받기 위해 열심히들 공부했다. 사범학교 공부는 국영수 같은 기본 과목 외에 과학, 사회 과목은 물론이고, 교직과목도 이수하고 음악, 미술, 체육까지 공부해야 했는데, 그는 이들 예체능 과목이 싫었다.

부산에서 학교를 다니면서 경상북도의 사투리와 경상남도의 사투리가 다르다는 것도 알게 되었다. 예를 들어 그가 경북 사투리로 '이게 뭐로?' 하면 친구들은 그를 놀려댔기 때문이다. 당시 부산사범학교엔 경상북도나 타도 출신은 많지 않았고, 거의 부산이나 경남에서 온 아이들이 대부분이었다. 그래도 김현태 등 여러 명의 친구를 사귀어 별로 외롭진 않았다. 한 학기가 지나자 상철도 경남 사투리에 익숙해 갔다. 그가 '이게 뭐꼬?' 하면 경남 친구들이 '이게 뭐로?' 하면서 사투리를 맞바꾸게 되어 많이 웃었다.

상철은 주말에는 이웃아이들에게 과외를 하여 자기 용돈은 자기가 벌어 쓰고, 조금씩 모아두었다가 가끔 어머니 손에 쥐어드리기도 하였다. 집에서 학교가 멀어 매일 버스를 타고 다녀야 했다. 하루는 집으로 가는 버스를 탔는데, 웬 여학생이 타고 있었다. 매우 예쁘장하고 온순하게 생겼는데, 교복과 배지가 자기 학교 것이었다. 반가운 마음이 들어 말을 걸었다.

－저 혹시 사범학교 학생 아니세요?

－네, 맞는데요.

－몇 학년이세요?

－1학년인데요.

－아, 예. 나도 사범학교 1학년인데…….

－그래요?

－네. 반가워요. 어느 동네로 가세요?

－연지동으로요.

－그래요? 나도 연지동에 가는데…….

－그러세요?

그는 속으로 이 여학생이 내일도 모레도 이 버스를 타면 좋겠다고 생각했다. 조금 더 가니까 그 여학생은 먼저 내렸다. 그는 창밖을 보면서 손을 흔들었으나 그 여학생은 뒤도 돌아보지 않고 갔다. 조금 섭섭했으나 내일도 모레도 만나게 되기만을 바랐다. 그러나 이튿날도 그 다음날도 그 여학생은 보이지 않았다.

'참 이상하다. 이 버스를 안 타면 어떻게 집에 갔단 말인가?'

반마다 종례시간의 길이가 다르니 하교하는 시간도 모두 다르다는 것을 알게 되었다. 일주일 뒤쯤 종례가 좀 빨리 끝난 날 그는 곧장 버스를 타지 않고 좀 기다려보기로 했다. 한 5분쯤 기다리니 그 여학생이 나타났다. 아는 체를 했다.

-그동안 잘 지냈어요?

-예.

-오랜만이네요.

-예.

여학생은 입을 다물었다. 그리고 몇 정거장을 가다가 내렸다. 이번에는 그도 따라 내렸다.

-여기서 집이 가까우세요?

-예.

-이것도 인연이니 이제 이름 정도는 알고 지내도 되지 않을까요? 같은 대한민국 국민이잖아요?

그랬더니 여학생이 배시시 웃는 것이었다. 그는 이제 됐다고 생각하면서 먼저 이름을 말했다.

-나는 2반에 있는 이상철이에요.

-나는 3반에 있는 한정자예요.

-고마워요. 그럼 안녕히 가세요.

-예. 안녕히 가세요.

그는 다시 버스를 타고 오는데 자꾸 휘파람이 나오려고 하는
걸 억지로 참았다. 그리고 일주일 쯤 뒤에 다시 그녀를 만났다.
그는 몹시 반가웠다.

-아무래도 우리가 인연이 있긴 있나 보네요, 또 만나는 걸
보면.

-같은 방향의 버스를 타니까요.

-오늘 집에 빨리 가야 돼요?

-예.

그리고는 입을 다물었다. 그는 속으로 그녀의 성격이 너무
냉정하거나 자기를 매우 안 좋게 본다고 결론짓고 이제는 잊어
야겠다고 생각했다. 한동안 수업을 마치고 학교에서 공부를 좀
하다가 버스를 탔다. 그녀와 마주치지 않기 위해서였다. 하루
는 바로 집으로 가기 위해 버스를 탔다가 다시 정자를 만났다.

-안녕하세요? 정말 오랜만이네요. 잘 지냈지요?

-글쎄요.

-글쎄요? 왜 잘 못 지냈나요?

그녀는 묵묵부답이었다. 그는 갑자기 궁금해졌다.

'무슨 일일까?

　그는 오늘 다시 한 번 대화를 시도하기로 했다. 여학생이 내릴 때 그도 따라 내렸다.

　－왜 잘 못 지냈는지 궁금해서요.

　－말할 수가 없어요.

　－왜요? 동급생 친구 사인데 뭐 어때요? 말해 보세요.

　－창피해요.

　－예?

　－상철씨가 안 보여서 걱정했잖아요.

　－예? 나를요?

　－아이, 몰라요.

　그리고는 달아나 버렸다. 그는 가슴이 쿵쿵 소리 내는 걸 느꼈다. 그날은 어떻게 다시 버스를 타고 집에까지 왔는지 생각도 안 났다. 이튿날 그는 버스 정류장에서 기다렸다가 그녀를 다시 만났다. 그녀가 내릴 때 따라 내렸다.

　－우리, 내일부터는 매일 버스를 함께 타고 올래요?

　－예.

　－좋아요. 그럼 오늘부터 우리는 진짜 친구가 된 거예요. 알았죠?

　－근데 친구끼리 존대말을 하나요?

　－그러네……요. 그럼 지금부터 말을 놓기로 해……요. 오늘 우리 친구 된 기념으로 악수나 해……요.

-예. 자.

-그럼 내일 봐……요.

상철은 날듯이 기뻤다. 난생 처음 여학생과 친구가 되기로 한 것이었다. 좀 전에 잡은 그녀의 보드라운 손의 체온이 오랫동안 남아 있었다.

그렇게 두 사람은 매일 같이 버스를 타고 다니며 조금씩 우정을 키워 갔다. 이제 그들은 만나면 공부에 관한 것은 물론, 집안 일까지 서로 이야기를 나누게 되었다. 알고 보니 그녀는 2남 1녀 집안의 외동딸이었고, 아버지는 고등학교 교사였으며, 어머니는 부산사범을 나와 초등학교 교사를 하고 있었다. 큰오빠는 S대 의대를 다녔고, 둘째오빠는 K대 법대를 다니는 아주 좋은 집안의 아이였다. 그는 뭐 하나 내세울 게 없는 터라 그냥 이렇게 말했다.

-우리 아버지 어머니는 내가 세상에서 제일 잘난 줄 알고 있는 순박한 분들이고, 누나는 결혼을 했고, 나는 맏아들이다. 동생들은 다들 착하고 공부도 잘한다.

이렇게 버스 데이트를 하던 그들은 드디어 주말에 만나기로 약속했다. 그러나 만날 장소가 마땅치 않아 일단 정자가 매일 버스를 내리는 곳에서 만나기로 하였다. 토요일 오후 4시쯤 사복을 입고 만났는데 만나도 딱히 갈 데가 없었다. 할 수 없이 시립도서관에 가서 공부도 하고 휴게실 같은 데서 얘기도 하면 되겠다 싶었다. 둘이는 버스를 타고 시립도서관 앞에 내렸다. 도서관 안에 들어서니 이게 웬일인가? 상철이 반 친구, 정자네 반 친구가 여러 명 와 있는게 아닌가? 거기까지 생각 못한 게 불찰이었다. 둘은 할 수 없이 우연히 도서관 앞에서 만난 것처럼 행동하면서 정자는 자기 반 친구들이 있는 쪽으로 가고, 상철은 자기반 친구들이 있는 열람실로 와서 책을 펴고 앉았다. 공부를 하려고 해도 이상하게 공부는 안 되고 정자의 얼굴만 떠올랐다. 그는 앙앙불락하여 집으로 와버렸다.

그 다음부터 그는 버스에서 정자를 만나도 그전처럼 반갑게 대할 수가 없었다. 미안하기도 하고, 자기가 너무 못난 것 같기고 하고, 현실이 답답하기도 했기 때문이다.

－지난번 도서관에서 왜 일찍 집에 갔니?

입을 뗀 것은 정자였다.

－응, 미안해. 공부도 안 되고 해서 그냥 집에 갔어.

－찾으니까 없더라.

－찾았어?

－응. 다음번엔 우리집에 갈래?

－너희 집에?

－응, 길게는 안 되지만 한 시간 정도는 괜찮아. 엄마가 나보다는 한 시간 정도 늦게 퇴근하시거든.

－그래? 그럼 다음번에는 너희 집에 가자.

그는 새로운 희망이 생겼다. 정자가 자기 집에 오라는 걸 보니 진짜 친구로 생각하는구나 싶었다. 그녀를 만날 기대에 구름을 타고 하늘에라도 올라가는 기분이었다. 이튿날은 학교에 가는 것이 더욱 신났다. 싱글벙글하며 등교를 하려는데 동생이 낌새를 차린 모양이었다.

-형, 요즈음 무슨 좋은 일 있어?

-그런 게 있다.

이제 학교에 오는 게 더욱 즐거워졌고, 어쩐지 공부도 더 잘되었다. 수업을 마치고 종례가 끝나자 그는 부리나케 버스 정류장으로 달려갔다. 그러나 정자가 안 보였다. 그는 기다리기로 했다. 한 30분이나 지나서야 그녀가 나타났다. 상철은 너무 반가워 막 껴안고 싶은 걸 참았다. 그런데 가만 보니 표정이 매우 어두웠다.

-왜 무슨 일 있어?

-응.

-무슨 일인데?

-이제 우리 못 만날 것 같아.

-아니, 왜?

-엄마가 내 일기장을 봤어.

-일기장에 내 이야기가 있었어?

-응.

─그렇지만 우린 아무것도 나쁜 짓 안 했잖아. 동급생 친구일 뿐인데…….

─그래도 너 이야기가 너무 자주 나오니까…….

─그게 잘못이야?

─부모님은 내가 사범학교 학생하고 친하게 지내는 건 절대 안 된대. 부모님이 모두 교사니까 다른 직업을 가진 사람이어야 한대.

─우리가 무슨 결혼할 나이도 아니고, 이제 겨우 고1인데 단순한 친구로도 사범학교 학생은 안 된대?

─아버지 어머니는 무조건 사범학교 학생과는 아예 친할 생각도 하지 말래.

─너 생각은 어때? 나는 너 생각만 따를 거야.

─나도 너랑 계속 친구로 지내고 싶어. 그러나 당분간은 조금 떨어져 지내는 게 좋겠어. 아버지 어머니가 날 감시한댔거든.

─알았어. 그럼 내일부터 내가 학교에 좀 더 있다가 버스를 탈게. 만일 만난다 해도 아는 체를 안 할게. 그러면 되는 거야?

─응, 미안해. 당분간이야.

─알았어.

이렇게 ‘당분간’ 이라 했지만 그들은 결국 다시 못 만나게 되었다. 처음엔 몹시 마음이 아팠지만 상철도 현실로 돌아와 보니 자신이 이러고 있을 처지가 아님을 깨닫고는 마음을 추슬렀다.

어느새 그 해도 가고 2학년이 되었다. 정자와의 일이 계기가 되었는지 모르겠지만, 상철은 그만 사범학교에 흥미를 잃고 시틋해지기 시작했다. 거의 한 학기 동안 심각한 고민에 빠졌다. 그때부터 사범학교를 빠져나갈 수 있는 길을 찾기 시작했다. 사범학교를 자퇴하지 않고 졸업한 후 갈 수 있는 길은 매우 제한적이라는 걸 알게 되었다. 첫째는 정상적으로 교사로 나가는 길, 둘째는 국립대학 사범대학으로 진학하는 길, 셋째는 사관학교로 진학하는 길, 이 세 가지 길밖에 없었다. 그는 세 번째 길을 가기로 결정했다.

그가 사관학교를 가겠다고 비교적 쉽게 결정한 데는 하나의 계기가 있었다. 2학년 여름방학 때 고향에 다녀오는 기차 안에서 뜻밖에 육사 생도와 마주 앉게 되었다. 진해에서 개교한 4년제 정규 육사의 첫 졸업식이 있다는 뉴스와 포스터 등을 본 일이 있는지라 깊은 관심을 가지고 몇 가지를 물어보았다.

－입고 계신 것이 육사생도 복장입니까?

－그렇다.

－저도 관심이 있는데 '고등학교'가 아니라 '사범학교' 졸업한 사람도 지원 가능한가요?

－그럼 가능하고말고.

－불이익은 없나요?

－그런 거 없다.

─저는 신체가 약한 편인데 견딜 수 있을까요?

어쩌면 가장 궁금한 대목이었다. 심한 훈련으로 알려져 있었으니까.

─보기에 건강해 보인다. 초인적인 체력이 필요한 건 아니다.

─훈련만 많이 하고 공부는 조금만 하나요?

─천만에! 공부는 어느 대학보다 많이 시키고, 훈련은 다른 대학 학생들이 놀 때 한다고 생각하면 된다.

그는 궁금하던 것을 다 물어 볼 수 있었고 생도는 성의있게 답변해 주었다. 무엇보다도 생도의 자신감 넘치는 자세가 그의 마음을 움직이기에 충분했다. 육사라는 데가 성실한 보통사람들이 가는 곳이고, 전쟁으로 폐허가 되다시피 한 대학들과 달리 대학 교육을 제대로 하는 곳이라는 것이 상철이 얻은 결론이었다. 그 육사생도와의 대화를 통해 육사가 군사훈련이나 하는 훈련소 비슷한 학교라는 평소의 인식을 버릴 수 있었다. 이렇게 적절한 때에 육사 생도를 만날 수 있었다는 게 기적처럼 여겨졌다. 부산사범에 올 때도 하느님이 자기를 이끌어 주었듯이 이번에도 하느님이 자기를 육사로 인도해 줄 것만 같은 예감이 들었다.

그때부터 육군사관학교 입시에 관한 정보를 수집하면서 시험 준비를 하기로 결심했다. 2학년 2학기부터는 아르바이트도 그만두었다. 사범학교에 다니면서 육사 입시 준비가 쉽지만은 않았지만 그는 또 한 번의 비상을 위해 이를 악물고 공부했다. 학원에 갈 형편도, 누구한테 과외를 받을 형편도 안 되니 오직 혼자 모든 걸 알아서 해야 했다. 학교 결석도 잦아졌다. 시립도서관에서 입시공부를 하기 위해서였다. 혼자 공부하고, 체력장 시험을 위해서도 아무도 없는 밤에 학교 운동장을 달리거나 팔굽혀펴기, 턱걸이 등 육사 시험에 필요한 운동을 해야 했다. 평소에 운동을 좋아하지도 않았고, 운동이라고는 학교 체육시간에 하는 것밖에 없었으므로 육사 체력장 시험에 합격하기엔 턱없이 부족한 걸 알게 되었기 때문이다. 사관학교에 들어가려면 공부도 초일류여야 하지만 신체적으로도 아무런 이상이 없어야 하고, 체력이 매우 좋아야 하며, 여러 가지 체력장 시험에 합격해야 한다.

상철은 이렇게 혼자서 1년여를 소리 없이 준비하여 드디어 육사에 원서를 내게 되었다. 물론 떨어지면 교사로 나가면 되지만 교사를 하고 싶지 않았던 그는 육사 합격을 절실히 바랐다. 시험 날이 되어 시험장소인 M고등학교에 갔는데 첫날은 국어, 수학, 과학을 보았고 이튿날은 영어, 사회, 제2 외국어를 보게 되어 있었다. 그런데 우연히 수험생들이 나누는 얘기에서 사회과목 속에는 국사도 포함되어 있다는 걸 알게 되어 앞이 캄캄하였다. 사회과목이 일반사회인 줄 알고 일반사회만 공부했는데 국사가 포함되어 있다니 큰일이었다. 학원도 과외도 한

번 안 받은 그는 정보에 그만큼 어두웠던 것이다. 그도 그럴 것이 동기생 중에 사관학교 가겠다고 준비하는 학생도 없었고, 사범학교 선배 중에도 사관학교에 진학한 사람이라고는 없었으니까.

'그러나 저러나 당장 내일이 시험인데 이를 어쩌노?'

그는 너무나 당황했지만 그렇다고 포기할 수도 없었다. 하는 수 없이 책방에 들러 국사를 입시용으로 잘 정리해 놓은 책을 한 권 사서 밤새 공부하기로 했다. 그래도 고등학교 때 배운 과목이고, 중학교 때도 지리 선생님에게 역사를 함께 배웠기 때문에 그리 생소하지는 않았다. 다만 입시준비를 안 했기 때문에 하루 밤새 공부해야 한다는 중압감이 엄청났다. 마음을 다잡아먹고 첫 장부터 차분히 읽어 나가면서 중요하거나 자기가 잘 몰랐던 부분은 표시를 하여 한 번 더 보기로 하였다. 네 시간 만에 책을 다 읽고, 표시한 부분을 한 번 더 정독하고 나니 다른 과목은 들여다 볼 시간이 없었다. 너덧 시간을 자고 일어나 보니 아직 한두 시간 여유가 있었다. 국사의 표시한 부분과 다른 과목의 소제목을 대강 훑어보고 시험장으로 갔다. 다행히 시험은 어느 정도 잘 본 것 같았다.

상철은 50대 1이라는 초유의 경쟁률을 뚫고 합격했다. 그는 이 세상을 다 얻은 듯 기뻤다. 6·25전쟁이 끝나고 휴전한 지 얼마 안 된 때였으니 응시자 입장에서는 이보다 더 좋은 기회가 없었기 때문에 당시 사관학교의 인기는 하늘을 찔렀다. 먹을 것도 없고, 대학을 나와도 들어갈 직장이라고는 별로 없던 시절에 어차피 군대에 가야 하는 남자들로서는 학비 면제는 물론, 적지만 월급까지 받으며 온전히 대학교육을 받을 수 있고, 졸업하면 바로 장교로 임관되며, 잘 하면 장군도 바라볼 수 있는 학교이니 더 이상 좋을 수가 없었던 것이다. 더구나 휴전이 되어 아주 위험하지도 않은 때이고, 국민 1인당 소득이 60달러도 안 되던 때였으니 전국의 수재들은 너도나도 사관학교에 몰렸던 것이다. 동기생들 중에는 S공대, 의대, 이과대 수석까지 한 학생들이 육사에 합격하여 입학한 친구들도 여러 명이었다.

나중에 사관학교 입학 후 그들 중 한 친구에게 물어보았다.

– S의대 합격했으면서 육사에는 왜 왔어?

– 나는 아예 S의대 갈 생각이 없었는데 고3담임선생님이 우리 고등학교 S대학 합격률을 높이기 위하여 쳐보라고 해서 쳤어.

이런 친구들은 S대건 육사건 시험만 보면 붙을 수 있는 수재들이었다.

재미있는 것은 합격 당시의 성적순으로 군번을 매겨 누가 몇 등으로 합격했는지를 알게 되어 있었다. 상철은 상위 10퍼센트 이내에 드는 번호를 받아서 더욱 감격했다.

학과시험은 부산의 M 고등학교에서 보았기 때문에(만 명이나 되는 응시생들을 위해 각 지방의 병무청은 지원자가 그 지역의 고등학교에서 볼 수 있도록 조정을 한 모양이었다) 필기시험을 합격하고 나서 체력검정과 면접시험을 보기 위해 육사에 처음 발을 디뎠다. 체력검정은 문제없는 듯했으나 면접시험을 보고는 크게 걱정하게 되었다. 인적사항이나 입학동기 등에 대한 질문을 한 다음 면접시험관의 갑작스런 질문에 상철은 그만 크게 당황하고 말았다.

－학생, 시조 좋아하나?

－예.

－한 수 읊어 봐.

－백두산석 마도진…….

…….

남아 이십…….

이게 왠일인고. 더이상 전혀 생각이 나지 않았다. 그냥 정몽주의 '이몸이 죽고 죽어 일백 번 고쳐 죽어…….' 나 읊었으면 얼마나 좋았으랴? 공연히 멋있게 남이장군 시를 읊는다는 게 그만 이토록 생각이 안 나다니. 머뭇거리는 순간 면접시험관이 다시 말했다.

－그럼 노래 한 곡 해봐.

상철이는 시조를 못 읊어 당황하고 있는 중이라 노래를 하라는 말에 더욱 당황하고 이젠 아무런 생각도 할 수 없는 지경이 되었다.

면접관의 다음 말이 상철이를 완전히 절망에 빠뜨렸다.

-그럼 나가 봐.

육사에서 이런 류의 면접시험을 치르는 것은 순발력이나 담력을 테스트하는 거겠지 라고 지레짐작하니 후회스럽기 그지없었다. 늘 좋아서 외우던 '백두산석 마도진 두만강수 음마무 남아이십 미평국 후세수칭 대장부(白頭山石 磨刀盡 頭滿江水 飮馬無 男兒二十未平國 後世誰稱 大丈夫' 백두산의 돌 칼 갈아 다하고 두만강의 물 말 먹여 (적을) 없애리. 사나이 스물에 나라를 평정치 못하면 후세에 누가 대장부라 칭하랴)

남이장군은 17세의 나이로 무과에 급제하고 이시애의 반란을 토벌하여 1등 공신으로 명성을 날렸고, 27세에 병조판서가 되었으나 그의 명성을 시기하던 유자광이 '남아이십미평국'을 '남아이십미득국'으로 '평(平)'을 '득(得)'으로 고쳐서 '남이가 왕이 되고자 했다'고 모략하는 바람에 역적으로 몰려 억울한 죽음을 당한 것을 너무도 안타까와하며 자주 흥얼거렸던 이 시가 왜 생각 안 났는지 정말 알 수 없는 일이었다. 사범학교에서 배운 그 많은 노래는 왜 또 하나도 생각이 안 났는지…….

어쨌든 엎질러진 물이니 빨리 잊고 '이번에 부산으로 돌아가면 다시 서울 오기 어려울 테니 오늘 야간열차로 내려가지 말고 평소에 제일 보고싶었던 경무대(지금의 청와대)나 구경하고 내려 가자.' 이런 생각을 하고 다음날 아침 전차를 타고 경무대 근처에 내려서 둘러보니 조그만 언덕같은 것이 보였다. '저기를 올라가 보면 뭔가 보이겠지.' 이런 생각을 하며 열심히 올라갔다. 그런데 뒤에서 누군가 부르는 소리가 나서 돌아보니 경비초소에 있던 경찰이 뛰어나왔다.

－여기가 어딘 줄 알고 올라가느냐?

－경무대 구경할라꼬요.

경찰관이 어이없어 하면서 학생증을 검사하고 서울에 온 이유 등을 묻고는

－집에 가거라.

라고 했다.

상철은 더 이상 서울에 머물고 싶지 않았다.

그길로 서울역에서 부산행 열차를 탔다. 불안, 초조 그리고 절망의 시간이 흘렀다. '그 시조와 노래'만 생각하면 자다가도 벌떡 일어났다. 하루하루가 피말리는 시간이었다. 두 달이나 지났을까. 차차 안정이 되어갈 때쯤 육사에서 최종 합격 통지서가 왔다. '아, 역시 행운의 여신은 나를 버리지 않았구나.' '조상님들 감사합니다.' 그는 너무 기뻐 어머니를 등에 업고 집 안을 한바퀴 돌고 내려놓았다. 아직 겨울이 남아 있어 쌀쌀한 날씨였지만 여름만큼이나 뜨거운 기운이 상철을 훨훨 하늘로 밀어 올리는 듯했다.

육사는 특차였으므로 합격통지를 받고 입학식까지는 거의 5

개월이 남아 있었다. 다른 대학들은 모두 4월에 입학했지만 육사는 7월 1일이었다. 정규육사를 만들고, 미국의 원조로 학교를 운영하면서 교육과정도 미국 육사 웨스트포인트의 것을 많이 따르느라 입학일도 거기에 맞춘 결과였다. 몇 년 뒤에 한국제도에 맞춰 3월 졸업, 4월 입학으로 바꾸게 된다(몇 년 후 다시 2월 졸업, 3월 입학으로 바뀌었다). 그는 그때까지 무얼 할까 하고 있던 차에 다른 동기생과 함께 졸업과 동시에 밀양 사포국민학교에 발령이 났다. 사범학교 3년간 열심히 공부한 친구들은 부산시내에 발령받았으나, 그는 육사 시험 준비로 사범학교 공부는 최소한만 했으니 밀양까지 밀려갔다. 사포국민학교는 밀양에서도 시내가 아니고 시내와 외곽의 경계선에 있는 조그만 학교였다. 교통이 나빠 찾아가는 데만 한나절이 걸렸다. 가서 보니 한 학년이 한 반밖에 되지 않는 아주 작은 학교였다.

그는 4학년 담임을 맡아 열심히 가르치면서 체육시간이면 학교에서 10분쯤 거리에 있는 밀양강에 아이들을 데리고 갔다. 아이들은 강에서 물장난도 치고 수영도 하면서 너무들 좋아했다. 상철은 이렇게 평화롭게 사는 것도 나쁘지 않다는 생각을 했다. 만일 사관학교에 합격하지 않았다면 이대로 평화롭고 편안하게 살았으면 싶기도 하였다.

한 학기가 거의 끝나 교장선생님께 사연을 말씀드렸더니 축하해 주면서도 몹시 섭섭하고 언짢아했다. 상철은 아이들한테

많이 미안했지만 자기보다 더 좋은 선생님이 와서 잘 가르쳐
주기를 바라면서 총총히 밀양을 떠나 서울로 왔다.

육사 교수의 빛과 그늘

상철이 귀국해서 효도를 하겠다는 생각도 모두 무위로 돌아
가고 아버지는 그렇게 외로이 돌아가셨다. 어머니와 누이 둘이
임종을 했으니 그나마 다행이었다. 아버지가 돌아가신 당시에
는 상철은 그 사실을 알지 못했다. 어머니가 알리지 말라고 하
였기 때문이다. 한 달 뒤면 돌아온다고 하니 그때를 기다린 모
양이었다. 상철 부부는 한 달 뒤에 귀국하여 아버지를 산소에
서 뵙게 되니 너무도 죄송할 뿐이었다. 대신 홀로 남은 어머니

에게는 마음껏 효도를 했다. 여행도 많이 보내드리고, 아내가 친구 분들에게 식사 대접도 하고, 딸네 집이나, 친척집에도 마음껏 다니시게 하고, 좋은 옷도 사드리고 좋은 음식도 많이 사드리니 기분이 좋았다. 어머니 생신 때는 육사아파트의 모든 노인들을 초대해 식사를 대접했다. 효도를 할 수 있는 부모님이 한 분이라도 계시는 것이 큰 기쁨이었다.

그가 도미할 때만 해도 육사 아파트가 없었으나 돌아와 보니 그 사이에 지어져 있었다. 평수는 15평, 18평, 24평 등 세 가지였다. 처음엔 15평으로 입주했다가 1년 뒤 18평으로 옮기게 되었다. 지영이는 한국에 와서 K대에서 박사과정을 계속했다. 워낙 부지런하고 공부를 좋아하는 체질이라 집안일을 다 하면서도 자기 공부는 공부대로 하니 말하자면 또순이였다.

귀국한 후 그는 역 문화충격을 받았다. 상전벽해라고 해도 크게 틀리지 않을 정도였다. 출국할 때의 초라한 김포 국제공항은 산뜻한 새 청사로 바뀌어 있었으며, 서울은 지하철이 있는 도시로, 태릉 가는 2차선 도로는 8차선 도로로 확장되어 있었다. 수세식 화장실도 많이 생겼고, 부드러운 화장지도 나왔다. 비록 흑백이지만 TV도 가진 집이 많이 생겼고, 전화를 가진 집도 많이 생겨났다. 심지어 국산 자동차도 나오고 있었다. 그들이 미국에 가 있는 5년 동안 한국은 눈부신 경제성장과 함께 산업이 급속히 발전하고 있었던 것이다. 도로에 가로수도 많이 심어져 있었고,

군데군데 예쁜 꽃들도 장식되어 있었다. 경제적으로 조금 여유가 생기니 이런 도시 미화를 할 수 있게 된 것이었다. 모든 것이 새로워졌고 깨끗해졌다, 갑자기 선진국이 된 것 같아 매우 기쁘고 흡족하였다.

무엇보다도 실감이 안 나는 것은 그가 미국유학 갈 때는 육군 대위였는데 김포에 다시 내릴 때는 육군 중령이 되어 있는 것이었다. 그리고 본격적으로 군복 입은 교수로서의 역할이 시작되었다. 육사 교수로 재직하는 동안 여러 에피소드가 있었지만 건축 전공 프로그램을 창설하고 졸업생을 배출했던 일이 가장 즐거운 일이었다. 건축 전공 졸업생 중 한 명이 현재 육사에서 유능한 교수로 재직하고 있으며, 국가에 많은 기여를 하고 있는 모습을 보는 것은 그에겐 큰 즐거움이다. 그가 미국 있을 동안 육사생도들도 군 생활 도중에 빨리 사회로 진출할 수 있는 길을 터주기 위해 전공 분야를 가지게 하는 제도를 만들었는데, 건축은 전공 교수가 없다 보니 빠져 있었다. 상철이 돌아와서 학생들의 선호도 조사에 건축을 한번 넣어봤더니 가장 많은 학생들이 선호하는 것으로 나타났다. 상철은 건축 전공을 만들어야 한다고 주장했으나 인접 분야 교수들이 극력 반대했다. 그들은 학문분야 이기심으로 건축 전공을 못 만들게 하려고 무던히도 반대하고, 방해했을 뿐만 아니라, 상철을 오히려 학문분야 이기주의자로 몰아갔다. 전공교육을 시작도 하기 전부터 그 전도가 심상치 않음을 예고했다.

그가 건축전공의 필요성을 강조한 것은 단순히 건축 기술자, 건축설계사를 기르고자 함에 그치지 않았다. 상철은 군의 작전계획과 건축계획이 서로 통하는 부분이 있다고 생각했던 것이다. 작전 계획에서는 가용병력과 무기를 무기의 성능, 적의 예상되는 행동 등에 따라 적절하게 배치해야 한다. 건축계획에서도 가용한 공간, 공간과 공간간의 상충관계, 주요도 등을 최적상태로 배치해야 하고, 전반적인 조화와 미적요소까지 고려해야 하는 것이 작전계획 짜는 것과 유사하다고 보았기 때문이다. 특히 군사 관련 건축은 국가 안보와도 밀접한 관계에 있기 때문에 육사생도들이 교양으로도 건축과목을 듣고, 또 전공자도 양성해 놓으면 나중에 졸업 후 어디에 배치되더라도 매우 유용할 것이라고 생각했기 때문이었다. '황새의 큰 뜻을 참새가 어찌 알손가?' 혼자 중얼거리면서 같은 교수 간에도 의사소통이 잘 안 되는 것이 답답했다.

그러나 그는 포기하지 않고 끈질기게 노력하여 결국 건축 전공을 만들었던 것이다.

세상사가 다 그렇듯이 학과 내에서도 환영과 냉소가 엇갈렸다. 노력 끝에 이룬 성과에 대해

―정말 수고했어요. 학과가 크게 발전할 거요.

하면서 격려를 해주는 선배가 있는가 하면

-저와는 상관 없으니 건축 관련 과목을 맡기지 마세요.

하는 후배교수도 있었다.

-아무래도 준비가 필요할 것 같아 전공교육 시작을 1년 미루도록 교장님께 건의했네, 그리 알게.

당시 교수부장의 말이었다.

1년이 되기 전에 교장이 바뀌기라도 하면 유야무야할 속셈임을 상철은 간파하고 교수부장의 야지랑에 매우 언짢고 씁쓸하였다.

상철은 학교 건물을 설계도 하고 마스터플랜을 짜기도 하다 보니 육사교장 등 높은 분들의 신임을 얻게 되었다. 그분들과 수시로 의견을 조율하고, 함께 고민도 해야 했기 때문이다. 특히 당시 육사교장이었던 한명진 장군은 그를 무척이나 아껴주었다. 한장군은 나중에 참모총장이 되면서 그를 육사에서 데리고 나가 요직에 앉히려고까지 하였으나 그가 사양했다. 그는 이미 정통 군인이 아닌 학자의 길을 가고 있었기 때문이다. 어쨌든 그분의 호의는 두고두고 고마웠다. 이분은 나중에 박정희 대통령 서거 후 권력을 잡은 신군부의 모함을 받고 사병으로 강등되고 감옥살이도 하는 등 수모를 겪어 상철은 참담함을 금치 못했다. 정말 세상사가 무섭다는 생각이 들었다. 물론 그 장군은 다음 정권 때 복권되었다.

어쨌든 그렇게 설계를 담당하다 보니 상철은 육사 내에 그의 흔적을 몇 점 남기게 되었는데, 육사 정문, 충무관, 흥무관 건물이 그것이다. 육군사관학교 3대 교육시설 중 2개를 그의 손으로 설계했고, 정문을 설계했다. 그는 지금도 이 건물들을 볼 때면 좀 더 잘 했더라면 하는 아쉬움도 있지만, 당시 설계에 몰두했던 때를 생각하면 가슴 뿌듯함을 느끼기도 한다. 또한 학교 시설 마스터플랜을 짜느라 주말에도, 방학 동안에도 쉬지 못해 힘들었던 시간들이 지금은 모두 즐거운 추억이 되었다. 아무도 기억해 주지 않고 아무도 높이 평가해주지도 않지만 주어진 공간에 어떤 건물을 어떻게 배치하고, 건물 자체의 기능적 배치, 그리고 조경 계획 등을 세워 보는 것은 매우 흥미롭고도 보람있는 일이었다.

그는 미국에서 구조역학의 최신 이론인 유한요소법(finite element method)에 대한 논문으로 박사가 되었다. 한국 학자로는 처음이어서 귀국하자 학계와 산업계에서 비상한 관심을 보여 특강도 많이 하고, 자문도 많이 하였다. 그가 자문을 한 구조물로는 롯데호텔, 럭키 쌍둥이 빌딩, 신 성수대교, 올림픽경기장, 대전 엑스포 시설 등이었다. 나중에는 영종대교, 인천대교, 인천공항도 자문을 하였다. 그리고 대학원 강의도 S대, K대, Y대 등 닥치는 대로 다 했다. 논문도 많이 썼다. 그리고 10여 년간 건설부(지금의 국토해양부) 중앙설계 심사위원, 내무부(지금의 행정안전부)의 정책자문 위원 등 법정 자문기구의 위원으로도 활동을 했는데, 그 중에는 민방위 시설 관련 일도 있었다.

한국은 아직도 북한과 대치하고 있는 상태이며, 역사적으로 외세의 침략을 많이 받은 나라이기 때문에 국가 비상시에 국가의 중추신경이 안전하게 대피할 수 있는 시설이 필요하다. 어느 정도 국가가 안정되고 경제적으로도 안정이 되니까 이런 시설의 필요성을 생각할 수 있는 여유가 생겼던 것이다. 유사시에 대피할 수 있고, 지상에서 어떤 공격을 당해도 그 화를 면할 수 있는 시설이 있다는 걸 국민들도 알면 든든하게 여길 것이었으나, 당시는 극비로 진행되었다. 이렇게 열심히 일하다 보니 상철네 가족은 경제적으로도 안정을 얻어 한국에서는 처음으로 저축도 하게 되어 오랜만에 걱정근심 없이 살게 되었다.

이 무렵 한국에서는 처음으로 자동차도 샀다. 자주색 포니였다. 벌써 자동차는 많이 보급되고 있었으나 육사 아파트에서는 두 번째로 일찍 자가용차를 산 셈이었다. 아들들이 너무나 좋아하니 그도 기분이 좋았다. 미국에서 유학할 때 10년 된 차를 사서 고생했던 일이 주마등처럼 지나갔다. 차가 있으니 처가에 다녀오기도 훨씬 수월해졌다. 하루는 처가에 갔는데, 아버님이 부탁이 있으니 꼭 들어달라고 하시는 것이었다. 무슨 일인지 말씀만 하시라고 했다. 어차피 그가 할 수 없는 일을 부탁할 리는 없으니까. 지금까지 그는 장인어른한테 물질적으로나 정신적으로 은혜를 입으면 입었지 자기가 해드린 건 별로 없었으므로 이번에 조금이나마 보답하는 심정으로 장인의 부탁을 들어드리리라 속으로 생각하면서 아버님의 말씀을 기다렸다.

그런데 뜻밖에도 아버님의 부탁은 안동시 일직면에 있는 임야를 하나 사라는 것이었다. 이번에 안동 시유림(市有林) 약 30정보(약 9만 평)를 민간에 불하하는데, 당신이 입찰에 나서 줄 테니 없는 셈 치고 장만해 묻어두라는 것이었다. 입찰에 응한다고 꼭 불하받게 된다는 보장은 없지만, 노력해 볼 테니 돈을 준비해 두라고 하시는 것이었다. 상철부부는 물론 그렇게 하겠다고 했다. 며칠 뒤 전화를 하셔서는 평당 몇 십 원에 낙찰받았으니 돈을 준비하라고 하셨다. 돈을 마련하여 보내드렸더니 한 달쯤 후에 상철 명의로 된 등기권리증이 도착했다. 아무리 산골 벽지의 산이지만 9만평이라는 땅이 자신의 명의로 등기된 것을 보니 그는 가슴이 뭉클하며, 새삼 아버님의 사랑에 눈시울이 뜨거워졌다. 나중에 들으니 아버님은 최저가로 불하받기 위해 밤새 좋은 숫자를 찾아내어 입찰에 임하셨고, 그것이 맞아떨어져 일이 성사되었던 것이다.

이것을 계기로 상철네는 그 후 3, 4년에 걸쳐 인접한 산을 비슷한 가격에 좀더 사 넣어 약 100정보, 30만 평의 임야 소유자가 되었다. 워낙 싼 임야들이라 다 해 봐야 아파트 10평 값도 안 되지만 기분은 매우 좋았다. 그들은 이후 몇 년에 걸쳐 나무를

심었다. 그와 지영이가 직접 심기도 하고 일꾼들을 사서 심기도
했다. 30년이 지나니 이 나무들이 모두 거목이 되었다. 나무가
자라는 모습을 보는 것은 참으로 큰 즐거움이고 기쁨이었으며,
삶의 활력소가 되었다. 아이들을 데리고 가서 산을 보여주며,
나무를 심는 일이 국가적으로 얼마나 중요한지를 설명해주기
도 하였다.

지영은 세 번째 아기를 잉태하여 딸을 낳았다. 딸이 태어나
니 모두 좋아했다. 우선 오빠들이 너무나 좋아했다. 그도 딸이
하나 있었으면 하는 막연한 바람은 가지고 있었는데, 딸이 태
어나니 몹시 기뻤다. 더구나 아이가 크면서 너무나 예쁘고 똘
똘하여 세상을 다 얻은 듯 행복했다.

그는 여전히 바쁘게 살았다. 언제 계절이 바뀌는지, 세상이
어떻게 돌아가는 지도 모르게 일만 했다. 가족들의 얼굴도 제대
로 보지 못 하는 날이 많았다. 강의도 몇 대학에 나가고, 회사 자
문도 해주고, 프로젝트도 했다. 바쁜 만큼 돈도 들어왔다. 그래
서 착실히 모아 집을 하나 사야겠다는 목표를 세웠다. 육사 아
파트가 너무 작기도 하고, 시내에서 너무 멀어 불편하기도 하였
기 때문이다. 그러던 어느 날 퇴근을 하고 집에 와 보니 아내와
큰애 인수가 보이지 않았다. 인수가 5학년 때의 일이었다. 어머
니께 모두 어디 갔느냐고 물었더니 인수가 다쳐서 병원에 갔다
는 것이었다.

-다쳤다고요? 어떻게 하다 다쳤는데요?

-인수가 아파트 마당에서 자전거를 타고 놀고 있었는데, 그만 뒤에서 차가 애를 덮쳤다는구나. 어서 S병원에 가보아라. 나도 가슴이 벌렁거려 죽겠다.

지금까지 이렇게 가슴이 두근거려 본 적은 없었다. 도대체 어디를 얼마나 어떻게 다쳤는지 궁금하기 이를 데 없었다. 바쁘다는 핑계로 많이 놀아주지도 못하고, 자기 손으로 옷 한 벌 사준 적이 없는 아이였다. 이렇게 되자 갑자기 아이에게 미안한 생각과 함께 아이가 얼마나 소중하고 자랑스러운 존재인지 새삼스럽게 깨달았다. 그는 정신없이 S병원으로 달려갔다. 헐레벌떡 아이 병실에 들어서 보니 아이는 눈가가 온통 퍼렇게 멍이 들어 눈동자가 거의 보이지 않는 모습으로 머리에 붕대로 감고 누워 있었다. 상철은 앞이 캄캄했다.

'우리 아이가 머리를 다쳤구나. 이 일을 어떡해?'

그는 웬만해선 당황하는 체질이 아닌데 이번에는 정신이 아찔했다. 아내는 우느라고 정신이 없었다.

-인수야, 많이 놀랐지? 지금 어디가 제일 아프니?

-괜찮아요. 의사선생님도 괜찮댔어요.

속으로 많이 안도하면서 다시 물었다.

-그래? 의사선생님이 뭐라고 하셨는데?

-머리에 금이 갔대요. 눈은 멍만 빠지면 괜찮을 것 같대요.

- 천만다행이구나. 어디 아프지는 않고?

-머리가 좀 띵하긴 하지만 그렇게 많이 아픈 데는 없어요.

-도대체 너를 이렇게 만든 놈이 누구야? 그놈은 왔었니?

-예, 젊은 아저씨였어요. 아직 면허증도 없는데 자기 아버지 차를 몰고 나왔다가 제가 자전거 타고 가는 걸 너무 늦게 발견해서 미처 못 피했나 봐요.

-세상에 그런 나쁜 놈이 어딨어? 남의 귀한 아들을 완전히 죽일 뻔한 거잖아? 그놈 오기만 해 봐라. 이 아빠가 가만두지 않을 테니.

-아버지, 그러지 마세요. 제가 운이 나빴던 거죠. 저는 괜찮아요. 그래도 의사 선생님이 제가 명산 자손이래요. 이 정도밖에 안 다쳤다고.

-무슨 소리야? 명산 자손이면 아예 안 다쳐야지.

-여보, 그만 하세요. 애 피곤하겠어요. 인수야, 아무 생각 말고 쉬어.

아내가 그때 한마디 하고 나섰다. 얼마나 울었는지 눈이 퉁퉁 부어 있었다.

-다 내가 덕이 없어 그래요. 그럼 당신이 여기 있을래요? 난 집에 가서 어머니, 아이들 밥 좀 챙기고 올게요.

-알았어. 여기 걱정은 말고 천천히 다녀와요.

상철은 아내를 보내고, 온통 눈가가 퍼렇게 멍든 아이를 보고 있자니 만감이 교차했다. 허니문 베이비로 태어난 큰아들. 인물도 준수하고, 키도 크고, 공부도 잘 하는 우리 아들! 다른 집 아빠들은 아이들을 데리고 목욕탕도 다니고, 좀 커서는 테니스도 치고 야구도 하면서 놀아준다는데 자기는 성격도 무심한 편이고, 일에 치여 그런 다정한 아버지 노릇을 해준 적이 없다. 기껏해야 주말에 한번씩 자장면 사준 게 다였다.

그는 나쁜 짓 안하고 그저 열심히 사는 게 가장으로서 할 일을 다 하는 것으로 생각해 왔다. 아이 키우는 건 모두 아내의 몫이고 자기는 그저 바깥일 잘 하고 곁눈질 안하는 것으로 가장의 일을 다 한다고 생각하고 살아왔다. 또 아내가 모든 걸 알아서 잘 해주니 자기가 딱히 할 일도 없는 것으로 여겼다. 아내가 얼마나 힘 드는지 아이들, 특히 남자아이들이 아빠의 다정한 손길을 얼마나 기다리고 있는지 그런 건 생각지도 않았다. 실제로 너무 바쁘기도 했다. 유학하고 돌아오니 어쩌면 부르는데도 그렇게 많은지 하루는 이런 생각이 들었다.

'만일 내가 이 세상에 없다면 이 사람들은 모두 어떻게 했을까?'

학교, 학회, 정부, 기업체, 무슨 위원회……. 처음 귀국해서는 불러주는 게 고마워서 어떤 청도 다 들어 주었고, 시간이 지나면서 그의 능력을 알고는 부르는 데가 계속 늘어났다. 한국 사회는 대학교수에게 의지하는 것이 참으로 많다. 무슨 심사,

무슨 자문, 무슨 회의, 무슨 토론, 무슨 조사……. 온갖 일에 대학교수를 참여시켜야만 되는 그런 구조이다. 거기다가 몇 군데 대학원 강의, 학회의 특강 등 몸이 열 개라도 모자라겠다는 생각이 많이 들었다. 그래도 아직 젊어서인지 거절을 못하고 웬만한 것은 다 들어주다 보니 매일 밤중에 들어왔고, 매일 피곤을 느꼈으니 가족까지 챙기는 건 거의 상상도 못했던 것이다. 그러다 보니 아이들한테 아빠 노릇도 못 하고, 늙으신 어머니에게 아들 노릇도 못하고, 아내한테도 남편 노릇을 못했던 것이다.

이런 저런 상념에 젖어있는데 저녁 밥상이 들어왔다. 아들이 오른팔에 링거를 꽂고 있어 그가 먹여주어야 할 상황이었다.

−인수야, 저녁 먹자. 옳지, 일어나 앉아 봐. 내가 먹여 줄게.

−예.

막상 아이에게 밥을 먹이려고 하니 어떻게 해야 할지 막막했다. 잠시 생각해보니 아무래도 국부터 먹이는 게 맞을 것 같았다. 그래서 국을 한 숟갈 떠서 먹이려는데 아이가 불평을 했다.

−아빠, 국물이 떨어지잖아요.

−알았어. 내가 손을 받칠 테니 어서 먹기나 해.

그러나 손을 받쳐도 국물이 손가락 사이로 빠져 담요 위에 떨어졌다. 이번엔 밥을 떠서 아이 입에 넣었다.

−자, 밥이야. 어서 먹어.

-밥숟가락이 너무 크잖아요?

-알았어. 그럼 조금 적게 떠서 줄게.

밥을 떠 넣어 준 다음 반찬을 젓가락으로 집어서 넣어 주려하자 아이가 다시 불평이었다.

-반찬이 너무 커요. 조금씩 잘라서 주세요.

'아, 내가 완전히 열등생이구나. 아이한테 밥 하나 제대로 못 먹이다니!'

이번엔 다시 국을 먹일 차례였으나 엄두가 안 났다. 그래서 밥을 아까보다 조금 적게 떠서 먹이려 했다.

-국부터 주셔야지요. 아니면 물을 주시던가요.

-야, 이놈 자식, 그냥 아빠가 주는 대로 좀 먹으면 안 되니? 쬐그만 자식이 웬 잔소리가 그렇게 많아?

-저 안 먹을래요. 이따 엄마 오면 먹든가 할게요.

그는 땀이 났다. 바깥에 나가면 모두 자기를 모셔 가려고 야단들인데, 이거 원 식구들에겐 가장 무능한 사람이라니... 그래도 애가 다친 날인데 참고 아이 밥은 확실하게 한번 먹여 봐야지, 오늘 이렇게 끝내면 애한테나 아내한테 영 체면이 안 설 것같았다. 하는 수 없이 아이한테 사정을 했다.

-그러면 이렇게 하자. 니가 '밥' 하면 밥을 먹이고 '국' 하면 국을 먹이고 '반찬' 하면 반찬을 줄게. 응, 인수야.

-자, 말해.

―국요.

―응, 국 여기 있어.

―또 흘리셨잖아요? 그럼 냄새도 나고, 기분이 얼마나 안 좋은데요. 엄마가 하는 비법 가르쳐드려요?

―응. 비법이 있어?

―예. 국을 일단 숟가락으로 뜬 다음 국그릇 가장자리에 숟가락 바닥을 대고 한번 훑어줘요. 그러면 숟가락 밑의 국물이 모두 국그릇에 떨어져서 바깥에서는 안 흐르게 돼요.

―야, 임마, 그럼 진작 말해주지 그랬어?

―저는 아빠가 유명한 과학자니까 그런 것은 당연히 아실 줄 알았죠.

―임마, 그런 것은 아빠가 공부하는 과학이 아니야. 경험이지. 아빠가 정말 이런 걸 안 해봐서 그래. 이제부턴 정말 잘 할게. 그럼 인제 다시 말해. 뭐부터 먹을래?

아이는 다시 먹고 싶은 순서대로 부르기 시작했다.

―국.

―밥.

―반찬.

―물.

이렇게 하여 겨우 밥을 반쯤 먹이고 나니 아이가 고개를 저었다.

-이제 그만 먹을래요.

-왜 좀 더 먹지 않고?

-피곤해요. 누울래요.

상을 치우고 아이를 눕혀놓고 나니 등에 땀이 촉촉이 나 있었다. 자기가 이렇게 피곤한데, 그토록 실랑이를 했으니 머리를 다친 아이는 오죽했을까? 밥도 하나 제대로 못 먹여 주는 아빠가 얼마나 답답했을까? 아내는 아이들 키울 때 세 명을 앉혀놓고 밥을 잘도 먹였고, 어머니가 편찮으시면 그렇게도 밥을 잘 먹여드렸는데…….

이후로 그는 아이에게 밥 먹일 생각은 아예 하지 못했다. 그보다도 아이가 정말 괜찮은 건지 걱정이 되었다. 머리가 금이 갔다면 어디에 탈이 나도 나지 않았을까? 혹시 어디에 피가 고여 있지는 않을까? 의사가 정말 제대로 실력 있는 의사일까? 상철 부부는 의사의 오진으로 엄청난 곤욕을 치르고, 큰 피해를 본 경험도 있어 아직 아무것도 안심이 안 되었다. 하루가 지나니 아이 눈가의 멍이 더 넓고 진하게 퍼진 것 같았다. 가슴이 덜컹 내려앉았다. 혹시라도 더 악화된 건 아닌가? 그는 두려움과 근심에 잠겨 회진 온 의사에게 물어봤다.

-어제보다 멍도 더 퍼진 것 같고 색깔도 더 진해진 것 같은데 괜찮나요?

-괜찮습니다. 하루 이틀은 그럴 수 있습니다. 피가 도니까요.

3,4일 지나면 조금씩 낫는 게 보일 겁니다. 걱정하지 마세요.

의사가 자신 있게 말해서 조금 안심이 되었으나 아직은 반신 반의였다. 그러나 5일쯤 지나자 확실하게 변화가 나타났다. 멍 색깔이 약간 밝아지고 맨 가장자리의 멍은 눈에 띄게 엷어 지고 있었다. 그리고 머리에도 특별한 이상이 나타나지 않아 크게 안도했다.

3주가 지나자 눈의 멍은 거의 다 가시고, 머리의 금도 시간이 지나면 저절로 붙는다는 설명이었다. 눈이나 머리에 별 이상이 없다는 것을 다시 확인하고 퇴원했다. 가해자는 무면허로 사고 를 냈기 때문에 형사 처벌을 받게 되어 있었다. 그도 아내도 처 음엔 용서할 수 없다고 했으나 아이가 그만하고, 가해자가 아직 젊은 회사원에 한 가정의 가장이라 하여 보상도 없이 합의를 해 주고, 처벌을 바라지 않는다는 진정서까지 써주었다. 자식 키우 는 사람으로서 그 사람의 부모를 생각해 선처를 해주고 나니 오 히려 기분이 좋았다. 인수는 퇴원하고 2,3일 쉰 다음 학교에도 나가게 되어 오랜만에 다시 평화가 찾아왔다. 그런데 인수가 졸 업을 하는 날 앨범을 받아 와서 보니 아이 사진 밑에 이렇게 씌 어 있었다.

'아빠보다 훌륭한 과학자.'

인수에게 어떻게 된 거냐고 물었더니, 선생님이 각자 장래 희망을 써내라고 해서 이렇게 써냈는데, 그것이 앨범에 나올 줄은 자기도 몰랐다는 것이다. 초등학교 졸업앨범에 쓰인 아들의 희망사항이 곧 그의 희망사항이었다. 인수는 나중에 커서 S공대를 거쳐 미국 일리노이대학에서 환경공학 박사가 되었고, 지금은 세계적인 기업의 연구소 소장으로 일하고 있다.

'정말 이런 것이 행복이구나.'

평화롭고 행복한 날들이 다시 이어졌다. 가을이 되니 하늘은 높아지고 투명해졌다. 가슴이 시원해질 만큼 아름다운 청색의 축복이 내려졌다. 곳곳에 심어놓은 단풍나무는 눈이 부시게 아름다운 빨간 빛을 뿜어냈다. 그 많은 잎을 동시에 붉게 물들이는 그 힘은 어디서 나오는 것일까? 새삼스럽게 자연의 신비한 힘에 압도되었다. 여기저기 핀 국화의 향도 가을의 운치를 더했다. 한국의 4계절이 고맙기 그지없었다. 계절의 변화가 주는 경이로움은 상철 내외를 행복하게 해주었다. 그러나 이들의 행복을 누군가 시샘이라도 하듯 상철이네 집엔 또다시 폭풍이 몰아쳤다. 이번엔 어머니가 위암 판정을 받았던 것이다.

어머니의 와병은 상철부부의 정신적, 물질적, 시간적 희생을 요구했으나 상철은 무엇 하나도 맡을 상황이 안 되어 다시 지영이 몫이 되었다. 어머니가 수술을 받고 입원해 있는 동안 아내는 병원에서 살았고, 퇴원한 후는 어머니의 섭생에 만전을 기했다. 위장을 절단하였으므로 아주 부드러운 죽을 하루에 여섯 번 이상 조금씩 나누어 드리는 등 아무튼 평소에 드시는 것과는 전혀 다르게 의사가 가르쳐 주는 대로 정성을 다하는 모습이었다. 수술 후 1년은 이렇게 죽만 드셨으나 그 후부터는 무른밥도 드셨다. 그러나 반찬도 이전과는 다르게 소화하기 좋은 것, 영양가가 높은 것 등으로 아주 조금씩 여러 번 나누어 드시게 해드려야 하니 아내의 수고가 엄청났다. 그러나 그는 모른 척했다. 출퇴근할 때 한 번씩 어머니 방에 들러 문안하고 '오늘은 좀 어떠세요?' '다녀오겠습니다.' 하고 인사하는 게 다였다.

아직 의료보험이 없던 시절이라 병원비가 엄청나게 많이 들어 또 상당한 빚을 지게 되었다. 위암 진단을 받고 치료하신 지 4년 만에 어머니는 세상을 떴다. 향년 82세였다. 그래도 아버지보다는 아들, 며느리의 효도를 더 받으셨고 손자, 손녀가 크는 걸 조금 더 보시고 가셨으니 덜 섭섭했지만 그래도 어머니마저 돌아가시니 상철은 처초한 심정을 가눌 길 없었다. 이제 자기를 위해 물 떠놓고 빌어주시던 어머니가 안 계신다고 생각하니 온통 세상이 텅 빈 것처럼 허전하고 애절했다. 그야말로 천애고아가 된 느낌이었다.

그래도 한 가지 기분 좋은 것은 어머니가 돌아가시기 전에 영세를 받았기 때문에 천주교식으로 장례를 치를 수 있었다는 것이다. 성당가족들의 사랑은 상철이 가족을 감동시키기에 충분했다. 평생 처음 참석해본 영결미사는 상철이가 어머니를 잃은 슬픔을 딛고 하늘나라로 보내드리는 기쁨을 맛보게 해주었다. 신부님, 수녀님, 교우들에게 두고두고 감사했다. 어머니를 아버지 묘 옆에 모시면서 두 분이 하늘에서 다시 만나 행복하게 지내시길 빌었다. 어머니가 돌아가신 지 2년 만에 지영은 박사 논문을 내고, 이듬해에 D대의 교수가 되었다.

이렇게 하여 상철이네 집에는 다시 평화가 찾아왔다. 아이들 셋이 모두 건강하고 우애 있게 잘 자라 주었다. 그리고 지영이 교수가 되고 나니 경제적으로도 많이 윤택해졌다. 아이들이 크고, 또 아내의 직장이 너무 멀어 정릉의 42평짜리 아파트로 옮겨 아이들에게 각방을 줄 수 있게 되었다. 다시 포근하고 화사한 봄볕이 집 안을 가득 채웠다.

우리 소대장님

개나리와 진달래가 찬연한 빛을 내뿜는 봄이건만 철원은 아직도 코끝이 시릴 정도로 추위가 남아있었으나 봄나비는 어김없이 나풀나풀 춤을 추고 있었다. 노랑나비, 배추 흰나비, 호랑나비, 처녀나비…….

상철은 육사를 졸업한 뒤 육군소위 계급장을 달고 철원에 있는 모 사단에 발령을 받고 소대장 생활을 시작했다. 그가 근무하던 모 사단은 남북 분계선과 맞닿아 있는 부대였다. 당시 비무장

지대의 군사분계선과 남한 한계선은 매우 엉성했다. 고작 몇 줄의 철조망으로 구분되어 있어 마음만 먹으면 월북이나 월남이 가능할 정도였다. 물론 사방 깔려 있던 지뢰밭을 피하여야 하는 위험도 있고, 철책선을 지키는 병사가 있긴 했으나 초소가 드문드문 있고, 초소병들도 사람인지라 졸거나 딴생각을 할 때도 있지 않겠는가. 그래도 그가 근무하던 2년 동안은 이런 사고가 없었으니 참으로 다행이었다.

그는 소대장으로 부임하여 처음 만났던 소대원들을 지금도 잊을 수 없다. 그의 소대는 공병소대였기 때문에 공사장에 동원될 때가 많았다. 막사를 짓는다든가, 길을 낸다든가, 다리를 놓는다든가, 하여튼 일거리는 언제나 있었다. 소대원 중에는 소대장인 그보다 7살이나 많은 선임하사도 있고, 중학교 졸업 이상의 학력을 가진 소대원이라고는 고작 2,3명뿐이던 소대원들……. 진심으로 소대장인 그를 따라주고 존중해주던 그들이 더없이 고마웠다.

당시 소대원들 중에는 별별 재능을 가진 자들이 다 있어 요긴하게 활용되었다. 이발사를 하다 입대한 대원은 한 달에 한 번씩 소대원들의 이발을 해주었는데, 소대장인 상철을 이발할 때는 정말 정성을 다 하는 것 같았다. 아마 그가 심심할까봐 그랬는지 그의 이발을 해줄 때면 시키지도 않는 얘기를 늘어놨다. '응, 그랬어, 그렇군' 하고 한두 마디만 반응을 보이면 신나게 애길했다. 자기가 그래도 시험을 보아서 이발사 자격증을 딴 이발사였다는 것, 돈 많고 지체 높은 사람들도 자기한테 와서 이발을 했다는 것, 자기가 돈 벌어서 부모님께 용돈도 드렸다는 것, 자기가 동생 등록금도 대주었다는 것을 알아 달라는 듯 아주 자랑스럽게 열심히 얘기했다. 그는 그 이발사에게 칭찬을 많이 해주었다.

또한 부대원 중에 목수도 두 명이나 있었는데, 부대 막사를 짓거나 보수할 때 매우 도움이 되었다. 대원 중에는 칠을 잘 하는 친구도 있었다. 칠을 잘 하는 친구도 매우 유용했다. 지저분하고 낡은 막사도 이 친구가 페인트칠을 하면 산뜻하게 바뀌었고, 나무나 철판이 부식되는 것도 막을 수 있었기 때문이다.

급식은 형편없었다. 항상 배불리 먹을 수 없는 부족한 양식, 그것도 거친 보리쌀이 많이 섞인 밥, 멀건 콩나물국이나 된장국, 반찬은 언제나 두 가지였다. 김치와 콩나물무침, 김치와 미역무침, 어쩌다가 김치와 고등어나 아지 졸임을 먹었다. 그러나 이런 반찬조차도 늘 부족하였다.

그와 소대원들은 늘 배가 고팠고, 허기진 배를 안은 채 훈련을 하고 작업을 해야 했다. 그래도 그는 장교니까 선택의 여지가 있었다. 근처에 방을 얻고 출퇴근하되, 이때는 취사를 도와줄 사병 한 명이 당번으로 배치된다. 혹은 더 높은 장교들과 함께 식사하는 것 등 선택의 여지가 있었지만 그는 기본적으로 모든 생활을 소대원들과 함께했다. 이러니까 소대원들과 가까워지기도 하고, 소대원이 어떤 어려움을 겪고 있는지 파악하기가 쉬웠다.

상철은 소대원들의 사기 진작을 위해 가끔씩 그들을 극장에 보내주었다. 자기가 직접 인솔할 때도 있었지만 중대에서 덤프트럭을 빌려주고 선임하사 보고 인솔하게 하기도 했다. 나중에 생각해 보니 이 과정에서 탈영병도 충분히 나올 수 있었던 상황인데 그런 사고는 한 번도 안 났으니 정말 운이 좋았던 것 같다. 부대에서 3,4킬로미터 떨어진 곳에 군인극장이 있었는데, 관람료는 일반 민간인 극장비의 10분의 1도 안 돼 사병 월급으로도 표를 살 수 있었다. 가끔은 소대장인 자기가 표를 사주기도 하였다. 그러나 이 시절 씁쓸했던 몇 가지 에피소드도 있다.

하루는 사단장이 그에게 소대원들을 데리고 비무장지대에 가서 나무를 베어오라고 명령했다. 소위 사계청소(射界淸掃)라 하여 나무가 무성하여 건너편 적이 보이지 않을 때 나무를 잘라 내고 앞이 보이도록 벌목을 하는 일이었다. 비무장지대에 들어가는 것은 지뢰를 밟을 수 있으므로 혹시라도 사고가 나지 않을까 전전긍긍하며 비무장지대에 도착했다. 가서 보니 나무가 자라서 하늘을 찌를 듯 키 큰 나무가 많았다. 두근거리는 가슴을 안고 소대원들을 독려해 나무들을 베어 넘어뜨렸다. 그때 3,40미터 앞쪽에서 지뢰가 터지려는 순간을 포착하고 그는 대원들을 향해 다급하게 소릴 질렀다.

ㅡ지뢰다, 빨리 뒤로 피해!

불과 1,2초 사이에 일어난 일로 아슬아슬하게 아무도 안 죽고 안 다쳤으니 정말 하늘이 도운 것이었다. 올 때부터 머릿속에서 걱정하던 일이 현실로 닥쳤으나 조금 떨어진 지점에서 터졌으니 천행이라고 할 수밖에 없었다. 이번 일을 당하면서 '역시 하느님은 날 지켜주시는구나.' 하는 생각을 다시 했다. 아마도 나무를 베니 큰 나무가 쓰러지면서 땅 밑에 있던 지뢰가 자극을 받아 터진 모양이었다. 가슴을 쓸어내리면서 겨우 진정하고 그 무거운 나무들을 죽을힘을 다해 트럭에 싣고 막 사단으로 향하는데 이번엔 헌병장교한테 걸렸다. 원래 비무장 지대는 함부로 들어갈 수 없음은 물론, 더구나 허가 없이 벌목을 하는 건 완전 금지였기 때문이다. 헌병 대위가 호통을 쳤다.

ㅡ이게 위법인 줄 모르나?

ㅡ예, 알지만 사단장의 명령을 따르지 않을 수 없었습니다.

ㅡ그렇다면 헌병부대에 와서 사전에 의논을 했어야지. 이건 도저히 그냥 묵과할 수 없네.

ㅡ죄송합니다. 그러면 일단 이 나무는 여기에 두고 그냥 돌아가겠습니다. 나중에 사단장님과 해결을 하십시오.

그가 이렇게 나오니까 잠깐 생각하더니 그 헌병 장교가 말했다.

−그럼 이번에는 그냥 가져가고, 또 한 번 이런 일이 있을 시는 이 소위가 벌을 받아야 할게야.

−네, 알겠습니다. 그럼 안녕히 계십시오.

같은 사단장 휘하의 장교들이 엇박자를 놓고 있는 현장이었다. 상철은 상관의 명령을 어길 수도 없고 국법을 어길 수도 없는 자신의 처지가 갑자기 처량해졌다. 그 위험한 곳에서 자칫 떼죽음을 당할 수도 있는 아찔한 일을 겪으면서도 사력을 다한 일이었는데 칭찬은 고사하고 자칫 군법회의에 회부될 수도 있는 국법 위반을 한 것이었으니 기가 막혔다. 그런데 죽을힘을 다해 나무를 겨우 사단까지 싣고 왔으나, 막사 짓는 일을 직접 총괄하는 공병대대장은 수고했다는 말 한마디 없이 바로 나무를 잘라서 막사 지을 준비를 하라는 것이었다. 기분 같아서는 사단장이고 대대장이고 막 달려들고 싶은 생각이 굴뚝같았으나 이때도 물 떠놓고 아들의 안녕을 비는 어머니를 생각하고 참았다.

사단장은 나름대로 전방부대 시설이 너무 부족하니까 그런 식으로라도 시설을 보완하려던 것이었으나, 어려운 임무를 수행하는 부하들에 대한 배려가 너무 없었던 것이다. 그리고 대대장도 아무리 사단장의 명령에 따른 것이라 해도 그 힘든 일을 하고 막 돌아온 소대원들에게 잠시의 휴식도 주지 않고 바로 일을 시킬 정도로 인정이라고는 없었던 것이다. 상철은 소대원들 보기에 참으로 민망했고, 그들이 참으로 안쓰러웠으나 표현을 할 수가 없었다. 결국 이때의 일은 아픈 추억이 되었다.

육사생도는 졸업 전에 자기의 병과를 정해야 한다. 보병, 포병, 공병, 통신, 기갑 등 소위 전투병과 중에서 희망 병과를 1,2순위로 적어내면 성적에 맞춰 정해진다. 원래 병과는 열 몇 가지가 있으나 육사 출신은 전투병과밖에 갈 수 없게 되어 있어, 전투병과인 다섯 가지 중 한 가지를 선택해야 하는 것이었다. 그는 원래는 당연히 별을 따기 좋은 보병을 택하려고 생각했었으나, 공병을 지원한 건 동생 상현이가 죽고 독자가 되었으니 가족을 위해 후방에 있어야겠다는 생각, 특히 자신이 공과 분야에 재능이 있다는 생각, 그리고 미국 육사에서는 유명한 분들이 대부분 공병 출신인 걸 생각하여 공병 병과를 선택했던 것이다. 공병을 선택하면 장군 될 확률이 낮아지고, 더구나 별을 세개, 네 개씩 따는 건 불가능해진다. 그러나 가족을 위해 큰 결심을 한 것인데 최전방에 배치되어 이런 어려운 일들을 겪게 되었던 것이다.

그러다가 그는 육사 재학 시 연대 군수참모 생도로 근무한 사실이 알려져 공병대대 참모부에서 잠시 일을 하게 되었다. 그가 할 일은 여러 가지였지만 그 중의 하나는 대대의 보급품, 예컨대 휘발유, 쌀, 부식 등을 타오는 일이었다. 보급품을 타기 위해 대원들을 데리고 병참부대에 가야 할 때가 많았는데 거기

서는 항상 정량보다 적게 주었다. 1, 20퍼센트는 이미 빼돌려
진 때문이라고 의심할 수밖에 없었다. 그는 정량을 고집하느라
싸우기도 많이 싸웠다. 그냥 주는 대로 받아오지 않고 수를 세
자거나 무게를 달자거나 하니 병참부대 장교들이 좋아할 리 만
무였다. 그러나 차츰 육생(육사출신 장교를 이렇게 불렀다)이니 원
칙대로 한다고 인정하는 분위기였다. 나중엔 그가 병참 부대에
나타나면 '공병부대 보급관님 오셨다' 면서 투쟁을 하지 않아
도 제대로 보급품을 알아서 내어 주곤 하였다. 4년제 정규 육
사 출신이 전방에 배치되면서 일어난 현상이었다.

그는 부대를 위해 악역도 마다하지 않고 정량을 타오는 데까
지는 할 수 있었으나 보급품이 다시 전방 중대까지 보내지는
과정을 알게 된 것은 한참 뒤의 일이었다. 보급품을 실은 트럭
이 헌병초소를 지날 때마다 병사들이 헌병들에게 알아서 조금
씩 떼어 주는 걸 알고는 많이 허탈했으나, 오래된 관행을 자기
혼자서 다 개혁하기엔 역부족임을 실감했다. 그나마도 5·16
직후라 많이 좋아진 거였다.

가끔 상관들과 어울려 소주라도 마시는 날엔 예전에 좋았던
(?) 시절의 얘기를 들을 수 있었다. 예를 들면 '후생사업' 이라
하여 부대의 복지를 위해 군대가 돈을 벌어들이는데, 부대의 차
가 열 대면 두세 대는 버스가 잘 안 다니는 민간인 지역으로 가
서 민간인들을 태워주고 돈을 받았다. 따지고 보면 이건 민간인

들을 위해서도 좋은 일이었다. 또한 비무장 지대 나무를 베어 숯을 구워 시장에 내다 팔아서 돈을 벌었다. 사병 복지와 시설 개선을 명분으로 하였으나 그 명목으로만 쓰였는지는 확신할 수 없었다. 어떻든 상관들은 그 시절을 그리워하고 있었던 것이다. 반드시 부정을 했다기보다 열악한 부대의 현실을 타개하기 위한 지휘관들의 노력의 일환이었지만, 그가 부대에 부임한 것은 이러한 후생사업도 5·16 혁명 이후 사라진 뒤였다.

겨울이 되니 철원은 시베리아와 다름없었다. 영하 30도도 넘는 날이 많아 살을 에이는 추위와 씨름을 해야 했다. 눈이라도 내리면 온 천지가 하얀색의 향연을 펼쳐 설경은 기가 막혔으나, 초여름 가까이까지 녹지 않았다. 추위만큼 마음도 움츠러들었다. 이 겨울을 어떻게 넘길 수 있을지 까마득하였다. 이런 때는 공사도 할 수 없다. 부대원이 다녀야 하는 길은 눈을 치우고 그래도 행군과 사격 훈련 등은 하였다.

어느 겨울날 밤 9시쯤이었다. 소대원들이 그의 방을 찾아왔다.

—소대장님, 잠깐만 이리 와 보십시오.

하면서 두 명의 부대원이 양쪽에서 팔을 끼고 어디론가 그를 데려갔다. 무슨 일인가 덜컥 겁이 나고 또 무슨 사고가 일어났나 싶어 긴장하면서 따라갔는데, 막상 도착해보니 부대 내무반이었다. 그런데 이게 웬일인가? 소대원들이 그의 생일파티를 준비해놓고 있었던 것이다. 그의 생일을 어떻게 알았는지, 아무튼 쥐꼬리보다도 더 적은 사병 월급을 모아 시루떡을 주문하여 큰 쟁반에 쌓아 상 위에 올려놓고, 촛불을 큰 것 2개, 작은 것 4개를 꽂아 놓고 기다리고 있었던 것이다. 색색의 고무풍선에는 ‘우리 소대장님 만세’, ‘우리 소대장님 최고’, ‘축 소대장님 생신’, ‘소대장님 사랑합니다’ 등의 문구를 써서 여기저기 걸어놓았다.

그가 도착하자 다같이 우렁찬 목소리로 ‘생일 축하합니다, 생일 축하합니다. 사랑하는 우리 소대장님, 생일 축하합니다.’ 라는 노래를 부르고 나서 우레와 같은 박수를 치는 것이었다. 그러고는 촛불을 끄라고 해서 끄니 또 힘찬 박수가 터져나왔다. 평소에 못마땅한 때도 있었고 거슬릴 때도 있었지만, 이날의 부대원들의 따뜻한 인정은 그를 감동시키기에 충분했다. 더구나 이런 생일파티 풍경이 보편화되지 않았던 시절이라 더욱 놀랐다.

잔치는 여기서 끝나지 않았다. 떡을 나누어 먹은 후 이들은 각자 준비한 장기자랑을 펴기 시작했다. 어디서 어떻게 구했는지 기타를 가져와 한 대원이 기타로 반주를 하고 독창, 2중창, 4중창, 합창 등 노래자랑과 트위스트 춤을 추는 등 각자의 장기를 마음껏 펼쳐 보여 주었다. 상철이 보고도 노래를 하란다. 그는 평소에 노래를 잘 못 부르지만 이날은 비껴 갈 수가 없었다. 그는 할 수 없이 ‘섬마을 선생’을 불렀다. 그리고 못 추는 춤이나마 트위스트 추는 시늉을 했더니 부대원들이 너무도 좋아했다. 그보다 7살이나 많은 선임하사는 판소리 춘향가 중의 '사랑가'를 참으로 잘 불렀다. '사랑 사랑 내 사랑이야' 하고 부르자 대원들이 젓가락으로 그릇을 두드리며 '어이', '얼씨구', '좋다' 등 추임새를 넣으니 분위기는 절정에 달했다.

상철은 감동의 도가니 속에 깊이 빠져들었다. 모든 것이 열악하던 시절 이 소박한 깜짝 파티를 위해 부대원들이 얼마나 애를 썼을지 짐작하고도 남았기 때문이다. 이들이 베풀어준 따뜻한 인정은 오래도록 기억에서 지워지지 않았다. 정말 부대에 와서 받았던 모든 스트레스가 단번에 날아갔다. 대원들 스스로도 너무나 즐거워하는 모습을 보니 그도 기분이 매우 좋았고 이들이 더없이 사랑스럽고 고마웠다.

부대 내에서 소대원이나 소대장의 일과는 빈틈없이 짜여 있었다. 가장 일반적인 것은 공사현장에 투입되거나 훈련을 하는 일이다. 훈련은 배낭을 메고 도보행군하기도 하고, 사격장에서 사격 훈련을 하기도 한다. 어느 여름날 산으로 행군과 사격훈련을 나가는데, 비가 와서 길이 군데군데 패어 물이 고여 있었다. 그래도 행군을 계속했다. 한참 가다 보니 길이 물에 쓸려나가 뚝 끊어진 데가 나타났다. 끊어진 길로 물이 강물처럼 콸콸 쏟아지고 있었다. 그러나 물의 깊이가 무릎 아래여서 큰 문제는 없었다.

-모두 조심해 건너.

주의를 주고 막 물에 들어가려는 순간 어느 대원이

-잠깐만 기다리십시오.

하는 것이었다.

상철은 왜 이러나 싶어 다른 대원들을 돌아보니 이게 웬일인가? 어느새 대원들이 동그랗게 둘러서서 그를 헹가래칠 태세를 취하고 있었던 것이다. 자기들은 모두 물에 잠겨 있으면서 자기들의 소대장을 물에 적시지 않고 건너가게 하려는 것이었다. 이건 정말 감동을 넘어 환희였다. 그는 소대원들을 위해 별로 해준 것도 없는데 이렇게까지 자기를 위하는 마음이 고맙다 못해 민망했다.

-왜들 이래, 나도 그냥 건너가면 되는데? 모두 어서들 빨리 건너가.

-아닙니다. 소대장님, 빨리 건너가십시오. 저희들은 소대장님이 건널 때까지 꼼짝도 안 할 겁니다.

그는 목이 메었다. 계속 자기가 안 건너가고 있으면 이들이 더 오래 물속에 서 있어야 하니 그나마도 빨리 건너가 주는 게 이들을 도와주는 것이란 생각을 하며 이슬 맺힌 눈을 껌뻑이고 있는데, 어느새 부하들이 와서 그를 번쩍 들어 올려 헹가래를 치며 몇걸음을 옮겨 건너편 길에 내려놓았다. 그러고는 다 같이 박수를 치더니 자기들도 물 바깥으로 나왔다. 그런 다음 군화 속의 물을 빼내고 다시 신었다. 그는 가슴이 뭉클했다. 눈가도 촉촉해졌다. 예정된 행군과 사격훈련을 무사히 마치고 부대로 돌아올 때도 역시 행가래쳐서 물을 건네주었다.

'아, 나는 이들을 위해 무엇을 어떻게 해야 하는가?'

훈련을 마치고 부대에 돌아오자 저녁 식사를 같이하고, 오늘의 훈련에 대한 정리를 마친 후 부대원들을 해산시켰다. 그리고 그는 대대장의 지프차를 빌려 타고 시내로 나가 소주와 안주를 샀다. 9시에 부대원들을 모두 내무반에 모이라고 했다.

─나는 오늘 여러분들이 보여준 전우애에 깊이 감동받았다. 참으로 고맙고 미안했다. 달리 내 마음을 표현할 길이 없어 소주 파티를 준비했으니 오늘 저녁은 마음껏 마시고 취해주기 바란다. 취하지 않는 사람은 내일 기합을 받는다. 알겠나?

─예!

그들은 두어 시간 소주 파티를 하며 목청껏 노래 부르고 잠자리에 들었다. 진정 사람의 정이란 것에 대해 다시 생각해보는 계기가 되었다. 순박하고 순수한 부대원들의 무조건적인 인정 앞에서 그는 많은 교훈을 얻었다. 그리고 이들의 인정은 오래도록 그의 마음을 훈훈하게 해주었고, 자신도 이들에게 좋은 상관이 되어야겠다는 다짐을 하고 또 했다.

그런데 얼마 후 육사교수요원 모집공고가 부대에 하달되었다. 유능한 교수 후보를 적극 추천하고 휴가 등 편의를 봐주라는 지시와 함께. 상철은 오래전부터 생각하고 있던 일이라 큰 고민 없이 응모하기로 결심하였다. 사단장의 추천을 받아 지원서를 냈다. 3주 뒤에 학교로 모이라는 연락이 왔다. 가서 보니 동기생 중 재학 시절 성적이 좋았던 친구 들 중 많은 사람들이 지원을 하여 경쟁률이 제법 높았다. 금년의 교수요원 선발 방식은 예년과 달랐다. 시험을 보고 그 성적으로 선발하겠다는 것이었다. 예년에는 응모자 중 졸업 성적 상위 10% 이내에서 해당과목 성적이 1~2등인 졸업생을 선발했던 것이다. 그러니 항의가 있을 수밖에 없었다.

─특정인을 선발하기 위한 것인가? 특정인을 배제하기 위한 것인가?

답변이 걸작이었다.

─4년간 성적이 1등이면 이번 시험에도 1등 할 것 아닌가?

어쨌든 그는 최종 합격자에 들어 육사교수요원이 되었다. 정든 부대를 떠나려니 부대원들에게 너무 미안했다. 서울로 가게 되었음을 알렸더니 모두 축하를 해주면서도 섭섭해 했다.

소대원들과 다시 소주 파티로 환송회를 하고 한 명 한 명과 뜨거운 포옹을 하였다. 또한 사단에서도 윗분들이 간단히 환송회를 해주어서 그동안의 배려에 대해 감사를 드렸다. 온 천지가 새하얀 눈으로 덮인 천지에 영하 30도를 오르내리는 추위가 온 몸을 파고들어 숨조차 쉬기 어렵지만 부대 식구들의 "따뜻한 인정"이라는 추억을 안고 떠나는 상철은 왠지 가슴이 벅차오르고 눈시울이 뜨거워짐을 느꼈다. 누구나 만나는 사람마다 '감사한다' 는 말을 하고 싶다. 처음 이 곳에 올 때만 해도 긴장도 되고, 걱정도 되었으나 무사히 2년의 근무를 마치고 모교 교수 요원으로 뽑혀 새로운 삶을 시작한다는 설렘에 마음이 들뜨기도 하였다.

마침 하늘을 힘차게 나는 겨울철새들이 상철의 마음을 알고 상철을 엄호해 주는 것 같았다. 두루미가 떼 지어 날아가더니 그 뒤를 이어 기러기들이 일렬로 도열해 드넓은 하늘을 멋있고도 씩씩하게 포물선을 그리며 날고 있었다. 훨훨 날아다니는 새들처럼 상철이의 새로운 꿈도 훨훨 창공을 향해 날기 시작하였다. 이때부터 상철이의 새로운 삶이 시작되었다. 힘들지만 영광스럽고 복된 날들이 펼쳐지기 시작한 것이다.

찬란한 약속

상철이 육사 교수부 교수요원이 되자 S공대 3학년에 학사 편입되었다. S대에서 2년간 육사가 지정하는 전공분야를 공부하여 졸업하면 육사 교수가 되는 것이다. 그는 서너 살 아래 정도의 학생들과 함께 공부하게 되니 창피하기도 했지만, 대신 이들에게 육사의 실력을 보여주겠다는 생각도 들었다. 그는 건축공학과에서 공부를 했는데, 과목마다 A+를 받아 체면을 세웠다. 그런데 이런 결과에 대하여 매우 민감하게 반응하는 학생이 한 명 있었다. 상철이 이 학과에 편입하기 전까지 늘 수석을 하던 허찬식이라는 학생이었다. 상철이 온 후는 늘 차석인 것이 너무나 억울하고 분했다. 상철이 키도 크고 보무도 당당한 것이 자기가 어찌해 볼 수도 없는 사람인 게 더욱 약이 올랐다. 상철 때문에 자기가 엄청나게 피해 보는 것처럼 여겨졌다. 당시는 우등장학금을 수석에게만 줄 때도 있고 수석, 차석에게 주는 때가 있어 성적이 거의 공개되는 형국이었다. 찬식의 기분을 이해는 되지만 상철로서도 어쩔 수 없이 일어난 일이니 억울하다고 할 수밖에 없는 상황이었다. 찬식은 자기와 친한 친구 몇 명과 함께 모의하여 "신성한 대학에 군인이 웬 말이냐? 육사생 편입 반대" 라고 크게 쓴 종이를 대자보에 붙였다. 이튿날 학생처에서 대자보를 뗐다. 상철은 아무 대응을 안했다. 찬식은 더욱 약이 올랐다.

그러나 교수들 중에는 유난히 상철을 아껴주던 김진수 교수님이 계셨다. 김교수님은 미국에서 석사를 하고 오신 분이어서 건축과에서는 유일하게 원서로 강의를 하던 분이었다. 이 분은 과제를 내면 꼭 노트에 써내길 요구하였다. 그런데 이로부터 몇 십년이 지난 어느 날 상철이의 카이스트 연구실로 전화를 하면서 '내가 지금 이 교수 연구실로 가는 길' 이라고 하셨다. 너무 놀라 얼른 밖으로 나와 보니 약간 허리가 굽은 80대 은사님이 그의 연구실 쪽으로 걸어오고 계셨다. 얼른 달려가서 인사를 했다.

-내가 대전 올 일이 있어 왔다가 이 교수 얼굴도 좀 보고, 또 줄 것도 있어 왔네.

은사님은 연구실에 들어오시더니 상철에게 누런 봉투를 내밀었다.

-이게 뭡니까?

-열어봐요.

그가 얼른 봉투 안을 들여다보니 무슨 노트가 한 권 들어 있었다. 꺼내서 보니 그가 S대 다닐 때 선생님께 제출했던 과제물 노트였다. 무려 30여 년 전의 노트를 곱게 보관했다가 돌려주신 것이었다.

-세상에……. 선생님, 이걸 어떻게 여태 가지고 계셨어요?

-하도 잘 했던 노트라서 내가 두고두고 제자들에게 보여주곤 했는데, 이제 내 나이 80이 넘어 언제 죽을지 모르니 더 늦기 전에 주인한테 돌려주고 싶었네.

-선생님, 정말 뭐라고 감사의 말씀을 드려야 할지 모르겠습니다. 이건 평생 잊지 못할 감동입니다.

-그러면 밥이나 사요.

-그럼요. 최고로 모시겠습니다.

그는 대전의 최고 호텔에서 최고급으로 식사 대접을 한 뒤 하룻밤 주무시게 하고 이튿날 대전역에 모셔다 드렸다. 학교에 다닐 때도 그에겐 각별하셨는데, 아직까지 스승의 사랑을 베풀어주시는 은사님에게 무한한 감사를 느꼈다. 그와 함께 자신도 제자들에게 더 큰 관심을 가지고 사랑하리라 다짐하게 되었다.

S대를 졸업하자 그것으로 끝내고 바로 육사 교수로 부임한 친구도 있고, 교수를 하면서도 대학원에 진학한 친구도 있었다. 상철은 대학원 가는 줄에 섰다. 대학원에 가기 위해서는 입학시험을 봐야 하는데 시험과목을 보니 전공, 영어, 제2 외국어였다. 전공과 영어는 자신 있었으나 제2 외국어가 문제였다. 제2외국어는 독일어와 불어 중 하나를 선택하게 되어 있었기 때문이다. 상철은 많이 당황했다. 육사에서는 독어, 불어, 중국어, 노어 중에서 선택하게 되어 있었는데, 그는 무슨 이유였는지 기억이 안 나지만 노어를 택했던 것이다. 그런데 대학원 시험에서 이런 장애가 될 줄은 상상도 못 했던 것이다.

할 수 없이 불어나 독어를 독학할 수밖에 없었다. 아무래도 발음이나 문법이 좀더 규칙적이라고 알려진 독어를 선택하기로 했다. 그러나 당시엔 학원도 없었고, 있다 해도 다니기엔 교통이 너무 불편하여 혼자 독어를 공부해서 시험을 볼 수밖에 없었다. 시간은 딱 두 달밖에 남지 않았다. 독일어 문법책과 독해 책을 한 권씩 사서 알파벳부터 공부하기 시작했다. 한 달 동안 문법책을 떼고 독해 책을 두 번 읽고 시험을 보았다. 전공과 영어 시험은 자신이 있었으나 독일어에서 과락(50점)을 안 해야 한다. 드디어 시험 날이 되어 시험을 보고 결과를 기다렸다.

2주 뒤쯤 합격했다는 전보가 와서 그는 뛸 듯이 기뻤다.

육사 교수요원이 되면 학부 졸업까진 정부에서 등록금을 대주지만 대학원부터는 자비로 해야 하기 때문에 그로서는 상당히 부담이 되었으나, 그동안 모아두었던 돈과 장학금을 받아 해결하였다. 대학원에 입학해 보니 동기생이 한 명 더 있었다. 허찬식은 미국 유학을 준비한다는 소문이 들렸다. 당시의 국내 대학원은 기대와는 달리 부실하기 이를 데 없었다. 제대로 강의를 해주는 교수라고는 거의 없었고, 잘 해야 책 한 두 권 소개해주는 것이 다였다. 그리고 기말이 되면 리포트를 내는 것으로 끝났다. 상철은 교수들이 소개해준 책 외에도 스스로 찾아 공부를 열심히 했다. 2년 뒤에 석사 논문을 영어로 써냈다. S대 대학원 이과 분야에서는 영어로 논문을 써내도 되는 제도였다. 그러나 공대 대학원 전체에서 영어로 논문을 써낸 사람은 상철 혼자였다. 재미있는 것은 이로부터 30여 년 뒤 상철이 아들 인수가 S공대 대학원 석사논문을 영어로 써내어 이름을 날렸다.

상철은 내친 김에 미국 유학까지 하고 싶어 풀브라이트 재단이 해마다 치르는 미국 유학 장학생 선발시험에 응시하여 이과에서 수석 합격했다. 그러나 무슨 영문인지 최종 과정에서 번번이 낙방했다. 한 번도 아니고 내리 세 번을 당하고 보니 하도 이상해서 하루는 풀브라이트 장학재단에 가서 어떻게 된 건지 알아보았다. 거기서 하는 대답은, 자기들은 필기시험 합격자를 한국정부에 통보하고, 한국정부에서 국가적으로 필요한 분야의 유학생을 최종적으로 선발하기 때문에 한국정부에서 결정하는 일에는 간섭하지 않고, 선발해 주는 학생에게만 장학금을 준다는 것이었다. 그러면 지금까지 보낸 이과 학생들의 분야를 알 수 없느냐고 하자 찾아보더니 물리, 화학, 생물, 기계, 화공 등이라고 하였다. 그러면 토목, 건축에선 없냐니까 자기들이 합격시킨 학생 중에서는 해마다 있었으나 한국정부 선발에서는 없다고 하였다. 그는 기가 막혔다. '어떻게 이럴 수가 있는가. 미국에서 장학금을 주겠다는데 한국정부에서 막다니…….' 어쩌면 군인이라고 떨어뜨렸는지도 모를 일이었다.

육사의 교육 시스템은 모든 게 생도 위주로 되어 있어서 교수를 위한 복지나 연구 환경은 잘 되어 있지 않은 편이었다. 뿐만 아니라 거의 2년마다 3성 장군이 새로 교장으로 오는데, 교수에 대한 이해와 관심이 부족한 경우가 많고, 육사는 다음 승진 때까지 잠시 머물렀다 가는 곳으로만 생각하는 경향이 있었다. 그러니 생도 때와는 달리 교수가 되어서는 불만이 생길 수밖에 없는 구조였다. 거기다 학교의 건축설계가 그에게만 맡겨졌다. 건축설계를 할 수 있는 교수가 상철밖에 없었기 때문이다. 이는 정상적인 교수 강의 외에 주어진 임무여서 여간 벅차지 않았다. 설계하는 데 얼마만한 시간과 힘이 들고, 얼마나 소소하게 돈이 드는지 알아주는 이는 없었다. 그래도 상철은 '이런 기회가 아니면 언제 설계를 해보랴. 학비를 내고 설계를 배운다고 생각하자.' '육사에 보탬 되는 일이다.' 이렇게 생각하며 열심히 설계를 했다. 진정 힘이 많이 들었으나 다 마치고 나면 흥미와 보람을 느끼기도 하였다. 일단 기본 설계가 완성되면 그 프로젝트는 그의 손을 떠난다. 기본 설계에 따라 예산 신청이 이루어지고, 예산이 확보되면 육군본부 공병감실 군속에 의해 세부 설계가 이루어지는데, 이들의 실력은 민간 수준을 훨씬 밑돌았다.

이 무렵 상철은 고향 친구의 주선으로 지영을 만났다. 그동안 친구들의 소개로 여러 번 선을 보았으나 무언가 서로 잘 맞질 않았는데, 그녀를 보는 순간 '내 운명의 여인' 이라는 생각이 들었다. 외모도 곱상하고, 말하는 태도도 품위가 있었지만 무엇보다 대화가 통하고, 자기의 가치를 알아주고, 꿈이 큰 것이 마음에 들었다. 처음 만났지만 마치 오래된 친구처럼 친숙하고 편안했다. 두 사람은 쉽게 의기투합하게 되었다. 그러니 두 시간이 걸려 버스를 세 번씩이나 갈아타고 가서 두세 시간 만나고 또 두 시간 버스를 타고 돌아와야 하는데도 시간이 하나도 아깝지 않고 행복하기만 하였다. 그리고 주말이 되면 긴 데이트를 하는 것이 그의 유일한 즐거움이 되었던 것이다.

그는 지영이만 생각하면 삶의 의욕을 느꼈고, 같은 꿈을 꿀

수 있는 사람이 있다는 게 여간 마음 든든하지 않았다. 혹독한 추위를 이겨내고 겨울을 밀어낸 다사로운 봄볕이 포근하고 상쾌한 바람을 싣고 와 그동안 지친 상철의 마음 구석구석을 어루만져 주는 것 같았다. 상철은 지영에게 부모님을 찾아뵙겠다고 하였다. 지영은 방학이 되면 가자며 자꾸만 미루었다. 실제로 지영인 너무 바빴다. 중학교 교사를 하면서 대학원엘 다니고 있었기 때문이다. 그는 지영이가 이렇게 열심히 사는 모습이 보기 좋았고, 별로 불편하게 느껴지지 않았다. 진취적인 기상도 맘에 들고, 경북 북부의 정서도 통했고, 유교적인 집안의 규수인 것도 마음에 들었다.

상철은 자기 집안을 생각하면 늘 마음이 무겁고 울민했다. 이 무거운 짐을 어떻게 내려놓아야 하는지, 과연 내려놓을 수 있을지도 의문이었다. 이 세상에 태어나 여섯 살쯤부터 기억이 나는데, 그때는 가난이 뭔지도 몰랐고, 실제로 부모님이 워낙 애지중지하시는 바람에 행복한 어린시절을 보냈다. 그러나 초등학교 고학년부터는 가난하기만 한 집안이 늘 상철이의 마음을 무겁게 만들었고, 그늘을 드리웠다. 문득 문득 울화가 치밀어 오르기도 하였으나, 자기에게 주어진 분복이니 어쩌겠는가. 하루 속히 자신이 집안을 일으켜 세워야 한다는 결기가 생겼다. 제발 결혼만은 자기 뜻대로, 자기가 정말 좋아하고 자기를 이해해주고 자기의 가치를 알아주는 좋은 사람과 하고 싶었

다. 그리고 자기가 아무리 성공해도 자기의 아내로서 부족함이
없는 수준 높은 사람과 결혼하고 싶었다.

그는 주중에 잠깐씩이라도 지영일 만나러 장충동에 갔다.
지영이 근무하는 C여중으로 가서 차라도 함께 마시고 내일 다
시 만날 것을 약속하지 않으면 아무 일도 할 수 없었다. 그녀를
생각만 해도 가슴이 뛰고, 매일 만나도 또 만나고 싶고, 보고
있어도 보고 싶은 마음, 이런 게 정말 사랑이라는 괴물인가. 자
신처럼 이성적이고 냉정한 사람이 오직 한 사람만을 생각하고
그녀를 보고 싶은 마음에 다른 일에는 집중할 수가 없는 들뜬
마음, 이게 정말 사랑이란 말인가. 그전에도 여러 명의 여자들
을 만났으나 이번과는 달랐다.

드디어 토요일이 되었다. 오늘은 그가 장충동으로 가는 날
이다. 오후 4시부터는 온전히 그녀와 함께 할 수 있는 저녁 데
이트가 있는 날이다. 샤워를 하고 가장 깨끗한 와이셔츠를 입
고 구두를 반짝반짝하게 닦았다. 날씨도 쾌청하여 자기를 응원
해 주는 것 같았다.

'오늘은 정말 지난주에 하려던 말을 꼭 해야지.'

2시에 숙소를 나섰다. 버스를 타려고 정문을 나와 정류장으
로 가는데 큰길의 가로수가 어느새 파란잎을 활짝 피우고 있었
다. 군데군데 만들어놓은 도로 화분에도 알록달록 예쁜 꽃들이
피어있고, 멀리서 보이는 불암산에도 개나리와 진달래의 노랑

색과 보라색이 어우러져 한 폭의 수채화를 이루고 있었다. 여기저기 벚꽃의 엷은 분홍색도 보였다. 하늘을 보니 투명한 파란색의 물감이 고르게 퍼져 있고 드문드문 새하얀 솜털 구름의 그림이 그려져 있었다.

'누가 이 위대한 그림을 그려 놓았는가?' 전에는 무심코 지나쳤던 하늘그림이 오늘 따라 새삼스럽게 감동으로 다가오는 것이었다.

버스를 세 번이나 갈아타고 장충동에 도착하니 아직 10분이 남아 있었다. 지영이 근무하는 학교에서 300미터쯤 떨어져 있는 동백다방에 가서 가장 한적한 곳에 자리잡고 앉았다. 매캐한 담배 냄새와 커피 냄새로 다방은 공기가 썩 좋지 않았으나 그래도 선풍기가 돌아가고 있으니 조금은 살 것 같다. 오늘은 반드시 성공적인 프러포즈를 하리라 마음먹고 앉아 있으려니 긴장도 되고 무슨 큰 잘못이라도 한 사람처럼 가슴이 쿵덕쿵덕 뛰었다. 이때 까만 치마에 하얀 블라우스를 입은 지영이 나타났다. 지영인 언제 보아도 여낙낙하다. 그는 반갑게 인사하고 평소처럼 인삼차와 커피를 시키고 나서 말했다.

—우리 차 마시고 남산에 갈까요?

—네, 그래요.

상철은 데이트 비용이 부족하니까 지영일 남산 약수터에 데리고 가는 날이 많았다. 숲이 우거지고 사람들의 발길이 뜸한 곳에 자리잡고 앉자마자 그는 지영의 손을 잡고 심호흡을 한 뒤 드디어 입을 뗐다.

 —지금까지는 용기가 없어 말 못했는데요. 난 정말 지영씨를 좋아해요. 지영씨와 만나고 헤어지는 거 이제 그만하고 함께 같은 집으로 들어가고 싶어요. 난 현재는 가진 게 없지만, 말보다는 행동으로 나의 진면목을 보여드릴 거예요. 날 믿어 줄 수 있어요?

 지영이도 자기를 좋아하는 것 같기는 한데 어느 정도인지, 자기에 대해 어떤 생각을 갖고 있는지 가늠하기 어려웠다. 그래서 그녀에게서 어떤 대답이 나올지 조마조마했다.

 —아이, 난 몰라요. 뭐라고 해야 할지.

 —모르셔도 돼요. 말은 필요없어요. 이렇게 하면 돼요.

 소리가 끝나기가 무섭게 그는 지영이를 힘껏 껴안았다.

 —이제 우린 매일 아침 눈부신 홍조와 저녁때의 장엄한 황혼을 함께 보기로 약속하는 거예요. 알았죠?

 지영이는 드디어 고개를 끄덕였다.

 —고마워요. 지영씨, 날 믿고 따라와 봐요. 실망시키지 않을게요.

 — 이대위님 가시는 길이라면 어디든지 따라갈게요. 이제 아무것도 두렵지 않아요.

 지영은 뜻밖에도 이런 말을 하는 것이었다. 마치 오래도록 기다렸다는 듯이 준비된 말을 쏟아내고 있었다. 그들은 서로에게 감격해 하면서, 오래오래 좋은 벗이 되고 좋은 동지가 되기로 약속했다. 정말 찬란한 약속이 이루어진 것이다.

그 다음 주는 지영이 태능엘 찾아왔다. 싱그런 5월이라 육사 경내의 나무들이 한껏 푸르름을 발산하고 있었다. 잔디도 눈부시게 파랗다. 날씨도 20도를 오르내리고 담숙한 바람이 불어 나뭇가지들이 아느작거렸다. 마치 온 천지가 자기들의 장래를 축복해 주는 것 같다. 상철은 약속한 시간보다 10분 먼저 정문에 도착하여 5분쯤 기다리니 지영이 왔다.

—오셨어요? 생각보다 빨리 오셨네요. 오늘 버스는 복잡하지 않던가요?

—아무래도 주말이라 사람이 많았어요. 그래도 중간부터는 앉아서 왔어요.

—다행이네요. 그럼 갑시다. 아, 참 이 정문 내가 설계한 거 얘기했나요?

—아니요. 그러세요? 아주 멋있는데요.

—멋있는 것은 모르겠지만 씩씩한 기상이 넘친다는 얘긴 들었어요.

그는 지영을 데리고 다시 캠퍼스 안으로 들어갔다.

—오늘은 잠깐 캠퍼스 투어를 해요. 한 30분이면 될 거예요.

토요일 오후라 여기저기 쌍쌍이 걸어가는 사람들이 꽤 보인다.

길을 따라 걷다 보니 연병장이 나왔다. 만삼천 평이나 되는 육사 연병장(운동장)은 생도 훈련, 입학식, 졸업식, 교장 이취임식, 국군의 날 행사, 개교기념식, 동창회 모임 같은 걸 한다고 지영에게 설명해 주었다. 오늘따라 잔디가 유난히 파랗고 정겨워 보였다. 또 한참을 걸으니 연못이 있고, 연못가에는 벤치가 여기저기 놓여 있다. 잠시 벤치에 앉아 연못을 들여다보니 금빛 잉어들이 힘차게 헤엄을 치고 있어 더없이 평화롭고 여유있는 모습이었다. 그리고 연못 주위의 소나무들이 물에 비쳐 운치를 더해주고 있다. 다시 길을 따라 한참을 가니 박물관 건물이 나왔다.

−저 원형 건물은 박물관이에요. 한번 들어가 보실래요?

−네, 좋아요.

화강암 기둥위에 원형으로 세워진 건물이 멋이 있었다.

박물관 안에 들어가니 국군의 발전사, 6·25 때의 사진, 휴전협정 때의 사진, 포로교환 때의 사진과 함께 육사 입학식과 졸업식, 삼군사관학교 체육대회 등 육사의 역사도 한눈에 볼 수 있도록 잘 정리되어 있었다. 다른 전시실에는 무기의 발전사를 알 수 있도록 무기가 잘 정리되어 있었고, 또 다른 전시실에는 군복의 변천사를 볼 수 있게 군복과 휘장, 계급장, 벨트, 모자, 군화 등 군인들이 입고, 신고, 매고, 다는 여러 부속품들이 전시되어 있었으며, 육사생도들의 다양한 옷도 전시되어 있었다. 육사박물관에서만 볼 수 있는 것이 많아서 박물관을 보는 재미가 있었다.

박물관 관람을 끝내고 100m 정도를 가니 빨간 벽돌로 된 건물이 나타났다.

－저 건물은 흥무관이라고 하는데, 내가 설계한 거예요. 주로 이공계통의 강의실과 실험실 등이 있어요.

－그래요?

건물에 들어서니 일반 건물과는 달리 현관이 널찍하게 탁 트여 있다. 몇십 명 정도는 족히 서 있을 수 있는 정도의 공간이었다.

－이 건물 설계 부탁을 받고 제일 먼저 생각한 것이 이 현관 공간의 확보였어요. 이런 공간이 있으면 우선 시원한 느낌도 주고, 어떤 행사나 파티도 할 수 있어서 좋거든요. 그 다음은 한국적인 미를 담았어요. 지붕과 처마를 보세요.

－아, 정말 그러네요.

－처음에는 윗분들을 설득하느라 힘이 들었지만 다 해 놓고 나니까 모두 잘 했다고 하더라고요.

상철은 자기가 생각해도 이렇게 설계한 것이 매우 자랑스러웠다. 단지 아쉬운 것은 그 어디에도 상철이가 설계했다는 기록은 없다는 것이었다. 우리나라의 주요 건물들도 마찬가지로 설계자의 이름이 없다. 설계자의 이름도 밝혀주어야 설계자가 일한 보람도 있고, 후진들이 '나중에 나도 건축가가 되어야지.' 하면서 뜻을 세우지 않겠는가.

다시 걸음을 옮겨 몇 십 미터쯤 가니 길다란 건물이 나타났다.

―저건 충무관이라고 하는데, 저것도 내가 설계한 거에요. 육사에서 가장 큰 건물로 강의실, 교수연구실 들이 있어요.

―이런 거 설계하면 설계비는 받나요?

지영이 갑자기 질문을 했다.

―아니요. 학교 교수인데 그런 걸 주나요? 더구나 군인인데요. 돈을 받기는커녕 오히려 내가 돈을 써야 하는데요.

―그래도 그건 좀 심하네요. 외부에 맡기면 돈이 많이 들 텐데 그 반이라도 주어야지요.

― 높은 분들이 모두 지영씨같이 생각하면 얼마나 좋겠어요? 그러나 난 괜찮아요. 설계경험을 한 게 얼마나 큰 재산인데요. 아직은 배우는 입장이니까 돈보다도 경험이 더 중요해요. 이제 캠퍼스는 그만 보고 나가서 차라도 마십시다.

10분쯤 걸어 두 사람은 늘 가던 백화 다방으로 갔다. 다방엘 들어서니 선배, 동기 후배들 대여섯 명이 앉아 있다가 아는 척을 하며 지영을 살피는 것 같았다. 그는 손을 들어 답례를 하고는 가장 한적한 자리를 찾아 앉았다. 그리고 지영의 차림을 찬찬히 보았다. 하늘색 블라우스와 하얀 주름치마, 머리는 긴 머리를 단정하게 묶은 모습이었다. 얼굴은 갸름하고, 피부는 하얗고, 눈동자는 맑고, 코는 복스럽고, 입매무새가 너무나 곱다. 성격도 온순하고 능력도 있으니 더 이상 무엇을 바라겠는가.

그는 지영에게 매우 미안했다. 데이트를 하는데 좋은 식당 한번 못 데려가고, 선물 하나 못 주었기 때문이다. 둘이는 다방에서 나와 여느 때와 같이 한 시간 정도 공원을 산책하고 나서 갈비탕을 먹었다.

－나는 우리 결혼을 되도록 서두르고 싶어요. 올해 안으로 하면 안 될까요?

－그렇게 빨리요?

－지영씨를 좀더 많이 만나고 저녁에 헤어지지 않으려면 그 길밖에 없잖아요?

－전 아직 준비가 안 됐지만 최대한 이대위님 뜻을 따를게요.

상철은 일사천리로 결혼을 밀고 나갔다.

비오큐(BOQ)라는 독신장교 숙소는 한 방에 이층 침대를 놓고 한 사람은 아래쪽에, 또 한 사람은 위쪽에 자는데, 불편하기 그지없었다. 아래 침대에서 자면 바로 위 침대의 움직임이 모두 울려와 잠자는 데 방해가 되었고, 위에 자면 공중에 떠있는 느낌이 들어 잠이 잘 안 왔다. 침대도 워낙 좁고 거친 군대 침대다 보니 언제 무너질지 모른다는 막연한 불안감도 있었고, 무엇보다도 매일 이런 식으로 잠을 자야 하는 자체도 너무 싫었다. 특히 상철은 체격이 커서 군대침대가 약간 적었다. 마음껏 가슴을 펴기도, 다리를 뻗지도 못하는 게 서럽기만 하였다.

이 모든 걸 단번에 해결하기 위해서는 결혼밖에는 길이 없었다. 더구나 그는 이미 서른 살이 넘었으므로 올해를 넘기기 전에 결혼을 하고 싶었다. 무엇보다도 부모님이 연로하시고 손주 보시기를 학수고대하므로 더 이상 기다리게 할 수가 없었다. 그로서는 지영과의 결혼을 성사시키는 것이 유일한 희망이었다. 마침 그의 진취적인 기상과 능력을 인정하고, 그의 잠재적 가치를 알아주는 흔치 않는 사람이니 그로서는 지영을 아내로 맞을 수 있느냐가 당면한 최대의 목표가 되었던 것이다.

지영을 소개해준 그녀의 오빠가 그토록 자랑하던 그녀의 아버지도 빨리 뵙고 싶었다. 드디어 여름방학이 되어 상철은 지영의 집을 방문하게 되었다. 청량리에서 기차를 타고 영주에 내려 다시 버스를 갈아타고 안동에 도착하는 데 열 시간 이상 걸렸다. 지영의 집에 도착하여 지영이 이끌어 주는 대로 사랑채에 가서 할아버지부터 뵈었다. 지영이가 상철이를 소개 했다.

−할아버지, 제가 말씀드렸던 이 교수예요.

−인사드리겠습니다. 이상철입니다.

그가 큰 절을 하고 나니 할아버지가 물으셨다.

−본관이 어딘가?

−네, 경주입니다.

-그러면 파는 무엇인고?

-상서공파입니다.

-그럼 성은 됐구만.

그러고 나서 상철을 훑어보시더니

-재주는 있겠구나.

하시는 것이었다.

-그래 부모님은 구족(具足)하신가?

-네, 모두 계십니다.

-형제는 어떻게 되는가?

-1남 2녀입니다.

-독자로군.

그제야 겨우 얼굴을 들어 할아버님을 뵈니 모시 바지저고리에 안동포 조끼, 그리고 머리엔 탕건을 쓰신 차림이었다. 수염을 길게 길렀고, 윤곽이 뚜렷하고 눈도 부리부리하게 크신 분인데 어쩐지 위엄이 느껴졌다. 옛날 노인치고는 체격도 상당히 커 보였다. '이 노인이 지영이가 말하던 그 거만한 노인이구나.'

-알았네. 그럼 건너가 보게.

상철은 어느새 이마에 땀이 송송 맺혔다.

-힘드셨죠?

지영이가 그의 마음을 안다는 듯 응원을 해주었다.

-아버지는 전혀 다른 스타일이세요. 이제 긴장 푸셔도 돼요.

안채로 갔더니 지영이 아버지와 어머니가 기다리고 계셨다.

-아버지, 어머니, 이 교수예요

-어서 와요. 어서 오세요.

-인사드리겠습니다. 이상철이라고 합니다.

다시 큰절을 하니 맞절로 인사를 받으시는 것이었다. 그것으로도 얼마나 예의범절이 있고 겸손한 분들인지 금방 알 것 같았다.

-지영이한테서 얘기 들었어요. 반가워요.

-말씀 낮추십시오.

-아직 그럴 수는 없지요. 먼 길 오느라 수고가 많았어요.

아버지와 어머니는 참으로 인자하고 따뜻한 인상이었다.

둘러보니 유학자 집안답게 한적(漢籍)이 많이 꽂혀 있었다. 할아버지 방에도 선비의 집안답게 책도 많고, 책상도 옛날식 서안(書案)이고, 고급스런 자개 상자 안에 커다란 벼루, 먹, 청자 연적이 있고, 옆에는 크고 작은 여러 개의 붓이 붓걸이에 걸려 있었다. 벽마다 한문 족자가 걸려 있었는데 아버지 방도 비슷한 분위기였다. 한편으로는 부러우면서도 또 한편은 조선시대 훈민정음이 반포된 이후에도 사대부와 식자층의 양반들이 여전히 한자를 고수했다는 사실을 여기서도 확인할 수 있어 잠시 씁쓸한 느낌이 스쳐 지나가기도 했다. 그래도 아버지 방에는 한글 족자가 하나 걸려 있어 조금 위안이 되었고, 수석과 난 화분이 여러 개 있어서 전형적인 선비들의 취미생활을 엿보는 것 같았다.

문득 아버질 찬찬히 뵈니 지영이가 아버질 많이 닮았다는 것을 알게 되었다. 곱상하게 생긴 이목구비하며, 갸름한 얼굴형하며, 온화한 인상하며.

'딸이 아버질 닮으면 잘 산다고 했던가?'

―이 교수는 육사에서 무슨 과목을 가르치고 있어요?

아버님이 물으셨다.

―네. 도학과 역학을 강의하고 있습니다.

―도학? 역학?

―도학(圖學)은 지도라고 할 때의 도자인데요. 건축학의 기초라고 생각하시면 됩니다. 역학(力學)은 구조역학(構造力學)을 말하는 것인데요. 도로, 교량, 집이나 빌딩을 지을 때 재료 자체의 힘과 재료와 재료를 결합했을 때의 힘을 계산하는 분야입니다. 예를 들어 빌딩이 있다 할 때 모양은 디자인 설계이고, 가장 싸게 그리고 가장 안전하게 짓도록 구조와 재료의 힘을 계산해 주는 것은 구조역학입니다. 구조계산이라고도 합니다.

―아, 그래요. 아주 어려운 공부를 했구만요. 일종의 수학 같은 것이겠네요.

―예, 맞습니다. 고도의 수학이 기초가 됩니다.

―아버님은 문중 일이나 유학자들의 일을 많이 하신다고 들었습니다. 김기훈이가 저의 친구인데 외삼촌 자랑을 어찌나 하

는지요.

　—아, 기훈이 친구구만. 나의 생질이지요. 그 어머니와 나 딱 오누이밖에 없으니까 내 누이가 나를 끔찍이 여기네요.

　—네, 들었습니다. 아버님은 이름난 효자시라고요.

　—효자는 무슨. 세상에 자기 부모 섬기지 않는 자식 있나. 내가 어머니를 일찍 여의고 아버님만 계시니 아버님이 더욱 소중할 수밖에요.

　—이젠 정말 말씀 놓으십시오. 더 이상은 민망해서 안되겠습니다. 더구나 오늘은 어른들의 허락을 받으러 왔는데요.

　—허락?

　—예. 저희들의 결혼을 허락해 주십시오.

　—아직 거기까진 생각 못했는데……. 그럼 말을 놓겠네. 자네 생년월일이 어떻게 되는가? 적어도 지영이와 상극은 아니어야 하니까.

　—예, 저는 정축년 동짓달 열이레 묘시입니다.

　—내가 우리 지영이 사주랑 맞춰보겠네. 그런데 자네 부모님도 우리 지영일 보셨나?

　—아직 안 보셨지만 사진 보고 매우 흡족해 하셨습니다.

　—응. 밉상은 아니니까. 지영인 심성이 곱고 올곧은 아이지만 체력이 약해서 너무 험하게 사는 건 못 할 텐데.

　아마 그가 가난하다고 하니까 그걸 우회적으로 걱정하시는 듯했다.

-제가 당장은 가진 게 없습니다만, 열심히 일해서 따님 고생 안 시키겠습니다.

-하기야 둘이다 그만큼 배웠으니 힘을 합하면 금방 일어나지 않겠는가.

-예, 아버님.

-그래 춘부장은 무슨 일을 하시는고?

-예, 목공 기술자입니다.

-연세는 얼마나 되셨는가?

-육십육 세입니다.

-우리집에 대해선 다 알고 있겠지? 지영이 위로 오래비 둘과 언니가 있지. 지영인 막내라고 응석받이로 키워서 아직 철도 없고, 세상물정도 너무 모르는데 벌써 결혼이라니…….

-아닙니다. 얼마나 의젓하고 사려가 깊은데요. 제가 많이 배우고 있습니다.

-그렇게 말해주니 고맙네. 만일 정말로 결혼하게 되면 많이 아껴주게. 알다시피 우린 유교집안이라 출가외인 사상이 철저하다네. 지영이 고모도 상주로 시집갔는데 20년 만에 처음으로 친정을 왔다네. 중간에 내가 찾아가서 겨우 한번 봤는걸.

-그러나 요즘 누가 그렇게 합니까? 저는 자주 찾아뵙고 아버님의 가르침을 받고 싶은데요.

─가르침은 무슨. 그러나 자주 오겠다는 건 환영이네. 자주 만나야 정도 들고 하니까.

─예, 아버님. 오늘 이렇게 뵙게 되어 영광이고 너무 기쁩니다. 무엇보다도 저희 결혼을 허락해 주셔서 진심으로 감사드립니다. 정말 제가 열심히 일해서 지영이 고생 안 시키겠습니다. 행복하게 잘 살겠습니다.

상철이로서는 찬란한 약속을 한 셈이었다. 당시로서는 고생 안 시킬 리 없었으니까.

─아직 확답은 할 수가 없네. 지영이 할아버지 말씀도 들어봐야 하고 궁합도 맞춰봐야 하니까.

이렇게 이야길 하고 있는 사이 저녁 밥상이 들어왔는데, 보니 모두 외상이었다.

아버지 상 따로, 상철의 상 따로였다. 그는 속으로 많이 놀라며 그럼 어머니 상은 어디 있느냐니까 다른 방에서 지영이랑 드신단다. 밥상이 들어오자 아버지는 일어서시더니 사랑채로 가시는 것이었다. 나중에 알고 보니 할아버지 상을 살펴드리기 위해서였다. 한참 만에야 다시 안채로 건너오셨다.

─자, 찬은 없지만 많이 들게.

─예, 잘 먹겠습니다.

상을 살펴보니 9첩 반상이었다. 밥, 국, 고기류, 생선류, 채소류가 고루고루 정갈하게 차려져 있었다. 음식간도 딱 입에 맞는 게 역시 품격 있는 집안이라는 것이 실감났다. 지영이 미리 연락을 해서 제대로 준비를 한 모양이었다. 식사를 급히 끝내신 아버님은 또 사랑채로 건너가셨다. 아마 뭘 얼마나 드셨나 살피러 가시는 모양이었다.

－잘 먹었습니다. 정말 맛있었습니다.

어머니에게 인사를 드리고 그도 얼른 사랑채로 건너가 보았다. 할아버지는 아직 식사 중이었는데, 아버지가 생선을 발라 드리고 있었다.

－아, 역시 듣던 대로 효자시구나.

조금 있으니까 이번에는 누룽지가 다시 상에 놓여 들어왔다. 또 조금 있으니까 과일이 예쁘게 깎여져 세 접시에 담겨 나왔다. 보니 참외와 복숭아였다.

할아버지는 치아가 썩 좋지 않으신 듯 식사를 매우 천천히 하셨다. 밥그릇의 반 정도를 드시고는 상을 물리라고 하셨다. 아버지가 상을 드시는 걸 보고 상철이 얼른 받아 들려고 하자 아버지는 그건 안 될 일이라며 기어코 상을 안채로 갖다 놓고 돌아오셔서 숭늉을 할아버지께 권했다.

－알맞게 식었으니 드세요.

할아버지가 몇 모금을 드시고 내려놓자 이번에는 과일을 포크에 찍어서 손에 들려 드렸다. 그러고는 상철에게도 권했다.

－이 교수도 들게.

과일 한 접시를 상철이 앞으로 밀어 놓으셨다. 이 집에서는 과일도 모두 각자의 접시에 담아 대접하는 것이었다. 그는 아버지가 하는 대로 따라 했다. 과일상을 물리고 나자 아버지가 할아버지께 보고를 했다.

─아버님, 이 교수가 청혼을 하러 이 멀리까지 왔습니다. 지영이와는 이미 뜻이 맞는 것 같은데 아버님도 허락해 주시지요.

─그건 아범이 알아서 하게. 늙은이가 뭐 나설 일 있겠는가?

할아버님도 아드님한테 해라체를 쓰지 않고 하게체를 쓰고 계셨다.

─어떠세요? 이 교수가 맘에 들지 않으세요?

─아니, 맘에 안 들긴. 보니 재주있게 생겼고, 성도 그만하면 됐으니 크게 문제될 게 있겠는가. 잘 의논들 해봐.

─그럼 아버님이 허락하신 걸로 알겠습니다.

─알았네. 나가들 봐.

할아버지 방에서 함께 나오면서 상철은 아버님과 눈을 맞추며 말했다.

─저, 정원 구경 좀 하겠습니다.

─정원은 무슨. 텃밭에 이것저것 심어봤네. 구경하게.

한쪽은 주로 소나무, 잣나무, 무궁화나무, 산수유나무, 석류나무같은 정원수 및 봉숭아, 백일홍, 다알리아, 루드베키아꽃, 채키화 같은 꽃들이 눈부신 아름다움과 화려함을 드러내고 있었다. 정원의 한쪽은 채소였다. 고추, 상추, 배추, 가지, 호박들이 주렁주렁 달려 있고, 한쪽에는 포도나무 가지가 제법 크게 뻗어 포도가 송이송이 달려 있었다. 이상적인 전원주택의 이상적인 텃밭 풍경을 보는 듯했다.

'나도 늙어서는 이런 모습으로 살아야지.'

상철은 지영이네 집이 너무도 맘에 들었다.

'지영이가 이런 집에서 컸으니 그토록 고운 마음씨를 가졌지.'

양쪽의 뜰을 합하면 꽤 넓어 보였고, 집 내부는 양식이었지만 나와서 자세히 보니 외관은 완전히 한옥이었다. 나무기둥이며 기와, 다포식 추녀가 모두 멋이 넘쳤다. 상철은 자기도 잘하면 이 집의 가족이 될 수도 있다는 생각에 가슴이 뛰었다. 뜰을 한 바퀴 돈 다음 다시 아버지 방으로 갔더니 이번에는 조상자랑이었다. 문집이랑 시권(試券)도 보여 주시고, 아버지가 직접 쓰신 서예 작품도 보여 주었다. 더욱 놀라운 것은 친가뿐만 아니라 외가, 진외가, 처가 쪽 문집들도 보여 주었다. 이분은 도산서원 원장, 이 분은 도산서원과 병산서원 원장(향사 때 초헌관을 역임)을 하셨으며, 문하생이 많아서 이런 문집이 나왔다는 설명이었다. 거기다가 아버님이 직접 받은 서원의 망기(望記, 서원 헌관의 추대와 향사 일자가 적힌 문건)도 여러 장 보여 주었다. 책꽂이에는 '동래정씨 족보'가 쭉 꽂혀 있었다.

'삼족이 모두 양반이라는 게 바로 이런 거구나.

정말 이 시대 마지막 유학자의 집을 보는 것 같아 몹시 뿌듯하고, 이런 집에 사위로 들어오는 것이 얼마나 영광스럽고 기쁜지 몰랐다. 아버님이 사랑채에 건너가시자 어머니가 들어와서 음식이 입에 맞았느냐, 어른들이 계시니 불편한 건 없느냐, 무슨 음식을 좋아하느냐 등등 자상하게 물으셨다.

상철은 정말 지영을 놓쳐서는 안 되겠다는 생각을 더욱 굳혔다.

사랑채에 건너갔던 아버님이 한참 만에 돌아오셨다. 아마 잠자리를 봐드리고 돌아오신 모양이었다.

─나는 사랑채에 건너가 잘 테니 이 교수는 이 방에서 자게.

─공연히 제가 와서 아버님을 불편하게 해드리는 것은 아닌지요?

─원, 별 소릴 다 하는구먼. 나는 평소에도 아버님을 모시고 잔다네. 다만 저 사람이 상 하나라도 덜 나르게 하느라고 식사 때는 여기에 많이 와 있는 거지.

─아. 예.

─그럼 피곤할 디인데 쉬게.

─저도 할아버님께 인사하고 오겠습니다.

─그럼, 그러게.

아버님과 함께 다시 사랑채에 와서 할아버님께 안녕히 주무시라고 인사를 했다.

─자네는 어디서 잘려구?

-예, 이 교수는 안채 저의 방에 재우겠습니다.

-그래. 그렇게 하면 되겠구만. 어서 건너가 봐.

상철은 처음으로 격조 높은 집에서 안동포로 덮은 비단요 위에서 풍기 인견 이불을 덮고 잠이 들었다. 자기 집인 양 편안하게 실컷 자고 일어났더니 어느새 아침 해가 훤하게 떠 있었다. 일어나서 세수를 하고 어른들께 인사를 했다.

아침에도 역시 구첩반상 대접을 받고 나니 상철은 정말 조선시대 사대부가 된 느낌이었다. '나에게 너무 과분한 집이지만 이 집에서 못 가진 것을 나는 가졌으니 기죽을 건 없다. 결국 나는 이 댁의 자랑스런 사위가 될 테니까.'

아침식사가 끝나자 아버님이 말씀하셨다.

-어젯밤에 자네와 우리 지영이 궁합을 보았는데 나쁘지 않더군.

-네, 그래요? 정말 다행입니다. 감사합니다.

-그럼 그렇게 알고 또 연락하세.

-예. 자주 연락드리겠습니다. 그럼 저는 이제 가보겠습니다.

상철이 서둘러 떠나겠다고 하자 지영은 며칠 더 있다 보내겠으니 먼저 가란다. 혼자서 갈 생각을 하니 너무 섭섭하고 지루할 것 같았지만 어른들의 뜻을 어길 수는 없었다. 할아버지부터 차례로 인사를 하고 지영에겐 서울 오면 연락하라고 하고 길을 나섰다.

상철은 서울에 도착하자마자 이태원 군인아파트를 신청한 것이 어떻게 되었는지 그것부터 알아보았다. 11월 중순까지는 확약할 수 있다고 하였다. 그래도 최대한 빨리 빈집이 나오는 대로 우선적으로 선처해달라고 간곡하게 부탁한 후 12월 결혼식을 목표로 삼았다. 그리고 추석 때 지영을 부산에 데리고 갔다. 지영의 절을 받자 어머니는 그녀의 손을 잡았다.

―얘기 많이 들었어. 여러 가지로 고맙대이. 우리에겐 상철이가 이 세상에서 제일 잘난 아들이지. 우리 상철이가 좋아하는 색시라면 우리는 무조건이야. 부디 두 사람이 힘을 합해 세상을 잘 헤쳐 나가길 바래.

어머니는 이미 며느리가 다 된 것처럼 얘기하셨다. 아버지도 같은 뜻이라는 듯 고개를 끄덕였다.

일이 일사천리로 진행되어 상철과 지영은 11월 말 그의 생각대로 결혼식을 하고 군인아파트에 입주하게 되었다. 그런데 당시 서울 시내에도 아파트가 별로 없던 시절이라 이 초기 아파트의 시설 수준은 말이 아니었다. 입주를 해보니 엘리베이너노 없는 5층짜리였는데 한 가구는 모두 9평짜리였다. 더구나 상철이네는 5층 꼭대기층에 배정이 되었는데, 그때만 해도 단열재 같은 건축자재가 없던 시절이어서 5층 꼭대기는 여름에는 완전히 찜통이었고, 겨울에는 춥기가 완전히 시베리아였다. 5층을 걸어서 오르내리는 것도 아버지, 어머니, 지영에겐 너무 벅찬 일이었을 것이다. 게다가 봄에 가물 때는 수돗물이 안 나와서 물차가 오면 그와 지영은 아파트 마당에서 5층까지 양동이로 물을 날라야 했다. 상철은 지영에게 미안했다. 고생 안 시킨다고 해놓고…….

그는 집안의 모든 일에 관심을 안 두고 퇴근 시간이 되면 결혼 전과 다름없이 밤에는 학교도서관에 있다가 밤늦게 집에 들어가고 아침에는 6시 육사 출근차를 타고 출근하였다.

이런 와중에 부모님이 교대로 입원을 해서 경제적으로 큰 부담이 되었다. 아직 의료보험이 없었기 때문이다. 부산에서 대학을 다니는 동생한테도 계속해서 등록금 및 생활비를 보내주어야 했다. 설상가상으로 어머니가 대장암에 걸려서 큰 수술을 받게 되었다. 한 달쯤 입원하고, 또 나와서도 항암치료 등 아무튼 돈이 끝없이 들어갔다. 이러다 보니 빚을 더 지게 되어 이자가 이만저만이 아니었다. 그때는 은행이자도 20퍼센트나 되었지만 아예 은행 대출은 꿈도 못 꿀 일이었고, 지영이 이리저리 친구, 친척들, 학교기금 등을 빌려도 이자가 연 60퍼센트였다. 이것도 지영이 발로 뛰어서 빌려왔지, 그는 절대로 남에게 아쉬운 소리를 못하는 체질이었다. 정말 아내 보기에 너무도 미안하고 민망하여 애꿎은 퇴근시간만 늦추었다.

지영이 혼자 얼마나 고군분투했을지 짐작은 되나, 그가 할 수 있는 일이 별로 없었다. 그러면 말로라도 미안하다거나 고맙다고 해야 마땅했으나 그는 그것조차도 못했다. 이런 와중에 허니문베이비가 생겼으니 지영의 어려움은 더욱 컸다. 그러나 그 모든 걸 참고 이겨 내어 아들을 낳으니 부모님의 기쁨은 말할 수 없었다.

워낙 경제적으로 고통을 받던 때라 상철은 자식 귀한 줄도 잘 몰랐지만 아이가 크면서 새로운 재주를 할 때는 너무나 사랑스럽고 신기했다. 남자와 여자가 만나 결혼을 하고, 애기가 태어나고, 그 아기가 커나가는 모습이 곧 예술이며 인생의 본질처럼 여겨졌다. 곤히 잠을 자는데 애기가 깨서 울 때는 밉기도 하고 원망스럽기도 했지만, 아이가 커가는 모습을 보는 것은 경이로움과 행복 그 자체였다.

밤새 아이한테 시달려 매일매일 잠을 설치며 새벽이면 일어나 밥을 해서 가족에게 먹이고 자기 도시락 싸가지고 직장에 다녀야 하는 지영의 어려움은 실로 엄청났을 것이다. 그러나 원래도 무심한 성격의 그는 상현의 죽음 이후 더욱 무심하고 이기적이고 냉소적인 사람이 되어 갔다. 퇴근 시간이 지나도 학교 도서관에서 몇 시간 앉아 있다가 귀가하곤 했다. 집에 와서 아버지 어머니의 모습을 보는 것도 부담스럽고, 지영에게도 너무 고생시키는 것도 민망하니까 되도록 덜 보는 게 마음이 편했다.

지영의 부모님께는 '지영이를 고생시키지 않겠다', 지영에게는 '실망시키지 않겠다'고 한 약속이 모두 허언이 되는 형국이었다. 언젠가는 이 모든 것을 보상해줄 수 있는 날이 오리라는 희망만 가지고 있을 뿐 적극적으로 해법을 찾을 궁리도 안 하고 지냈다. 아내가 별 잔소리 없이 그냥 지켜봐주는 것이 신기할 뿐이었다.

이렇게 하기를 일 년 정도 지난 어느 날 그는 심각하게 자기의 장래에 대해 고민하기 시작했다. 물론 이대로도 육사교수이니 안정된 직장도 있는 셈이고, 몇 년 지나면 형편도 나아지겠지만, 이런 상태로 모든 걸 지영에게만 맡기고 더 이상의 목표도 없이 살 수는 없었다. 다시 정신을 가다듬어 자기가 무엇을 어떻게 해야 할까를 궁리해 보았다. 우선 아무리 예편을 하고 싶어도 할 수가 없으니 군에 있으면서 돌파구를 찾는 것은 유학뿐이라는 현실을 직시하고 다시 한 번 유학길을 찾아야 한다는 결론에 도달했다.

풀브라이트 재단을 포기하고 다른 장학금을 받을 수 있는 길을 찾아야 했다. 상철은 항공엽서 열 장을 사서 토목공학과가 좋은 열 개의 대학을 골라 편지를 썼다. 두어 달 지나자 그중 다섯 학교에서 카탈로그와 입학원서를 보내왔다. 토플(TOEFL)이나 지알이(GRE) 같은 건 이미 성적이 다 나온 게 있었으므로 그중 세 군데로 압축하여 원서대와 함께 필요한 서류를 보냈더니 버클리대학에서 장학금 통지서와 함께 입학허가서가 왔다. 그

142

는 그때서야 지영이한테 모든 사실을 말했더니 지영인 정말 잘 됐다며 울먹였다. 아버지, 어머니께도 얘기하니 모두 기뻐해주셨다. 그는 버클리대학교 토목공학과에 가게된 것이 특히 기뻤다. 일전에 어느 교수님과 가졌던 대화가 생각나서였다.

－미국 토목학과 랭킹이 발표됐는데 1등 일리노이대, 2등 U.C 버클리대, 3등 MIT……. 나도 버클리에서 석사를 했는데 기분이 좋아.

상철이가 이번에 받게 된 장학금 펠로우십은 우리나라의 우등장학금에 해당되는 것으로 연구조교로 일할 필요 없이 공부만 하면 되는 것이니 완벽했다. '나의 행운의 여신은 이번에도 또 한번 미소를 지어주시는구나.'

그런데 그때는 서울에서 외국으로 떠나는 우리나라 국제여객기가 없었다. 다만 노스웨스트 비행기가 일주일에 한두 번 정도 서울－도쿄를 연결하고 있었고, 도쿄에서는 다른 노스웨스트기가 LA로 가는 노선이 있었다. 막상 세 식구가 떠나려고 하니 비행기 값이 또 이만저만이 아니었다. 한 사람의 비행기 값이 그의 몇 달치 월급 수준이었다. 당시 서울－도쿄－LA의 편도 항공요금이 1인당 513달러였다. 그러니 그 돈을 또 빌려서 떠나야 했고, 미국에 가서 2년간은 쥐꼬리만 한 장학금에서 매달 빚을 갚아야 했다. 그래도 경제적 능력이 없는 부모님께는 아무런 얘기도 못 하고 이렇게 안심시켰다.

─저희는 미국 가서 장학금 받아 공부할 테니 아부지, 어무이
는 저의 월급으로 생활하시면 됩니더.

부모님은 무엇보다도 손자를 못 보시는 것을 제일 아쉬워하
셨지만 자식의 성공을 위해서는 모든 걸 받아들이셨다. 상철,
지영, 인수 세 식구는 버클리대학에 가서 미리 신청해 둔 학생
아파트에서 제2의 신혼생활을 시작하게 되었다.

아픔을 딛고

지루한 장마가 잠시 소강상태를 보이며, 오랜만에 하늘에는 엷은 회색 빛 구름들이 나비처럼 부희처럼 춤을 추고 그 사이로 아름답고 찬란한 햇빛이 여러 갈래로 내리쬐이고 있었다. 오늘 따라 잔디도 더 파랗고 나무들도 푸른 빛을 한껏 발산하고 있었다. 싱그러운 산과 들에는 달개비꽃, 망초대꽃, 아카시아, 패랭이, 스칼렛, 기린초, 금계국꽃, 미나리아재비꽃들이 제각기의 독특한 자태로 형형색색 피었고, 고추잠자리와 나비, 그리고 벌들까지 마음껏 꽃을 탐미하고, 꿀을 빨면서 아름답고도 풍요로운 자연의 향연을 한껏 즐기고 있었다.

상철은 육사 생도가 되어 멋있는 제복을 입으니 감개무량했다. 시골에서 농사나 거들어야 했던 자기가 멋있는 유니폼을 입은 사관생도가 되어 입학식에 임하게 되었다는 것이 스스로 생각해도 꿈만 같았다. 입학식장에서, 근사한 제복에 가슴에는 울긋불긋한 훈장을 달고 어깨에는 번쩍번쩍한 별을 두 개, 세 개씩 단 장군들이 본부석에 앉아 있는 것을 보니 얼굴은 상기되고 가슴은 쿵덕쿵덕 소리를 냈다. 그러나 얼마 전 고향을 방문했던 일이 떠올라 가슴 한 켠에 묵직한 바위가 들어앉은 느낌이 남아있기도 했다. 육사 입학 전에 인사 차 큰아버지와 사촌형들을 뵈었는데 한결같이 육사 진학을 나무라는 것이었다.

－왜 군대(육사)에 가노? 연로하신 부모님을 돌봐드려야지 어떻게 할라꼬 그러노? 남들은 취직 못해 야단인데 교사직을 그냥 버리고 가다니…….

상철은 그들을 열심히 설득했다. 특히 육사가 훈련소 같은 곳이 아니라 훌륭한 대학 교육을 하는 곳이라고 설명했다. 그때까지 완강하던 사촌형은 그 말에 조금 움직이기 시작했다. 150호가 사는 마을에 대학생이라고는 단 한 명뿐이었으니까.

일반학기가 시작되어 공부를 하는데, 과목마다 경쟁 체제를 도입해서 이동식 수업을 하는 것이었다. 동기로는 200여 명이

입학했는데 과목마다 A, B조로 나누고, 각 조마다 다시 5교반
으로 나누어 한 반에 20명씩 성적에 따라 앞자리에서부터 순
차적으로 정해진 좌석에 앉아 수업을 했으니 200여 명의 성적
이 항상 공개되는 것이었다. 거북하고 답답하기도 했지만 과목
마다 수준이 비슷비슷한 생도들이 함께 공부를 하니 능률이 오
르기도 하였다. 일반인들은 잘 모르겠지만 실제로 육사는 어느
대학보다도 공부를 많이 시켰고, 영어만 해도 원어민 교수가
제대로 공부시켰다. 분야에 따라 전공교수가 없는 경우에는 한
국에서 최고의 교수를 모셔와 강의하게 했다. 이름만 대면 누
구나 알만한 일류대학 교수들이 와서 강의를 해보고는 모두들
놀라며 칭찬을 아끼지 않았다. 나중에 상철이가 교수가 되어
무슨 위원회 같은 데서 그분들을 가끔 만나는 경우가 있었는
데, 그가 육사를 나왔다고 하면 정색을 하고 반가워하며 육사
생도들의 우수성과 성실성을 한참씩 칭찬하기도 했다.

카이스트 교수가 되어 미국 스탠포드대학에서 열린 국제학술
대회에 참가했을 때였다. 어느 제자의 부탁으로 실리콘밸리에
가서 그의 삼촌 되는 분을 만난 적이 있었다. 이분은 S대 전자공
학과를 졸업하고 미국 스탠포드대학에서 전자공학 박사를 받은
분이었는데, 평소 연구했던 내용으로 벤처기업을 운영하고 있
었다. 이것저것 환담하는 중에 고등학교 이야기가 나왔다. 어느
고등학교를 나왔느냐는 질문에 상철이 '고등학교는 못 나오고

사범학교를 나왔습니다.’ 라고 농담조로 답변하자 그가 ‘존경합
니다.’ 하고 대답하는 바람에 당황할 수밖에 없었다. 그의 말은
이어졌다.

　-우리 아버지가 경남 고성에 있는 초등학교 교장선생님이
었는데, 내가 고3이 되자 부산사범학교에 진학하라고 권유하
셔서 시험을 쳤는데 떨어졌어요. 그 대신 K고등학교에 들어갔
지요.

　-K고등학교라면 전국적으로 유명하니 오히려 잘 되신 거
아닙니까?

　상철의 말에도 그는 별로 위안을 받는 것 같지는 않았다. 이
어지는 대화에서 더욱 놀랐다. 상철이 육사를 나왔다는 조카의
말을 듣자 그는 자세까지 고쳐 앉는 것이었다.

　-정말 존경합니다. 저도 육사에 응시했다가 낙방하고 S대
전자공학과를 갔지요.

　-S대 전자과는 높은 커트라인을 자랑하는 학과가 아닙니까?

　상철이 마땅히 대꾸할 말이 없어 그렇게 말했으나 그는 입을
다물었다. 그 바람에 더 이상 출신 학교에 대한 이야기는 나누
지 않았다. 다만 나이도 비슷하고, 부산사범학교와 육사시험
을 같이 친 많은 사람 중에 운명이 엇갈린 경우라는 생각을 하
며, 세상살이의 오묘함을 다시금 생각하게 되었다.

　상철은 누구가 ‘어느 고등학교를 나왔냐?’ 고 물으면 ‘고등

학교 안 나왔다' 고 대답하고 상대방이 고개를 갸웃둥 할라치면 그때서야' 사범학교를 나왔다 '고 짓궂게 대답하는 경우가 많았다. 그런데 아이러니컬하게도 이 사범학교가 2년제 부산 교육대학이 되고, 다시 4년제 교육대학교가 되었으니 농담으로 '고등학교를 안 나왔다.' 고 한 말이 농담이 아닌, 진담이 된 셈이었다.

육사의 학기는 봄, 가을의 일반학기와 겨울학기, 여름 2개월간의 군사훈련으로 구분되는데, 일반 학기 교육과정은 일반 대학과 크게 다르지 않지만, 하기 군사훈련은 일반대학의 여름방학기간에 집중적인 군사훈련을 받게 되어 있었다. 생도들은 매일 일사불란하게 6시에 일어나서 청소하고 세수하고 7시에 아침을 먹고, 8시부터는 수업이 시작되었다. 교과목은 문과, 이과 과목을 고루고루 공부했으며, 세계사를 매우 깊이 있게 공부하고, 무기에 대해서도 배우고 군사학 같은 과목도 깊게 공부하고, 자동차학, 독도법(讀圖法), 전쟁사 등도 공부했는데, 나중에 사회에 나가보니 여간 유용하지 않았다. 오후 3시에 수업이 끝나면 요일별로 체육, 예능, 취미, 훈련 등 다양한 활동을 하였다. 체육도 다함께 체조 같은 걸 하기도 하고, 구기를 하기도 하고, 무술이라 하여 펜싱, 검도, 유도, 태권도, 권투도 하고 수영도 하였으니 모든 체육 분야를 조금씩은 다 하는 셈이었다. 취미반도 운영하여 밴드, 바둑, 합창, 농구, 배구, 야구, 축구, 럭비 중에서 선택하여 더 깊게 하도록 했다. 필수적으로 한 가지씩은 제대로 해야 한다.

상철은 1학년 때는 펜싱을 했으나 2학년 때는 유도를 하고, 3,4학년 때에는 태권도에 집중하여 2단까지 땄다. 저녁 6시에 저녁을 먹으면 밤 10시까지 의무적으로 도서관에서 공부를 해야 잠을 잘 수 있는데, 5교반 생도들은 연등을 해야 했다. '시간을 연장하여 등을 켠다' 는 의미의 '연등(連燈)' 을 의무적으로 해야 하는데, 한두 시간 더 공부해서 따라가게 하는 제도였던 것이다.

5교반은 '장군교반' 이라는 별명을 얻기도 했는데, 장군감이 많다는 뜻이었다. 일반 공부에는 큰 취미가 없는 반면, 장차 군인으로서는 큰 활약을 할 수 있는 체질을 가진 생도들이 많다는 뜻으로 불러주는 애칭이었다. 물론 능력 부족인 생도들도 단골로 5교반에 모여있기도 했다.

연등을 하는 학생도 기본적으로는 혼자 공부하지만, 수학과 같이 혼자 하기 어려운 과목은 선배의 지도를 받기도 하고, 때로는 젊은 교수의 지도를 받기도 한다. 그는 육사 4년의 교육 중 제일 싫었던 건 응원 연습이었다. 당시는 삼군사관학교 체육대회가 국민적 관심사여서 매스컴도 많이 탔기 때문에 사관학교 교장들로서는 이 체육대회에서 우승하는 것이 매우 중요한 과제였던 것이다. 응원은 경기를 응원하는 데도 목적이 있었지만, 응원 그 자체도 경쟁이었다. 국민들에게 공개되는 것이어서 10월 1일 국군의 날에 개최되는 삼사관학교(육사, 해사, 공사) 체육대회 두 달 전부터 1학년은 야간에 거의 매일 응원연습을 하였다. 수십 가지의 카드세션뿐 아니라 여러 가지의 응원도구를 사용하여 연습을 했는데 그에게는 가장 지겨운 일이었다. 하루 이틀만 해도 될 응원 연습을 두 달씩 시키다니…….

육사 교장은 보통 3성 장군이 되는데, 이때까지만 해도 대부분 단기 육사나 6·25 때 참전하여 계급이 껑충껑충 뛰어 장군이 된 사람도 있어서 최고로 우수한 집단인 생도들에게는 잘 맞지 않았던 듯하였다. 물론 교장들 중에는 지도력이 매우 탁월하여 오래오래 전설이 된 교장도 있긴 했다. 체육대회는 축구와 럭비 두 종목을 리그로 해서 우승과 준우승을 가렸다.

하기군사훈련을 받을 때는 유격훈련을 비롯해 갖가지 호된 훈련을 받아야 했다. 1학년은 교내에서 기초군사훈련을, 2,3,4학년은 전후방 본대를 방문하여 교육을 받으며, 4학년 때는 해, 공군사관학교에서 해군 및 공군훈련을 받는다. 겨울방학 때는 군사이론 공부와 극기 훈련을 받는다. 때로는 멋있게, 때로는 고달프게 생각되었다. '애국'과 '국가에 대한 충성'이 모든 교과목에 녹아 있었다. 평소의 생활과 훈련은 생도 자치 제도에 따라 지휘관 생도의 지도로 운영되었다. 생도대는 연대장 생도와 그 참모생도들, 대대장 생도와 그 참모생도들, 중대장 생도에서 분대장생도까지 내려간다. 상철은 연대 군수참모였다. 이 자치제도는 생도들로 하여금 군인으로서 필요한 훈련도 하고, 이러한 훈련을 통해 지휘능력을 배양하는 목적도 있었다.

육사생도의 규율이 엄격하다는 것은 일반에도 널리 알려진 사실이었다. 삼금(三禁)제도가 있어 술, 담배, 그리고 여자관계를 엄격히 금하고, 위반 시에는 무조건 퇴교된다. 또한 명예제도가 있어 양심에 어긋나는 일을 했을 때는 양심보고를 하여 자가 반성을 하도록 되어 있었다. 거짓말, 시험에서의 부정행위, 남의 물건을 훔치는 행위 등을 하고도 즉시 양심 보고를 하지 않았을 때도 즉시 퇴교 조치되었다. 또한 어느 한 과목에서라도 67점 이하를 받으면 낙제를 하고, 세 번 이상 낙제하면 자동 퇴교 조치되었다. 그래서 '육칠고지'라는 말이 유행했다. 재미있는 것은 동기생 중 수학 때문에 퇴교한 학생이 있었는데, 사회에 나가서 유명학원의 실력있는 수학강사로 이름을 날렸다. 동기생 200명 중에 10% 이상이 낙제하여 함께 졸업을 못했고, 몇 명은 퇴교당했다. 대신 선배기에서 낙제한 2,30명이 함께 졸업했다. 이렇게 4년간을 엄격한 규칙생활을 하며 절제된 생활을 하다 보니 건강은 저절로 확보되고, 정직한 사람이 되지 않을 수 없었다.

아무튼 상철은 두 달간의 기초군사 훈련과 한 학기를 마칠 때까지 교문을 나서보지 못했다. 1학년 겨울방학 때 비로소 휴가를 얻어 부산으로 내려갈 수 있었다. 며칠간의 설레는 날을 보내고 나서 휴가길에 올랐다. 열차가 부산역에 도착하자마자 제일 먼저 개찰구를 빠져나온 그는 자기 눈을 의심했다. 의당 나와 있을 줄로 믿었던 아버지도, 동생 상현이도 보이지 않았기 때문이다. 그때 상현이 친구 영호가 뛰어 왔다.

－상현이는 어디 가고 왜 니가 왔노?

－응, 상현이는 잠시 어디 갔어. 가방 이리 줘, 형.

상철은 언뜻 불길한 예감이 머리를 스쳐갔지만 애써 지우려 했다. 급히 집으로 와보니 역시 상현은 보이지 않았다.

－상현인 어디 갔어요?

상철의 질문에 아버지는 맥없이 대답했다.

－어디 좀 갔다.

－어디요?

재차 물었으나 아버지는 대꾸 없이 눈이 마주치는 것마저 피하셨다. 전에도 한 번 그런 일이 있었듯이, 상현이가 아버지 속 지르고 잠시 어디 나가 있기라도 했으면 하는 희망을 가져보려 했으나 왠지 불안감을 떨칠 수가 없었다.

일단 부모님께 큰 절을 하고 자세히 보니 반년 사이에 아버지, 어머니는 폭삭 늙어 있었고, 아직 중학교 1학년인 여동생의 얼굴에도 전에 없이 그늘이 져 있었다. 그는 뭔가 이상하다는 걸 직감했다. 그리고 보니 자주 자주 편지를 보내주던 동생들이 지난 한 달간은 편지 한 장도 없었다는 것이 그때서야 생각이 났다. 낯선 환경에 적응하느라 반년이 어떻게 지나갔는지도 모르게 정신없이 지낸 날들이었다. 이제 정신을 차려 보니 자기가 집에 왔을 때도 버선발로 뛰어나왔을 어머니가 눈에 눈물만 그렁그렁하였고, 아버지도 아무런 표정 없이 넋 나간 사람 같았으며, 여동생도 큰오빠 왔다고 팔짝팔짝 뛸 줄 알았는데 너무 풀이 죽은 모습임을 확실히 알 수 있었다. 처음엔 하도 오랜만에 만나 가족들이 너무 반가워 말을 잊은 줄 알았지만 그게 아니라는 걸 그때서야 깨닫게 되었다.

─집에 무슨 일 있죠? 상현은 도대체 어딜 간 거예요? 그리고 아버지 어머니는 반년 사이에 왜 이리 늙으셨어요? 누나는 잘 있나요?

그는 연달아 물어댔으나 아무도 대답해 주는 사람은 없었다.

─도대체 무슨 일이 있었던 거예요? 제발 말 좀 해보이소. 상희야, 니가 좀 말해 봐라.

이 말을 듣는 순간 상희가 드디어 울음을 터뜨렸다. 그는 가슴이 터질 것 같았다. 도대체 무슨 일이 있었기에 온 가족이 벙어리가 되었는지, 상희는 왜 울음보를 터뜨리는지 답답하기 그지없었다. 상희를 꼭 안고 다시 물었다.

─상희야, 왜 그러니? 오빠 답답해 죽겠다. 무슨 일이야?

─큰오빠, 작은오빠가…….

-응, 작은오빠가 왜?

-작은오빠가 지난 달에 죽었어.

-아니, 뭐라고? 상현이가 죽어? 상현이가 왜 죽어? 뭣 때문
에 죽어?

다시 아버지에게 물었다.

-아버지, 말씀 좀 해보세요. 상현이가 죽다니요? 무슨 이런
말도 안 되는 일이 있어요?

-미안하다. 다 애비 탓이다. 못난 애비를 용서해라.

-뭐가 아버지 탓인데요? 제발요.

-지난 달에 상현이가 복막염으로 갔단다. 다 내가 못난 탓이다.

그랬다. 상현이가 배가 아프다고 해서 병원엘 갔는데 별일
아니라며 약만 처방해 주었다. 그러나 2,3일 뒤 배는 더욱 아팠
고 상현은 정신을 차리기조차 어려운 상황이 됐다. 다시 병원
에 가니 맹장염이 복막염이 됐다며 빨리 수술을 해야 한다는
것이었다. 그 길로 바로 입원을 시키고 수술을 받아야 하는데,
병원에서 보증금을 내야 입원 수속을 할 수 있다고 하여 돈 구
하러 다니다가 그만 이틀을 허비해 버리고 이틀 후에야 입원을
하여 수술을 하였으나 이미 너무 늦어 그만 목숨을 잃은 것이
었다.

이런 이야길 듣자 그는 완전히 이성을 잃어버렸다. 그토록
위급한 환자를 오진한 의사도 용서가 안 되고, 돈 없다고 입원

안 시킨 병원도 용서가 안 되고, 아들 병원비 마련에 이틀이나 걸려야 했던 가정 사정도 너무 싫었다. 알고 보니 그토록 아끼던 아들을 앞세우고 어머니는 함께 죽겠다며 광중(壙中)에 드러누워 있었는데, 온 동네 청년들이 나서서 겨우 어머니를 업어서 집에 모셔 왔다고 한다.

─이렇게 하시면 안 됩니더. 이렇게 하몬 큰아들한테 해롭습니더. 큰아들이 그 좋은 학교에 다니고 있는데, 어머니가 이러시면 안 됩니더. 정신 차리이소.

동네 어른들의 위로에 어머니는 가까스로 정신을 차리고 진정했다는 것이다. 그러나 당분간 큰아들한테는 알리지 않는 게 좋겠다는 모두의 의견에 따라 연락을 안 했던 것이다. 하기야 이런 소식을 들었으면 그는 학교고 뭐고 때려치우고 내려왔을 것이었다. 그는 하늘이 무너지고 땅이 꺼지는 아픔과 분노와 안타까움으로 3일간 물 한 모금 먹을 수 없었고, 잠 한 숨 잘 수가 없었다. 육사에 합격하여 상경하면서 동생과 나눈 대화가 떠올라 더욱 가슴이 터져버릴 것 같았다.

─우리 가족 잘 부탁한다. 상현아, 미안하다. 형의 짐을 네게 지워서……. 그래도 열심히 공부해 내년에 대학에 가야지.

─형, 아무 걱정하지 말고 가. 우리 가족은 내가 다 알아서 돌볼 테니 형은 형의 길을 가. 난 형이 육사에 다니는 것만으로도 너무 신나고 자랑스러우니까.

그렇게 의젓했던 동생이 맹장이 터져 수술을 하기까지 며칠간 얼마나 고통스러웠을까 생각하니 몸서리치게 가엾고 미안했다. 인물도 준수하고 마음 씀씀이도 유난히 따뜻하고 기특했던 동생이었기에 아깝기 그지없었다. 사실 그 동생 믿고 지난 반년간 학교에 충실할 수 있었는데, 이제 그런 동생이 너무도 어이없이 죽었다고 생각하니 참절한 아픔이 온몸을 휘감았다.

'난 이제 어찌 해야 하나? 며칠 후면 다시 학교에 복귀해야 하는데……. 모든 걸 다 때려치울까? 내 팔자에 무슨 사관학교가 가당키나 한 일인가? 그저 농사나 짓고 기술이나 배워 가족 부양이나 해야 할 내게 사관학교란 처음부터 너무 사치스러웠는지도 모른다. 근사한 제복을 입고, 초일류대학의 교육을 받는 게 나한테는 너무 과분했어.'

그러나 사관학교를 아무나 들어가는 것도 아니고, 그 어려운 관문을 통과한데다 집에서 돈을 가져가는 것도 아니고, 생도 용돈으로 나오는 쥐꼬리만 한 월급도 모아 집에 보낸 그로서는 그저 세상이 야속하고, 자신의 처지가 억울하기 이를 데 없었다. 울음조차 나오지 않는 너무도 참담한 현실 앞에서 정신을 차릴 수가 없었다. 시간이 얼마나 지났을까? 누군가 막 흔들어 깨워서 겨우 눈을 떠보니 아버지, 어머니, 동생이 근심 어린 눈으로 자기를 보고 있었다. 눈을 뜬 게 후회스러웠다.

'나도 이대로 영원히 잠을 잤으면 얼마나 좋았을까?'

막상 눈을 떠보니 모두들 자기 걱정에 밥도 못 먹고 잠도 못 잔 모양이었다. 둘째아들은 이미 갔으나 큰아들마저 잃을 수는 없었을 부모님, 큰오빠만은 건재해주기를 간절히 바라고 있을 동생, 이 모든 가족이 이제 자기만 바라보며 살 거라는 생각이 들자 온통 천지가 암흑이 되고 무서운 태풍이 자기를 향해 사정없이 달려오는 듯했다. 가족들이 조심스럽게 애원을 하다시피 달랬다.

─우리도 다 같이 죽고 싶었지만 니를 위해 구차한 목숨 이어가고 있다. 우리가 정신 차리고 살아 있어야 니가 마음 놓고 학교를 다닐 수 있을 것 같고, 상현이도 그걸 제일 바랄 것 같아서 이렇게 입에 곡기를 넣고 살아왔어. 상현이는 형 잘 되는 거 보는 게 소원이었던 애가 아니냐? 죄 많은 부모 만나 니가 이토록 아파하는 걸 보니 그때 같이 묻히지 못한 게 한스럽구나. 상철아, 이 불쌍한 어린 상희 봐서라도 니가 힘을 좀 내 주면 안 될까?

아버지, 어머니의 간곡한 얘기에 그는 일어나 앉으니 머리가 어찔어찔했다. 마침 죽을 쑤어 놓았다며 어머니가 상을 들고 왔다. 죽을 좀 먹고 나서 다시 잠에 빠져 들었다. 얼마나 잤을 까? 다시 눈을 떠서 달력을 보니 이제 돌아가야 할 날도 이틀밖에 남지 않았다.

그는 이 참혹한 현실 앞에서 하염없이 흐르는 눈물을 닦을 생각도 않고 멍하니 앉아 있자니 몸속에 있는 기(氣)란 기는 다

빠져 나간 것 같고, 힘이란 힘은 모두 사라진 것 같았다.

'하느님, 상현이가 무슨 죄가 있다고 열여덟 살 꽃다운 나이에 데려가시다니요. 오, 하느님, 저희 형제에게 어찌 이런 형벌을 주십니까?'

누나가 근심어린 눈으로 그를 보면서 두 손을 마주 잡는다.

—상철이, 자네의 심정 누나가 왜 모르겠는가? 난 자네 형제 우애있게 크는 것을 보는 것이 너무도 큰 기쁨이고 행복이었는데, 상현일 그렇게 보내고 나니 천지가 무너지는 것 같았어. 그래도 산 사람은 살아야 하겠기에 억지로 힘을 내어 아이들 키우고, 시부모님 봉양하며, 가끔 친정도 돌보며 살고 있네. 큰동생 자네를 생각하면서 기운을 차렸어. 상현인 근심걱정 없는 하늘나라에 갔으려니 하고 우리 나중에 거기서 다시 만나면 안될까? 큰아들이 돌아와 부모 원망할 것이 두려워 노심초사하셨어. 불쌍한 우리 엄마 생각해서도 우리가 힘내자, 응?

—알았어요, 누나. 노력해 볼게요.

그는 누나의 고군분투가 눈물겨워 정신이 번쩍 났다. 그렇지, 누나가 어떤 사람인가. 초등학교도 채 졸업하지 못하고 가족들 돌보다가 열일곱 어린 나이에 층층시하로 시집가서 시조부모님, 시부모님, 시동생 두 명, 시누이 두 명을 모시고, 네 명의 자식을 낳아 기르며, 가게까지 운영하는 촌철살인의 정신으로 살아온 터에 친정마저 갑자기 이웃으로 오니, 시댁 몰래몰래 친정을 돌본 너무도 고맙고 안쓰러운 우리의 장한 누나가 아닌가. 이런 누나 앞에서 내가 대체 뭘 하고 있는 건가. 누나를 위로하고 격려해야 할 사람이 오히려 그 불쌍한 누나에게 위로받고 있다니!

이러한 생각에 이르자 정신이 좀 들었다.

'온 가족을 위로하고, 내가 건재함을 알리고, 그들에게 힘과 용기를 주어야 할 이 집안의 맏아들이자 이제 독자가 아닌가. 어린 상희에게도 의젓한 큰오빠의 모습을 보여주어야지…….

그는 그제서야 자기가 해야 할 일을 깨달으면서 어느 정도의 판단력이 살아나기 시작했다. 이튿날 부모님께 하직 인사를 하고, 누나와 매형에게 부모님을 잘 부탁한 다음 상희에게 당부했다.

─상희야, 너 이 큰오빠 믿지? 나도 가서 열심히 공부할 테니 너도 아무 생각 말고 공부만 열심히 해. 알았지? 대학은 오빠가 서울로 보내줄 테니까 작은오빠 몫까지 네가 다 공부해야 한다. 무슨 급한 일 있으면 바로 오빠한테 연락하고, 응?

─알았어. 오빠, 다음에도 근사한 옷 입고 멋있는 모자 쓰고 와.

상철은 가족들 앞에 애써 평정심을 되찾은 모습을 보이며 학교로 돌아가기 위해 집을 나섰다. 돌아오는 열차 안에서 그는 차창 밖을 바라보며 좀 전에 아버지, 어머니와 작별하던 때를 떠올렸다.

─아부지, 어무이 걱정 마이소. 이제부터 제가 상현이 몫을

합쳐 아들 노릇을 잘 하겠심니더.

  ─응야, 그 말 들으니 우리도 힘이 난대이.

  육사로 돌아오긴 했으나 상철은 지난날처럼 훈련에도 공부에도 집중이 안 되고, 자꾸만 의욕이 떨어졌다. 한 방을 쓰는 진수가 무슨 낌새를 차린 모양이었다.

  ─너 휴가 갔다 와서 좀 이상해진 것 같아. 무슨 일 있었니?

  ─아니야, 쉬었더니 얼른 적응이 안 돼서 그런가 봐.

  그는 누구한테도 이 엄청난 비극을 말하고 싶지 않았다. 쉬는 시간이나 잠자리에 들면 영락없이 상현이 얼굴이 떠올랐다. 생각할수록 원통하고 분한 생각에 가슴이 미어졌다. 그 어려운 입학시험에서도 상위권으로 합격을 했고, 1학년 성적도 과목별로 거의 1교반이 아닌 것이 없었으나 동생을 잃고부터는 성적이 뚝뚝 떨어져 3,4교반으로 내려가는 과목도 생겼다.

  이번 일을 당하면서 어릴 때 잃었던 형과 누나 생각도 한꺼번에 다 되살아났다. 그의 형은 그가 여섯 살 되던 해에 폐렴으로 죽었고, 누나 한 명은 그가 조등학교 4학년 때 홍역으로 죽었다. 당시 시골에는 약이라곤 없었으므로 병이 들면 죽는 게 다반사였다. 어린애들은 면역력이 없으니까 특히 더 많이 죽었다. 어머니 얘기로는 그 위로 또 두 명이나 죽었다고 하였다. 어머니는 모두 4남 4녀를 낳았으나 4명이 죽고 2남2녀만 살아남았는데, 이번에 또 다 키운 아들을 그렇게 무참히 보내고 그래도 한 명 남은 아들을 위해 마지막 힘을 다해 정신을 수습한 것이었다.

그는 '가난'이라는 적 앞에서 어찌할 바를 몰랐다. 육사생도의 몸으로 가난은 물리칠 수 없는 태산 같은 적이었다. 말하자면 그는 맨손이고 가난은 탱크였다. 나라가 가난하고 집안이 가난한 것이 가슴에 사무쳤다.

그는 육사를 자퇴하고 가족의 품으로 돌아가 돈이나 버는 것이 옳다는 생각도 수없이 해 보았다. 그러나 육사에는 자퇴제도가 없었다. 3금(술, 담배, 여자)이나 명예제도(거짓말, 컨닝, 절도)의 저촉 등 중죄를 짓고 쫓겨나는 길밖에 없음을 알고 나니 도저히 그럴 수는 없었다. 일단 육사 생도가 되고 나면 졸업하고 장교가 되어도 자기 마음대로 예편도 할 수 없다. 중간에 타의에 의해 전역될 수는 있어도 자의에 의해서는 나올 수 없다.

몸은 그래도 단체 속에 있으니 지탱이 되었다. 시간이 되면 자리에서 일어나야 하고, 훈련을 받아야 하고, 밥을 먹어야 하고, 공부를 해야 했으니까. 그러나 머릿속은 자꾸만 옆으로 새어 나가서 정신적 혼란을 겪으니 자연히 성적도 떨어지고, 내무반 검열이나 훈련 중에 지적당하고 야단맞는 일이 생겨났다. 거의 한 학기를 이렇게 낙오자 아닌 낙오자가 되어 갔다.

상철이 여름방학에 다시 부산집에 왔는데, 아버지와 동생만 있고 어머니가 안 보였다.

-어무이는?

-오빠, 엄마는 장독대에 있어.

그는 집 안으로 들어가지 않고 어머니를 놀라게 해줄 요량으로 장독대 쪽으로 갔다. '어무이' 라고 부르려는 찰나 어머니는 두 손을 합장하고 절을 하고 있었다. 가만가만 가서 자세히 보니 장독대 옆 소나무 밑에 물대접이 놓인 상을 차려 놓고 두 손을 모아 절을 하고 있는 것이었다.

-천지신명이시여, 우리 하나 남은 아들 상철이가 오래오래 살고 성공하게 해주옵소서. 저는 아들을 넷이나 낳았으나 다 죽고, 이 아들 하나 남았사오니 부디 굽어 살피시어 오래오래 무탈하게 살게 해주시고, 자기가 원하는 대로 성공하게 해주시옵소서. 비나이다, 비나이다, 천지신명께 비나이다. 우리 상철이를 굽어 살펴주옵소서.

이렇게 빌면서 절을 열 번도 더 하고 나서 어머니는 자리에 털썩 주저앉았다. 그는 어머니를 등 뒤에서 감싸 안았다.

-어무이, 저 왔어요. 어무이가 이렇게 비시니 저는 틀림없이 잘될 거예요. 어무이, 감사해요.

-오냐. 왔나. 어디 우리 상철이 얼굴 좀 보자. 많이 수척해졌구나. 이제는 모든 거 다 잊고 니가 갈 길을 씩씩하게 걸어가야 한다. 에미가 살고 있는 이유가 바로 너라는 걸 알아야 해.

-알아요. 이제 정신 차릴게요. 제가 상현이 몫까지 다 살게

요. 어무이, 이제 그만 들어가 좀 쉬세요.

─그래, 어서 들어가자.

그는 상을 들고 어머니와 함께 집 안으로 들어가서 아버지, 어머니에게 큰 절을 올렸다.

─아부지, 어무이 그동안 평안하셨어요? 자주 연락도 못 드리고 이제 와서 죄송해요. 방학 때도 훈련을 받기 때문에 휴가 나오기가 쉽지 않아요.

─그래. 그런 건 걱정 안 해도 된다. 그냥 이렇게 건강히 살아 있기만 하면 돼. 부디 마음 잘 추슬러서 학교생활 잘 해 주면 우리는 더 이상 바랄 게 없대이. 집 걱정은 말고 니만 건강하면 돼.

어느새 어머니의 눈가에 이슬이 맺혔다. 그도 눈시울이 뜨거워졌으나 애써 밝은 표정을 지었다.

─걱정 마세요. 저도 건강히 잘 있다 왔고, 학교생활도 씩씩하게 잘 하고 있어요. 상희야, 너도 학교에 잘 다니고 있지?

─응, 오빠. 저기 언니 온다.

─누나!

─그래 우리 동생 잘 왔네. 어머니는 매일같이 정화수 떠놓고 자네 잘 되라고 빌고 있다네. 어무이 정성 봐서라도 부디 마음 굳게 먹고 성공해주게.

─예, 누나.

온 가족이 반년 전보다 분위기가 많이 밝아져 있었다. 어머니는 그를 더욱 끔찍이 여겼다. 특별한 반찬은 그에게만 먹게 하고, 이부자리도 말끔한 새것으로 장만해 놓았다. 그리고 이제 3년만 있으면 육사를 졸업한다며 새로운 희망과 기대에 차 있었다. 누나도 전보다 더 친정식구에게 관심과 애정을 쏟으며, 자기 시댁 가족들과 자녀들에게 외삼촌 자랑을 잔뜩 하고 있었다.

이튿날 온 가족이 함께 상현이의 산소에 가서 간단히 예를 올리고 명복을 빌었다. 역시 시간이 약이었다. 1년 가까이 지나니까 가족들도 어느 정도 마음을 진정하고 나름대로 일상으로 돌아가 어머니는 이제 큰아들만을 생각하며 가게를 꾸려나가고, 아버지는 기술이 있고 성실하니까 여기저기 일거리가 생겨 잡념 제하고 일을 하고 있었으며, 동생도 중2가 되니 공부도 더 열심히 하여 성적도 최상위권을 유지하고 있었다. 일 년 사이에 뒤떨어진 건 자기밖에 없다는 걸 깨닫고 그도 다음 학기엔 반드시 명예회복을 하리라 마음을 도스렸다.

일주일을 가족들과 보내고 서울로 올라가려는데 누나가 그를 보러 왔다. 그가 짐가방을 들고 집을 막 나서려던 참이었다. 누나가 옆으로 오더니 무언가를 그의 호주머니에 넣었다. 그는 부모님과 누님에게 한 번 더 인사하고 상희한테도 공부 잘 하라 하고 서울로 가는 기차를 탄 다음에야 누나가 호주머니 속에 무언가를 넣었던 기억이 나서 꺼내 보았더니 몇 번이나 접은 봉투가 나왔다. 봉투 속에 든 걸 꺼내 보니 돈과 편지였다.
편지에는 다음과 같은 사연이 적혀 있었다.

<blockquote>

내 동생 상철이 보게

누나라고 아무런 도움도 못 주니 마음이 아파. 나는 우리 잘난
동생 덕에 목에 힘주고 사는데 말이야. 부디 집 걱정은 말고 동생
길을 잘 가 주는 게 우리 모두의 바람인 거 알지? 아부지 어무이
오직 자네만 믿고, 자넬 위해 사신다는 걸 잊지 말고……. 자네가
있어 내가 얼마나 살 맛 나는지 그리고 그 근사한 제복 입은 모습
보는 게 얼마나 큰 기쁨이고 행복인지 모른다네.

이건 정말로 조금이지만 내 마음은 이보다 백 배, 천 배 주고
싶은 마음이라는 걸 알아주게. 친구들과 자장면이라도 한 그릇
사 드시게. 누나.

</blockquote>

꼬깃꼬깃 접어놓은 돈은 150원으로 자장면 열 그릇 값이었
다. 구멍가게 하나를 운영하며 집안을 꾸려가는 누님에게 이
돈은 얼마나 피땀 맺힌 큰 돈인지를 아는 그는 콧등이 시큰하
고 눈시울이 뜨거워졌다.

'아! 누나, 나의 누나! 기다리세요. 내가 성공할 때까지…….
꼭 누나에게 보답할게요.'

육사 2학년부터는 그도 다시 제자리로 돌아와 공부와 훈련

에 열심히 매달리게 되었다. 마음이 흔들릴 때마다 매일같이 정화수 떠놓고 천지신명께 기도하는 어머니를 생각하며 마음을 다잡아먹었다. 3학년이 되고는 바로 신입생 훈련조교로 선발되기도 하고, 4학년 때는 군수참모로 선발되면서 그도 다시 자기 자리를 찾아 성적도 다시 상위권에 들 수 있게 되었다.

이 무렵 그는 한 여자를 만났다. 4학년이 되니 주말이면 외출이 허락되었는데, 외출을 나가면 답십리에 살던 사촌누나네 집엘 주로 갔다. 식구가 많아 한 명쯤 보태도 별로 표시가 안 나는 집이었다. 누나는 육사 다니는 동생 왔다고 시댁 식구들한테 자랑을 하며, 김치찌개에서 돼지고기 한 점이라도 슬쩍슬쩍 건져주곤 하였다.

그러던 어느 날 안계중학 동기인 누나의 시동생이 자기 애인 친구를 그에게 소개해 주었다. 김지숙이라는 이 아가씨는 당시 A대 약대를 다니는 학생이었는데 인상이 좋았다. 그는 육사에 오고 처음으로 여자와 데이트를 하게 되었다. 주말마다 삼청동이나 가회동 같은 데서 차도 마시고, 밥도 먹고, 산책도 하면서 서로에 대한 이해가 조금씩 깊어지고 있었다. 가을하늘처럼 청정하고 높푸른 꿈이 생기기도 하였다. 그러나 아직 피차 나이도 어린데다, 학교의 규율이 엄하여 여자와 깊이 사귀는 건 금기사항이었기 때문에 행동에 제약을 받았고, 졸업 후엔 적어도 2년은 무조건 전방에 나가야 하는데, 기다려 줄 수 있는지 어떻게 해야 되는지 차마 물어볼 수도 없었지만 조심조심 한 발짝씩 다가가고 있었다. 아직 사랑한다고 자신 있게 말할 정도로 뜨거워져 있지는 않았지만 주말이 기다려지고, 지숙이와 만날 생각을 하면 마음이 들뜨곤 하였다.

그렇게 데이트를 즐기던 어느 날 그녀가 갑자기 다시 만나기 어려울 것 같다고 하는 것이었다. 몇 달간 가슴 설레며 주말 데이트를 생각하며 살아왔는데 갑자기 못 만난다니 가슴이 멍해졌다. 이유는 부모님이 너무나 심한 반대를 한다는 것이었다. 가난한 군인에게 시집보낼 수 없으니 만나는 것을 당장 때려치우라고 하였다는 것이다. 아직 결혼 이야기는 나오지도 않았는데…….

-그래도 지숙씨 마음이 중요하지 않나요?

-저도 자신이 없어요.

-그러니까 조금 더 만나면서 서로에 대해 좀 더 아는 게 좋지 않겠어요?

-난 부모님이 그토록 반대하는 사람과 더 만나고 싶지 않아요.

아쉽고 불쾌한 마음이 한동안 지속되었다. 높고 푸른 하늘이 곧 컴컴한 먹구름이 되어 금방이라도 비가 쏟아질 것 같았다. 나중에 친구에게 들으니 부잣집 남자를 만나고 마음이 돌아섰다고 한다. 그럴 사람이었다면 일찌감치 빨리 끝난 게 오히려 잘 됐다는 생각도 들었다. 어차피 일단 전방 생활 2년은 무조건 해야 하니까 그걸 마친 다음 여자를 만나도 만나야 하

니 잘 됐다 싶었다. 머리로는 이렇게 정리가 빨리 됐지만 마음
은 역시 불쾌한 기분이 금방 가시지는 않았다. 사범학교 학생
이라고 딱지 맞고, 사관학교 생도라고 또 딱지를 맞다니…….

　'나중에 나를 온전히 제대로 평가해주는 더 좋은 사람 만나
려고 이렇게 된 거야.'

　이렇게 최면을 걸면서 몇 주간은 외출도 안 하고 학교 도서
관에서 공부하는 것으로 마음을 달랬다. '하느님은 이번에도
나를 인도해 주실거야.' 이렇게 생각하면서 치밀어 오르는 부
아를 누르고 공부에 더 매달렸더니 돈도 저축되고, 마음도 안
정되어 우수한 성적으로 졸업을 하게 되었다.

　세상만사 마음먹기에 달렸다는 걸 확실히 깨닫는 계기도 되
었다. 역시 마음잡고 공부를 하니 나중에 결국 육사교수로도 올
수 있게 되고, 미국 유학도 하게 되고, 진정으로 좋아하는 사람
도 만나게 되었다.

국보위

장미가 눈부신 아름다움을 내뿜고 있다. 빨간 장미, 노란 장미, 분홍 장미, 주홍색 장미, 심지어 파란 장미도 겹겹이 아름다움을 쏟아내고 있다. 옛날에는 빨간 장미밖에 없었으나 화훼전문가들의 각고의 노력으로 갖가지 색깔의 장미를 피워내고 있는 것이다. 보라와 흰색의 라일락 꽃송이들도 그 특유의 향기로 사람들의 지친 마음을 위로해준다. 어디 그뿐이랴? 산과 들에 나가보면 아직도 마지막 정열을 불태우는 철쭉도 남아있고,

아카시아도 흐드러지게 피어 달콤한 향기를 산천초목과 사람들에게 뿌려주고 있으며 찔레꽃도 연산홍도 자연의 정취를 더하고 있다. 들에는 민들레, 목단, 패랭이꽃, 초롱꽃, 갓꽃, 붓꽃, 달개비꽃, 해국, 기린초 꽃이 제각기의 귀여움과 매력을 발산하고 있다. 애기나리도 수줍은 듯 겸손한 듯 다소곳이 피어있다. 잎이 유난히 큰 함박꽃도 함박웃음처럼 마음을 환하게 해준다. 이글거리는 5월의 태양은 눈부신 빛으로 세상 구석구석을 비추며 온돌방의 아랫목처럼 사람들의 몸과 마음을 녹여주고 가슴을 따뜻하고 포근하게 해준다. 웬만한 병은 이 빛으로 다 나을 것 같은 이 좋은 계절에 정국은 소용돌이치고 있었다.

상철은 다시 운명의 수레바퀴에 몸을 맡기게 되었다. 당시 국군 보안사령부 모 중령으로부터 모처에 나오라는 전화통보를 받았던 것이다. 그 중령은 '이건 좋은 일입니다.' 라는 말을 덧붙였다. 아마 잘못한 일로 조사하는 경우가 아니라는 뜻을 보안사가 관례적으로 미리 알려주는 것 같았다. 당시 박정희 대통령이 서거하고 사회혼란이 가중되고 있는 가운데 소위 신군부가 실세로 떠오르는 상황에서 보안사는 권력의 핵에 있었다. 아내는 '가지 말라.' 고 만류했지만 현역장교 신분인 그로서는 가고 싶다고 가고, 가기 싫다고 안 갈 수 있는 처지가 아니었다. 사실 상철은 신군부에 대하여 개인적으로는 부정적인 생각을 하고 있었다. 모든 국민들이 그렇게도 열망하는 민주화를 지연

시키는 것도 그렇고, 한장군에게 억울한 누명을 씌우는 등 국민의 한사람으로 보면 권력을 잡은 과정에도 석연치 않은 점이 분명히 있었기 때문이다. 그러나 안보차원에서만 보면 국가 비상시에는 군이 질서를 잡는 것은 어쩌면 효율적일 수도 있을 것이다. 물론 이 경우는 많은 전제조건이 있어야 하겠지만……

어떻든 그는 아직 군복을 입고 있는 처지이니 상부의 명령을 어길 수가 없었다. 이렇게 하여 그는 '국가보위비상대책상임위원회(국보위)'의 탄생을 가까이서 목격하게 되고, 그 일원이 되었다. 국보위는 당시 비상계엄하에서 군이 계엄 업무를 원활하고 효율적으로 수행하기 위한다는 명분하에 설립되었으며, 행동 강령은 다음의 세 가지였다. 국가 보위, 새 역사 창조, 정의 복지사회 건설.

국보위는 상임위원회(군 장성과 민간인 엘리트 등 20여 명으로 구성) 밑에 13개의 분과위원회로 나뉘어 운영되었다. 분과위원회는 국정의 기획, 집행을 하는 기구로서 그야말로 무소불위의 권력기관이었다. 분과위원회는 운영, 법사, 외무, 내무, 재무, 경과, 문공, 농수산, 상공, 보사, 교체, 건설, 정화 등이었는데, 각 분과위원회는 민간의 엘리트 공무원과 대학교수, 군에서는 대령급 장교 그리고 군과 민간 사이의 완충 역할로서 상철처럼 해외에서 박사 학위를 받은 육사 교수 등 4~10명으로 구성되었다. 이 국보위 출신들은 나중에 장관, 청와대 수석비서관, 국회의원, 공기업 사장 등 다양하게 진출하였다. 육사 출신들 중에는 나중에 군 요직에 앉기도 하고, 예편하여 행정가나 정치가, 외교관이 된 사람도 꽤 있었다. 그 중에는 한국의 선진화에 결정적인 공헌을 한 사람도 여러 명 있다.

상철은 그의 전공분야에 맞게 건설분과위원회에 배치되었다. 건설분과위원회는 위원장에 건설부 실장급(1급 공무원), 간사(현역 대령), 조정관(대령, 공학박사), 대학교수, 육사 교수(중령, 공학박사), 건설부 국장(3급 공무원) 등 6명으로 구성되고 보좌역으로는 과장급 2명과, 육군 소령 1명으로 구성되어 있었다. 그는 분과위원회 일 중 건설기술 연구와 산업기지 개발 분야를 맡기로 자청했다. 나중에 '왜 너같은 해외파가 해외 건설 같은 분야를 맡지 않았느냐, 이권도 많은데…….' 라며 의아해 하는 사람들도 있었다. 그는 이왕 이곳에 오게 되었으니 자신의 지식을 총동원하여 양심적으로 진정 국가에 보탬되는 일을 하리라고 마음먹었다.

어쩌면 당시 국보위에 불려온 대부분의 사람들도 자기와 같은 생각일 거라고 믿었다. 그는 정치나 권력과는 무관하게 자기 전공 분야의 국가적 개혁이라는 큰 흐름 속에서 건설 산업을 단순 노동집약적인 산업에서 국제 경쟁력을 갖춘 첨단산업으로 개편하기 위해서는 기술개발이 매우 중요하고, 따라서 국가적인 건설기술 개발 시스템의 구축이 필요하다는 신념을 가지고 있었다. 건설 산업의 발전을 위하여 기본적으로 연구와 교육의 두 축으로 가닥을 잡았다. 우선 비능률적인 국립 중앙 건설기술연구소를 한국개발원(KDI)이나 국토개발연구원 같은 정부 출연 연구소 형태인 '한국건설기술연구원'으로 개편할 것과 건설기술 분야 고급인력 양성을 위해 당시 한국과학원과 한국과학기술연구소(KIST)를 통합한 한국과학기술원(KAIST) 설립이 추진되고 있었는데, 여기에 토목공학과를 신설하는 것이었다.

한국과학기술원 내 토목공학과 설립은 당시 국보위 경제과학위원회 소관이었기 때문에 이 위원회에 적극 협조를 구했고, 과학기술부장관의 이해와 적극적인 협조로 토목공학과 신설 방침이 기정사실로 무르익어 갈 무렵 한국과학기술원장에 부임한 임호원 박사에 의해 마무리되었다. 국보위에서 상철의 주도 하에 처음으로 논의된 지 2년 만의 일이었다. 비슷한 시기에 '건설기술연구원'도 국가 출연 연구원으로 환골탈태하는 계기를 갖게 되었다. 이로써 상철이 잠시 국보위에 있는 동안 뿌린 씨의 수확을 볼 수 있게 되어 매우 흐뭇하였다.

국보위가 조직되고 권력의 중심이 그쪽으로 이동한 뒤 정부 각 부처는 외견상 제 기능을 하고 있었으나 실권이 없이 중요 정책은 국보위의 조정을 받을 수밖에 없었다. 이 조정 업무를 관장하기 위해 각 부처에 조정관이 파견되었다. 조정관은 현역

대령으로 임명하고 그 부처의 1급 예우를 하라는 지시가 떨어
졌다. 상철은 건설부 조정관으로 임명되었다. 건설부 내 그의
사무실에는 1명의 비서와 또 한 명의 보좌관이 건설부 공무원
중에서 파견되어 왔다. 새로 정립된 정부 부처와 국보위와의
관계, 그리고 조정관의 임무 등이 얽혀있어서 복잡했지만, 마
음만 먹으면 속된 말로 힘깨나 쓸 수 있는 위치였다. 각 부처
의 고위 공무원들이 조정관의 역할에 신경을 곤두세우고 있었
던 것은 어쩌면 자연스러웠다고 할 것이다. 건설부에서도 고위
직 공무원은 거의 대부분 업무조정을 위해 상철 방에 들러 협
의하곤 했다.

　상철의 업무파악 능력, 건설기술에 대한 탄탄한 실력, 외유
내강한 성격, 빈틈없는 '원리원칙' 에 입각한 판단과 행동은 공
무원들을 압도하였다. 그저 권력을 휘두르는 사람과는 거리가
멀었다. 업무협의차 방문하는 공무원은 협의가 끝나면 차차 사
담도 나누게 되었다.

　-아무개를 아십니까?

　-그럼요. 알지요.

순간 그의 표정에서 안도의 빛이 역력히 나타난다.

　-저의 사촌 처남입니다.

여기서도 우리나라 사회의 축소판을 볼 수 있었다. 한 다리,
두 다리 건너면 사돈팔촌과 관계없는 사람이 없고 이런 것이

우리 사회에서 사람을 사귀는 데 첫 디딤돌이 되기도 한다. 나중에 안 사실이지만 상철을 돕기 위해 건설부에서 파견된 이들 공무원은 상철의 일거수일투족을 건설부 내에 전하고 있었다. 한번은 직원에게 그가 면담한 직원 명단을 가져오라고 하여 보니 A국은 한 번도 조정관실에 온 일이 없음이 금방 눈에 띄었다. 'A국은 뭘 하는 덴가. 일은 잘 되어가고 있는 건가?' 혼자 중얼거렸다. 그런데 놀랍게도 5분이 채 되지 않아 A국의 국장이 헐레벌떡 찾아왔다.

　―저의 A국은 신설된 지 얼마 안 되어…….

그래서 조정관에게 보고하거나 조정받을 만한 업무가 별로 없어서 조정관에게 오지 못했음을 변명과 함께 사과의 말을 하고 있었다. 상철은 국장의 표정에서 '사정의 칼날이 언제 닥칠지 모르니 몸 낮춰 사과부터 하고 보자' 는 뜻으로 읽으면서 딱한 마음을 금하지 않을 수 없었다. 상철은 이왕 조정관이 되었으니 건설부와 국보위 사이에 형성된 새로운 환경에서 건설부의 업무 수행이 원활하도록 돕자는 생각밖에 없었다. 그는 국내에서는 S대 건축(학사, 석사), 미국에서는 버클리대 토목공학 석사, 박사를 했으니 건설부 어느 간부도 가볍게 볼 수가 없었고, 실제로 자기의 신선한 눈과 업무능력으로 어느새 건설부를 장악하고 있음을 그도 느끼기 시작했다. 국보위 건설분과위원장이 건설부 장관으로 옮겨가고 새로 건설위원장으로 부임한 상철의 선배가 상철에게 말했다.

  ─장관이 조정관을 바꿔 달래. 장관은 이 대령이 버거운가 봐. 성격도 꼿꼿하고⋯⋯.

  상철에게는 좀 황당하게 들렸으나 위원장의 다음 말이 상철의 상한 마음을 어느 정도 눙쳐 주었다.

  ─그런데, 내가 안 된다 했어.

  상철과는 업무상 직접 관련이 없는 일이기는 하지만 그의 관심을 끌었던 사건이 하나 있었다. 국보위 사정위원회가 만든 사정 대상자 명단에 건설부 정국장이 포함된 사실을 알게 되었다. 평소 상철은 정국장이 소신 있고 업무에 능통한 국장 중의 한 명으로 높이 평가하고 있던 터라 너무나 의외의 일로 받아들여졌다. 그는 충남 아산 지방 3억 평을 산업기지로 정하는 데 주역이었다. 서울시 면적이 2억 평이니 당시로서는 담대한 계획이었으나, 그의 주장은 '앞으로 중국과의 국교정상화와 교역이 이루어지면 절대적으로 산업기지가 부족해질 것이고 대안을 찾기가 어려울 것이다.' 라는 것이었다. 이 주장에 상철도 동의하였다. 실제로 중국과의 외교 관계는 그로부터 10여 년이 지난 뒤에 이루어졌다.

  상철은 사정위원회 실세이며 육사 동기인 김대령을 찾았다. 수인사가 끝나고 차를 마시면서 한마디 했다.

  ─건설부 정국장이 이번 사정대상자가 되었다는데⋯⋯. 내

가 보기엔 유능하고 대통령 앞에서도 할 말 다 하는 소신파야.

김대령은 즉시 보좌관을 불렀다.

─이번 사정대상자 명단 가져와 봐.

보좌관이 책으로 정리된 명단을 즉시 가져오자 쭉 훑어보고는

─이 사람 비리에 연루된 기록이 있고, 동해안 주요 공사에 큰 과오가 있었대.

하면서 기록을 상철에게도 보여주었다. 상철은 더 이상 할 말이 없었다. 안타깝기는 했지만 어쩔 수 없는 일이었다.

속으로 '이 친구도 나만큼이나 열심히 일하고 있구나.' 라고 생각하면서 김대령 사무실을 나왔다. 상철은 '사람을 평가하는 것은 역시 쉬운 게 아니구나.' 라고 생각하면서 짧은 기간 동안의 관찰로 사람을 평가한 것을 반성하였다. '열 길 물속은 알아도 한 길 사람 속은 모른다더니…….'

이 무렵 이런 말도 유행했다. 건설부 내부에서 나온 말인지 외부에서만 떠도는 말인지는 알 수 없었지만…….

─○○부 장관된 사람은 '도사' 라더라.

상철은 그 부처의 행정을 장기간 이끌고 이제 고위직에 올랐으니 업무에 '도사' 가 되어 있는 것은 어쩌면 당연하다고 생각했다. 그러나 다음 이어지는 말에 그는 크게 실망하였다.

─봉투를 받으면 액수가 얼마인지 열어보지 않고 만져만 봐도 금방 아는 도사래.

그 도사의 뇌물에 관한 철학을 언젠가 직접 들을 기회가 있었다.

─묵고(뇌물을 먹고) 일하는 것이 안 묵고 안 하는 것보다 낫다.

'뇌물을 받고 민원을 처리해 주는 것이 뇌물 안 받고 처리 안 해주는 것보다 낫다'는 것이 그의 오랜 공무원 생활을 통해 터득한 뇌물에 대한 그의 확고한 철학인 듯싶었다.

국보위의 사회정화 작업이 한창 진행되고 있는 와중에 그런 말을 할 수 있는 배짱은 어디서 나오는지 알다가도 모를 일이었다.

국보위 활동 중에 세간의 주목을 가장 크게 받은 분야는 '사회정화'였을 것이다. 공직사회의 기강 확립 차원에서 '부정'과 '무능' 공직자를 퇴출하는 일은 신선한 것이고 가히 혁명적이라고 할 것이다. 집안의 행사가 있어 잠시 고향에 들렀는데, 의성의 깡패란 깡패는 모조리 삼청교육대에 잡혀갔다고 친척들은 매우 좋아하는 모습도 본 터였다. 안동 처가에서도 비슷한 반응이었다. 위 사정위원회가 주도한 이 일은 상철과는 전혀 관련이 없는, 신문기사를 읽고 안 사실이지만 그렇게 잡아다가 호된 훈련을 시킨 사람 중에는 억울한 사람도 있고, 특히 정치적으로 현 권력층에 장애가 되는 사람들도 끼어 있었을 뿐 아니라, 훈련이나 노역이 지나친 면도 있었던 모양이었다. 물론 사람이 하는 일이라 실수도 있을 수 있지만, 명령 계통에서 아래로 내려갈수록 본질이 왜곡되거나, 혹은 잡혀온 사람들을 직접 다루는 사람 중에는 야비하거나 거친 사람도 있어서 결국은 본래의 좋은 취지와는 달리 많은 문제점을 드러낸 것 같아 몹시 안타까웠다. 조금만 신중하게, 철저하게 옥석을 잘 가려 인격적인 대접을 하면서 순화시켰더라면 하는 아쉬움이 오래 남았다.

─이번 국보위가 한 일 중 가장 엉터리야. 미운 사람만 골라 억울하게 삼청교육대로 보내고…….

이런 얘기를 들을 때마다 상철은 무엇엔가 가슴이 찔리는 듯한 아픔을 느꼈다.

─혁명은 홍수와 같은 것……. 홍수가 나면 집도 가축도 함께 물에 떠내려가고 마는 것이지.

누군가가 이런 말로 대답을 대신 했으나 그들을 설득하기엔 역부족이었다. 중앙부서에서는 그래도 기록에 입각한 '족집게 사정' 이었다고 자평했으나, 분야나 지역에 따라서는 그렇지 못한 것 같아서 참으로 안타까웠다.

새 대통령이 탄생하고 모든 권력이 청와대로 넘어갈 때까지 약 3개월 동안 적어도 상철 자신과 그의 주위에서는 정치나 권력과는 무관하게 오직 국가 발전을 위한 정책 개발과 그 정책을 추진한다는 사명감으로 개인적인 희생을 감수하면서 열심히 일했다고 자부했다. 실제로 그는 시간적으로나 경제적으로 매우 큰 피해를 입었다. 이곳으로 불려오기 전 상철은 사회에서 맹렬한 활동을 하고 있었고, 정신적인 보람 외에 경제적으로도 가장 왕성한 때였는데, 이 위원회 일을 하면서 다른 어떤 일도 할 수 없었기 때문이다. 훗날 국보위가 해체되면서 세간의 지탄의 대상이 되고, 이젠 아무도 기억조차 하려 하지 않는 것을 보면서 세상사의 덧없음을 다시 생각하게 되었다. '구국의 영단'이라고 아부성 발언의 극치를 보이던 이들도 한 자리 해먹고 '먹튀' 하다시피 하기도 하고, '구국의 결단'이라던 언론도 '쿠테타 원흉'으로 태도를 일변했다.

전 국가원수로서 나름대로 최선을 다했다고 믿고 싶지만 사형선고에 수천억 원의 환수금……. 왜 그들에겐 육사에서 배운 육사정신이 없는 건지 상철로서도 쓸쓸할 뿐이었다. 상철의 육사 동기생 중에는 나중에 장관과 국회의원도 몇 명씩 나오고 참모총장도 몇 명이나 나왔지만, 권력 가까이 있었던 탓에 감옥을 간 친구도 여러 명 있었다. 물론 일찌감치 예편하여 CEO로 성공한 사람도 있고, 학자로 성공한 사람도 있다. 상철은 몇 달 후 바쁜 기간이 지나고 국보위가 해체될 즈음까지도 육사 교수로 복귀할 생각을 하고 있었다. 그런데 마지막 희망 사항을 피력하는 기회가 주어져서 '이때다' 하고 그는 자신의 희망을 말했다.

─예편시켜주십시오.

─그것뿐인가?

─그것뿐입니다.

아마 다른 위원들은 승진이나 다음 보직에 관심이 있었는지 모른다. 그는 새로 구성되는 국회 건설위원회 수석전문위원 (차관보급)을 맡는 조건으로 대령으로 예편하고 정든 육사, 자신의 청춘을 묻은 육사를 떠나게 되었다. 시원섭섭했지만 새로운 미래에 대한 도전을 생각하고 있었기 때문에 설레기도 하였다. 이때 상철의 나이 43세, 육사를 졸업한 지 20년이 된 때였다. 사실 진작 예편이 되었다면 그는 S공대 교수가 되어 있었을 터였다. S공대 건축과에서 그의 교수 임용을 결정해놓고 그가 예편하기를 3년이나 기다려주었기 때문이다. 예편이 허락되지 않아 당시는 너무 속상하고 안타까웠지만 나중에 카이스트 교수가 되고는 전화위복이 되었다고 생각하게 되었다. 층층시하에 들어가 안주하기보다 자기 목소리도 내고 자기가 하고 싶은 일을 할 수 있는 카이스트에서 신설학과를 크게 발전시키고 마음껏 국제 활동을 할 수 있었으니까. 어쨌든 그는 군인으로서의 20년이 다음 민간학자로서의 30년을 위한 에너지를 저축하고 준비했던 매우 소중한 기간이었음을 당시에는 미처 알지 못했다.

상철은 예편하고 바로 국회수석전문위원으로 일하게 되었다. 한강이 멀리 내려다보이고, 널찍한 여의도광장도 가슴을 탁 트이게 해주고 무엇보다도 멋있고도 우아한 국회 본관을 드나들게 되니 기분은 정말 좋았다. 상철이가 박사학위가 없든가, 조금만 능력이 적든가, 성격이 조금만 더 순종적이었다면 국회전문위원으로서도 즐길 수 있었을 터였다. 1급 공무원 신분은 아무나 가질 수 있는 것도 아니고, 자기의 전공분야를 살려서 일하는 자리이고, 어디 가서나 국회전문위원이라면 남이 무시할 수 없는 신분이었기 때문이다.

서울특별시 영등포구 여의도동 1번지 1에 자리잡고 있는 국회의사당. 부지는 10만평으로 여의도 총면적의 8분의 1에 달했고, 건물면적은 단일 의사당 건물로는 동양에서 제일 크다고 한다. 국회의사당 본관 건물에서 상철은 화강암 기둥과 파아란 지붕을 가장 좋아했다. 아침에 출근하면서 이 건물에 들어올 때는 늘 가슴이 뛰었고, 얼굴이 상기되는 듯했다.

건물을 받치고 있는 화강암 팔각기둥 24개는 우리나라의 24절기를 뜻하며, 맨꼭대기에는 가운데에 밑지름 64미터의 돔 형태의 연초록색 지붕으로 덮여 있는데, 이것은 국민의 다양한 의견들이 찬반토론을 거쳐 하나의 결론을 내린다는 의회 민주정치의 본질을 상징한다고 하였다.

장차 통일이 되어 국회의원 정원(定員)이 늘어날 경우에 대비해, 국회 본회의장은 좌석이 이동식으로 되어 있어 최대 400석까지 확장할 수 있다. 또한 양원제(兩院制)가 채택될 경우에 대비해 본회의장을 두 개씩이나 만들어 놓았다.

국회사무처에는 순수하게 행정업무만 하는 사무총장을 비롯한 여러 직책들이 있다. 또 한 편엔 국회 각 상임위원회에 소속되어 의안의 심의 및 의사 진행을 보조하는 별정직 공무원들이 있다. 차관보급의 수석전문위원, 2급의 전문위원, 3급의 입법심의관, 3급~5급의 입법 조사관 기타 필요한 공무원이 있다.

삼권분립 제도하에서는 행정, 입법, 사법부가 견제와 균형을 이루는 것이 이상적이지만 당시는 행정부가 막강하다 보니 입법부는 상대적으로 위축되게 마련이고, 입법부에 소속된 공무원의 사기는 저하되고 자조적인 자세가 되어 무기력해지기까지 하는 것을 보는 것은 매우 안타까운 일이었다. 그는 입법전문위원이며, 위원회에 소속된 공무원의 수장으로서 행정부와 대등하게 소속 공무원들을 독려해 나가는 것이 무엇보다도 중요했다. 우선 자기 자신이 행정부에서 제의하는 어떤 위원회 위원직도 사양했다. 또한 국회의원과의 관계에서 적정거리를 유지하는 것도 필요했다. 특히 벼락출세한 사람에 대해서는 더욱 그랬다. 툭하면 "각하께서……", "구국의 정신으로……"라고 떠들고 다니는 일부 몰지각한 국회의원을 볼 때면 당장 그만두고 싶었으나 사랑땜으로라도 처음 얼마 동안은 의욕을 가지고 일을 해야 했다.

국회전문위원의 임무는 정부나 국회의원들에 의해 발의된 법률에 대하여 전문가로서의 객관적인 검토와 평가를 하는 것이었다. 그러나 대체로 정부나 여당의 의도를 뒷받침하는 수준의 검토로 끝나는 것이 관례였다. 그는 그야말로 전문가로서의 사명감으로 객관적인 잣대와 냉철한 소신으로 일관하여 당시에 인구에 회자되기도 했는데, 한 가지 기억되는 것이 있었다. 당시 불법 건축물에 대한 양성화 법안이 상정되었을 때의 일이다. 당시 건축법을 위반하고 건설되어 준공검사를 필하지 못한 건축물들이 전국에 산재하였는데, 정부에서는 이들 모두를 강제 철거할 수도 없고, 그렇다고 묵인할 수도 없는 난처한 처지에 빠져 있었다. 1960년대부터 시작된 산업화 과정에서 소외된 계층의 부득이한 위법의 경우도 있었으나, 경제적인 이득을 위해 고의적으로 불법을 자행한 사례도 엄청나게 많았다. 급기야 정부와 여당에서는 서민의 주거 편의를 위한다는 명분으로 결국 이들 불법 건축물을 양성화하는 법안을 제출하였는데, 전문위원으로서의 그의 검토 결과의 요점은 다음과 같았다.

기본적인 법 제정의 취지는 어느 정도 이해가 가지만 입법화하기 전에 반드시 짚고 넘어가야 할 일이 있다. 우선 정부가 불법을 방관하다가 조건을 달아 합법화하는 것이 과연 타당한 일인지 묻지 않을 수 없다. 그동안 법을 충실하게 준수한 이들과의 형평성 문제도 고려해야 한다.

더욱 심각한 점으로서 범국민적인 준법정신의 해이를 우려한다. 또한 서민 주거와 관계없는 도심의 불법 건물들도 양성화 대상에 포함하는 것은 큰 문제이다.

이러한 요지의 그의 검토 결과 보고서가 나가자 야당에서는 매우 훌륭하다는 반응부터 자기들이 할 말을 전문위원이 다 했다고 불만스러워하는 국회의원까지 있었고, 정부와 여당에서는 너무 비판적으로 검토하여 정부 여당을 곤혹스럽게 만들었다고 불평하였다. 이 불법 건축물에 대한 양성화 방안은 그 후 몇 차례의 토론과 공청회를 거쳐 절차를 밟고 상철의 검토의견에 따라 일부 수정한 후 결국 국회를 통과하게 되었다. 지금도 전국 방방곡곡에서 위법 건축물이 세워지고 있어 상철은 몹시 안타까움을 느끼며 당시 자신의 소신 있는 직무수행에 대해서는 지금도 자부심을 느낀다.

한번은 국회의 중동건설 현장 시찰단의 일원으로 중동과 유럽을 시찰한 일이 있었다. 그나마 영어를 하는 사람이 한두 명의 기자들 외에는 상철밖에 없어 그는 이리저리 많이 불려다녔다. 특히 그는 전문가로서의 사명감 때문이었는지 국회의원보다도 훨씬 더 열심히, 더 예리하게 건설 현장의 문제점을 꼼꼼하게 체크하고, 한국 정부에서 알아야 할 것과 지원해주어야 할 것, 후속적인 중동진출 방안 등을 조사, 파악하고 인터뷰하느라 바쁘게 활동했다. 그런데 여행 말미에 문제가 터졌다. 한 국회의원이 상철에게 쌓였던 불만을 토로한 것이었다.

─전문위원이 내 사진을 찍어주지 않았어요. 돌아가면 사진 밖에 남는 것이 없는데…….

상철은 참으로 어이가 없어 곧바로 받아쳤다.

─1급 공무원이 국비로 출장 나왔는데 당신 사진이나 찍고 있으란 말이오.

그 국회의원은 한술 더 떴다.

─이럴 줄 알았으면 보좌관을 데리고 나오는 건데…….

실제로 동행하는 기자들이 여러 명 있었기 때문에 그들이 부지런히 셔터를 눌러댔다. 국회의원들이 국비로 출장을 가면 국회의원으로서의 소임을 다 해야 하거늘 본분을 잃고 하찮은 일로 전문위원을 질타하는 국회의원들의 지다위에 상철은 가슴이 울컥거렸다. 귀국 직후 상철은 공무원을 당장 그만둘까 하는 생각까지 했다. 그러나 5,6명의 여야 국회의원들 중 그 후 그 일을 거론하는 사람은 없었다. 오히려 나중에 국회부의장이 된 어느 원로 국회의원은 이번 시찰단의 단장인 국회 건설분과위원장과 국회의원들에게 훈계조로 설득했다고 한다.

─사람에 따라 머리를 쓰는 사람과 몸을 쓰는 사람이 있다. 우리 전문위원은 머리 쓰는 사람이지 몸을 쓰는 사람이 아니다.

그리고 그는 상철을 격려까지 해주었다. 이 원로 국회의원은 이후로도 상철에게 각별한 관심을 가지고 많이 아껴주었으며, 전문적인 내용은 그의 의견을 많이 경청하였다. 상철은 공무원

으로 일하면서 자신의 성격을 명확하게 알게 되었다. 그가 전문
위원으로 일할 때 일부 국회의원들은 그를 자기들의 수하로 생
각했는지 모르지만 그는 결코 그들의 수하가 될 수 없었다.

　우선은 그가 남의 비위를 잘 맞추어 이득을 보지 못하는 성격
때문이었고, 다음은 그가 국회의원들을 별로 존경하지 않았기
때문이다. 비록 국민들에 의해 선출된 대표들이라고는 하나 전
문 분야에 대한 식견은 많이 부족했고 봉사정신이 부족해 보였
다. 가까이에서 본 그들 대부분은 당직에 있는 의원이나 당에서
영향력 있는 의원에게는 깍듯했으며 지역구와 관계되는 일에
만 적극적이었다. 다음 번에도 당선되기 위한 이기심의 발로였
을 터였다. 자기의 전문 지식 보충을 위해 공부를 하거나, 전문
위원의 의견을 경청하거나 조언을 구하는 존경스런 국회의원
들도 더러는 있었지만 어떤 국회의원은 자기의 선거구 내에서
와 그 밖에서의 자세가 이중적인 모습도 가끔 볼 수 있었다. 상
철은 국회의원이 위원회 공무원을 자기 부하 다루듯 하거나, 부
당한 이권 개입이 의심될 경우에는 단호하게 선을 그었다. 그는
국회의원과는 다른 임무를 가지고 각자의 임무에 충실해야 한
다는 신념을 가졌으므로 보기에 따라서는 국회전문위원직이
그에겐 맞지 않는 옷이었다. 또한 예편하는 조건으로 타의에 의
해 앉혀진 자리였기 때문에 그는 결국 2년 만에 국회를 떠나기
로 결심했다.

사실 국회의원들과 마찰이 있을 때면 '나도 국회의원이나 한번 해볼까?' 하는 생각이 들 때도 있었다. 만일 자기가 국회의원이 된다면 건설 분과에서 건설 분야 법률안도 발의하고, 미비한 법률도 매만지는 등 할 일이 많을 것 같았기 때문이다. 전국적으로 난개발이 판을 쳐도 아무도 책임지는 사람이 없고, 산을 깎고 제대로 마무리를 안 해 비가 많이 오면 낙석이 위험한 곳도 많으며, 폐기물 처리나, 수질 오염을 막기 위해서 취해야 할 일도 많이 눈에 띄었고, 앞으로 자동차가 급증할 것에 대비해 도로 확충도 시급해 보였다. 당시는 아직 환경부가 따로 없고 모든 것이 건설부 소관이었으므로, 국회건설분과위원회의 할 일이 많아 보였기 때문이다. 그러나 국회의원이 되기까지의 과정을 생각하면 도저히 엄두도 안 났고, 자신이 정치적인 소양을 가진 것 같지도 않아 포기하였다

당시에는 '단임정신' 이라는 말이 유행했다. 장기 집권 뒤 정권이 교체되었으므로 장기 집권에 대한 국민의 의구심을 불식시키기 위해 자주 사용된 말이었다. 마침 국회건설분과위원장도 2년 임기를 마치는 때라 상철도 '단임 정신' 을 이유로 내세워 국회사무처에 사직서를 제출했다. 국회 전문위원은 임기가 정해져 있지 않고 거의 정년까지 할 수 있는 자리였지만…….

상철은 국회의장으로부터 특별히 그간의 탁월한 업무수행에 대한 감사패를 받으면서 2년간의 짧은 공무원 생활을 마감했

다. 그는 제 발로 걸어 나온 첫 번째 국회 수석전문위원이었다.

국회건설위원회 전문위원으로 근무한 2년간은 국가 경영이나 정치 마당이 움직이는 세계를 이해하는 데 도움이 된 기간이었다. 또한 정치는 아무나 하는 것이 아니라는 것을 터득하게 된 것도 이때 얻은 소득이라면 소득일 것이다. 이 짧은 기간에도 정치의 무상함을 충분히 보았으니까.

상철은 지금까지 운명에 따라 살았다면 앞으로의 삶은 오로지 자신의 의지에 의해 살게 된다는 기대를 안고 미련 없이 제출한 사직서였다. 멋있고 우아한 국회 본관에 드나들면서 가슴벅찼던 기억도 모두 뒤로 한 채, 길을 나서는 상철의 발걸음은 가볍기만 하였다.

새로운 길에 대한 희망과 꿈이 있었던 탓일까? 봄을 기다리는 개나리와 같이, 막 창공을 날으려는 어린 새와 같이 약간의 긴장과 불안 그리고 설렘같은 것이 가슴에서 용솟음치는 걸 느꼈다. 온전한 사회인으로 나오는 첫걸음이라 묘한 호기심과 함께 약간의 흥분을 느끼기도 하였다.

생명의 빛

하늘이 갑자기 구름 속에 갇히더니 우루루쾅, 우루루쾅 굉음을 내고 번갯불이 몇 번이나 민찍 번쩍 히다가 끝나고 드디어 세찬 바람이 하늘을 뚫어 비를 쏟아 내렸다. 비는 마치 세상을 다 무너뜨리기라도 할 기세로 사정없이 내리퍼붓고 있었다. 서쪽으로는 북한산의 비봉, 동쪽으로는 형제봉, 북쪽으로는 보현봉, 남쪽으로는 북악산이 한 폭의 그림같이 펼쳐지던 아름다운 정경도 오늘은 모두 비가 삼켜버려 한 자락도 볼 수가 없었다.

상철은 공연히 가슴이 두근거렸다. 애써 긍정적인 생각을 해본다. '서울만 이렇겠지', '안동 가는 길은 밝고 따뜻한 햇빛이 반짝반짝 빛나고 있겠지.' '지영이가 지금 어디쯤 가고 있을까?' 졸음운전은 안 해야 하는데……., '이제 조금 후면 친정에 도착하여 아버님, 어머님, 처남들을 만나 회포를 풀겠지?' 아버님 생신을 맞이하여 모처럼 지영이가 혼자서 차를 몰고 처가로 가고 있는 날이었다. 방학 때나 연휴엔 아이들 모두 태워 상철이 운전하여 처가엘 갔으나 이번엔 주중이라 지영이 혼자 가게 된 터였다. 지영이 운전을 한 지도 10년이 넘어 걱정할 것이 없는데도 뭔지 모를 불안감이 상철을 휘감았다. '날씨 탓인가?' 어젯밤 꾼 꿈 때문인가? '원래 꿈은 현실과는 반대라잖아.' 여러 가지 상념으로 일이 손에 잡히지 않고 있는데, '따르릉, 따르릉' 전화벨이 울렸다. '벌써 도착했다는 전환가?'

　―여보세요.

　―여기는 상주에 있는 한일병원인데, 정지영씨 댁인가요?

　―네, 그렇습니다만.

　―정지영씨가 교통사고가 나서 우리병원에 와 계십니다.

　―네? 사고라고요? 많이 다쳤습니까?

　―네.

트럭이 지영의 차를 앞지르기 하려다 옆에서 들이받는 사고를 내어 지영은 왼쪽 팔과 갈비뼈가 부러지는 중상을 입었던 것이다. 상철은 앞이 캄캄하였다. '이 일을 어떡해? 안돼, 안돼.' 자기 아내처럼 착하고 바르게 사는 사람이 왜 이런 일을 당해야 하는지 억장이 무너졌다. 사람들은 말하기 좋아 그래도 이만 한 게 천만다행이라고 하지만 그는 미치도록 속상하고 분통이 터졌다. 물론 머리를 안 다친 건 천만다행이었다. 안 그래도 너무나 바쁜데 집안의 모든 일을 도맡아 하던 아내가 이렇게 되니 새삼 아내의 자리가 얼마나 큰지를 알겠고, 그가 밖에서 그 많은 일을 할 수 있는 것도 아내가 집안을 편안히 잘 꾸려왔기 때문이라는 것도 알게 되었다. 하여튼 우선 아내를 S대 병원으로 옮겨와 입원시키고 간병인을 구해 붙여놓고, 입주하는 아주머니 한 명을 구해서 집 안을 돌보게 하였다.

아내는 여간 고통스러워하지 않아 보기에도 안쓰럽고 애처롭기 그지없었다. 정말 고통을 나눌 수 없는 게 한스러웠다. 아내가 이렇게 꼼짝 못하고 누워 있으니 상철이가 집안일을 챙겨야 했으나 그는 가정 일에는 관심을 두어 본 적이 없고, 큰애와 작은애는 미국에서 유학하고 있고, 막내딸은 아직도 고등학생이니 자기 공부도 바빠 전혀 도움이 안 되었다. 상철은 정말 이때처럼 막막한 때가 또 언제 있었던가 싶었다. 자기의 일생 중 가장 난감하고 가장 애타는 때로 기록될 것 같았다. 이때만큼 남자도 어느 정도는 가정 일을 알아야 한다고 생각했던 때도 없었던 것 같다. 새삼스럽게 아내의 존재가 너무도 소중하고 그동안의 헌신에 감사하지 않을 수 없었다. 지영을 만난 이후 그의일이 술술 잘 풀리며 비상하게 되었다는 것도 이때에 이르러 다깨닫게 되었다.

하느님이 자기를 깨우쳐주시느라고 아내를 이렇게 만드셨나 싶기도 하고, 그동안 하느님께 많이 냉담했던 걸 벌주시나싶기도 하였다. 그가 지금까지 살아오면서 두 명의 형제가 세상을 뜨는 것도 지켜보았고, 아버지 어머니가 중병을 앓고 돌아가시는 슬픔도 맛보았고, 아들이 교통사고로 머리를 다치는아픔도 당해보았는데, 이번에 다시 아내마저 중상을 입고 보니정말 세상을 산다는 게 얼마나 어려운 일인지, 하루하루 아무탈 없이 지나가는 게 얼마나 감사한 일인지도 새삼 깨닫게 되었다. 갑자기 삶에 대해 숙연한 생각도 들었다.

한순간에 사람이 살 수도 있고 죽을 수도 있고 크게 다칠 수도있다는 걸 뼈저리게 느끼게 되었다. 하느님이 자기를 얼마나 더단단하게 하시느라고 이런 시련들을 주시는가 싶기도 하고, 하느님을 잘 공경하지 않으면 이렇게 된다는 걸 보여주시는 것 같기도 하였다. 어쩌면 그 모두일지도 모를 일이었다. 아무튼 지영이가 다시 일어나 집안을 온전히 돌볼 수 있게 된 석 달 동안 그는 참으로 반성도 많이 하고 생각도 많이 하고, 기도도 많이 하였다. 이제 정말 아내를 전보다 훨씬 더 소중하게 여겨야겠다는 다

짐을 하고 또 했다. 아직까지 '사랑한다'는 말을 거의 못 해준 것 같다. 실상 '사랑한다'는 말 한마디가 어찌 사나이의 뜨거운 가슴을 다 표현할 수 있겠는가? '사랑한다'는 말의 백 배쯤 되는 단어가 있다면 그는 그 말을 자기 아내에게 해주고 싶다. 몇십 년간 끊임없이 좋아하고, 믿고, 의지하고, 위하고, 의기투합할 수 있는 그런 마음을 어찌 달랑 '사랑한다'는 말 한마디로 대신할 수 있단 말인가.

이 사고 이후 아내는 아예 무거운 것은 들지 못하게 되었다. 아내가 퇴원하고, 이제 움직일 수 있게 되었는데 마침 파리에서 국제학술대회가 있어 상철은 지영이도 함께 가자고 하여 데리고 갔다. 그런데 프랑스를 다 보고 나서는 스페인을 잠시만 보고 가자고 하여 파리에서부터 운전을 해서 마드리드까지 갔다. 그는 잘 못 느꼈지만 아내는 마드리드 광장이 너무나 낭만적이라며 하도 좋아하는 바람에 결국 스페인의 동서남북을 모두 보게 되었다. 지금까지 유럽은 별로 안 가본 나라가 없고 미국도 웬만큼 다 보았는데, 지금까지 본 어니보다도 스페인이 좋다고 하기에 기왕 여기까지 왔으니 조금 더 보자고 하여 원래 2,3일 여행을 할 계획이었지만 결국 거의 2주일간 스페인을 둘러보게 되었다. 특히 바르셀로나의 안토니 가우디 건축물을 아내는 황홀하다고 하였다.

상철은 자신도 건축설계를 해 본 사람이지만 가우디의 건축물 앞에서는 절로 고개가 숙여졌다. 기발한 아이디어, 뛰어난 설계능력, 자연에서 영감을 얻고, 자연을 존중하는 건축정신 모든 면에서 압도되었다. 가우디의 작품은 건축물로 가는 길부터 시작된다. 흙으로 만든 길도, 흙담도 모두 예술품인 것이다. 건축물의 외형은 물론, 건물 내부의 작은 소품 하나에도 예술혼을 불어넣지 않은 것이 없는 토털 디자인을 추구하는 이 천재 예술가 앞에서 그는 처음으로 '나도 건축설계를 했더라면.' 하는 부질없는 생각도 해 보았다. 특히 그의 곡선으로 이루어진 건축물은 상철이의 상상을 뛰어넘는 것이어서 건축가의 예술적 재능에 대해 다시 한번 생각하게 되었다. 또한 구엘 백작같이 돈 많은 후원자가 있어 자기가 생각하는 건물을 마음껏 설계하고 직접 진두지휘하여 건축을 할 수 있었던 가우디가 부럽기도 하였다. 어쩌면 자기가 구조역학으로 나가지 않고 설계 디자인 쪽으로 나갔다면 돈도 더 벌고 아내도 더 좋아하지 않았을까 하는 생각이 갑자기 들기도 하였다.

그러나 자신이 택한 삶에 후회란 없다. 아니, 사람에겐 후회할 여지가 없이 하느님이 각각에 맞게 길을 정해주시는지도 모를 일이었다. 어쨌든 스페인 여행으로 아내가 그동안 교통사고로 힘들었던 시간의 고통도 다 잊고 새로운 마음으로 가정과 학교일을 할 수 있게 된 것이 무엇보다도 기뻤다. 태풍이 지나간 자리에 햇볕이 쨍쨍 내리쬐이고 있었다.

이듬해 상철에게 또 다른 태풍이 몰려 올 줄을 어찌 짐작이나 했으랴. 지영이가 예일대학으로 연구년을 가게 되자 당시 S대학 1학년이던 딸이 엄마 따라가겠다고 나서는 바람에 그는 어쩔 수 없이 모녀를 미국으로 보내야 했다. 아들 둘은 이미 미국에서 대학원을 다니고 있었으니 미국에서 다섯 식구가 만나기도 할 겸 모녀가 1년이나 함께 있어야 하니 짐도 많고, 어차피 자기도 방학이니 일단 셋이서 함께 가기로 했다. 우선 뉴욕행 비행기를 타고 가서 거기서 뉴헤븐으로 가는 국내선으로 갈아타고 가야 했다. 당시 예일대 심리학과에 지영이 아는 교수가 있어 그 사람이 얻어놓은 집에서 여장을 풀었다. 사실 그는 2,3년 전부터 계단만 오르내려도 숨이 차는 증세가 나타났고, 가슴이 조이며 고통스러운 때가 있어 병원에 갔는데, 콜레스트롤 수치가 높으니 육식을 줄이라고만 하였다. 그래서 대수롭지 않게 생각하고 아내에게 이제부터 육식은 덜 먹겠다고만 하였다. 그런데 그 뒤로도 계단을 오르내리려면 숨이 차고 힘이 들었다. 그래도 나이 먹어 그런가 하며 자신이 얼마나 위험한 몸 상태인 줄은 전혀 몰랐다.

하필 그 교수가 얻어 놓은 집이 겉으로 보기에는 멀쩡했으나 집안이 너무 추웠다. 더구나 미국의 동북부는 눈이 많은 지역으로 눈이 거의 매일 태산같이 쌓이니 날마다 눈을 치워야 했다. 그러자니 몸이 오그라드는 것 같았다. 이렇게 며칠을 지내보니 도저히 견딜 수가 없었다. 할 수 없이 학교와 거리가 좀 멀더라도 집 안이 따뜻한 집을 다시 얻었다. 마침 둘째아들 인호가 겨울방학을 맞아 함께 있었기 때문에 자기 자동차로 서너 번만 나르면 되겠다 하고 이사를 시작했다. 이사 업체를 부르기에는 짐이 너무 적었기 때문에 가족끼리 하기로 한 것이었다. 그런데 아이들과 짐을 한 번 나르고 나니 그는 몸에 힘이라고는 하나도 없었다. 아내가 주는 주스를 한 컵 마시고 좀 쉬었더니 조금 안정이 되었다. 그래서 그는 힘을 내어 아이들과 함께 마지막 이삿짐을 다 들여놓게 되었는데, 그의 몸이 점점 이상해졌다. 몸에 힘이 전혀 없고, 어지러우면서 토할 것 같아 화장실을 갔는데, 그 이후부터는 생각이 안 난다.

그가 눈을 떴을 때는 병원이었다. 눈을 뜨자 아내가 소스라치게 반기며 자기를 알아보겠느냐고 묻는다. 알아보고 말고. 40년을 함께한 아내인데……. 그가 고개를 끄덕였더니 어느새 눈물을 글썽이며 고맙다고 한다. 지금 몇 시냐니까 아침 7시란다. 아마도 밤새 어지간히 애를 태웠던 모양이다. 조금 뒤에 간호원이 와서 몇 가지를 묻고는

―이제 됐습니다. 살아나셨습니다. 라고 한다. '그럼 내가 죽기라도 했었단 말인가?'

혼자 생각하며 몸을 일으켜보려고 하니 잘 되지 않고 머리가 어찔어찔하였다. 말할 기운도 없어 그냥 눈을 감고 있었더니

또 잠이 쏟아졌다. 얼마 동안 더 자고 났더니 이번엔 의사가 와서 몇 가지를 물어보고는 심장마비가 왔었다고 말해 주었다. 그래도 빨리 병원에 왔기 때문에 동맥을 뚫는 약을 넣어 살았다면서 이제부터 여러 가지 검사를 하겠단다. 아직 식사는 안 된다며 링거를 꽂고 사과주스를 주어서 마시니 조금 정신이 들었다.

지영이한테 어떻게 된 거냐고 물었더니 이삿짐을 다 들여놓고 침대에 누워 있는 줄 알았는데, 방에 없어서 찾아보니 욕실에 꼬꾸라져 있더라는 것이다. 혼비백산하여 구급차를 불러 응급조치를 하고, 병원에 와서 다시 응급처방을 하여 살았다고 말했다. 왜 몸이 이토록 나쁜데도 말 안했냐고 원망을 한다. 상철은 자기 자신도 자기 몸이 어떤 상태인지 몰랐고, 그저 피곤해서 힘이 없는 줄만 알았지 동맥이 막혀 가고 있다는 건 상상도 못 했던 것이다. 그 자신도 자신의 몸에 너무 무심했지만, 한국의 의사도 자기가 심장병 환자라면 이런 상황이 올 수도 있음을 확실하게 주의시키고, 비상시에는 어떻게 하라는 걸 알려주었어야 했는데 너무 성의가 없었던 것이다.

어떻든 상철은 살아나게 되었고, 심장동맥이 전체적으로 60퍼센트 이상 막혀 있다는 것도 이번에 다 알게 되었다. 그래도 운동하면서 싱겁게 먹고, 고기를 많이 먹지 않으면 수명대로 살 수 있다니 다행이라면 다행이었다. 이번에 가족과 함께 있으면서 일이 터지는 바람에 생명을 건졌고, 자기 병을 확실히 아는 계기가 되었으며, 앞으로 자기가 어떻게 해야 하는지도 알게 되었으니 '전화위복'이란 말은 이럴 때 딱 맞는 말인 것 같았다. 그는 가족들에게 이런 농담도 할 수 있을 만큼 금방 낙천적이 되었다.

—'일병장수(一病長壽)'(한 가지 병이 있으면 매사에 주의하기 때문에 오래 산다는 뜻)라잖아. 나 오래 살 거야.

이번에 둘째아들 인호가 큰 역할을 했다. 911에 신고하는 것부터, 병원에서 수속 밟고, 의사와 간호원과 대화하고, 엄마 안심시키고……. 원래도 민첩하고 착한데다 미국 생활에 익숙하여 모든 일을 앞장서 해냈다니 대견할 뿐이었다. 결국 이 아들은 열심히 공부하여 미국에서 변호사로 일하고 있고 며느리도 금융기관에 근무하고 있으니 다행이라면 다행이다. 물론 지영은 아들들이 모두 미국에 있는 걸 너무 허탈해하지만. 자식의 인생을 부모가 어떻게 하겠는가. 하여튼 이 일이 있은 후 상철은 되도록 육식을 피하고, 학교에 갈 때 차를 안 타고 2,30분 걸어갔다가 걸어오는 일을 실행하게 되었다.

이미 15년이 된 지금 병원에서 피검사를 해보면 모든 게 정상이라니 그때 상철이가 새로운 생명을 얻은 건 틀림없는 것 같다.

—아버지, 이제 저와 아버지는 생명의 빚을 한 번씩 주고받은

거예요. 제가 이번에 갚은 거고요. 알았죠?

인호가 이런 농담조의 말도 할 수 있게 되었다. 그러고 보니 20년이 넘었나 보다. 상철은 안동 처가에 갔다가 아이들을 강에 데려가 멱을 감긴 적이 있었다. 물이 얕아서 아무 걱정 없이 아이들에게 물에 들어가 놀라고 했더니 형제가 들어가 물장구를 치며 신나게 놀고 있었다. 그런데 우연히 애들한테 눈길을 돌렸을 때 인호가 물살에 조금 떠내려가는 듯하더니 속으로 가라앉는 걸 발견하고 뛰어들어가 건져 올린 일이 있었다. 물이 얕아 보였지만 안쪽에 소(沼) 같은 데가 있어 아이가 거기에 빨려들어가고 있었던 것이다. 익사 사고가 날 뻔한 아찔한 상황이었다. 정말 상철이가 바로 발견하게 된 건 천행이었다. 아이로서는 20여년 뒤에 그 생명의 빚을 갚은 셈이라며 그때의 일을 상기시켜준 것이었다.

아닌 게 아니라 만일 이번에 그가 혼자 대전에 있다가 그렇게 되었다면 속절없이 죽었을 것이다. 하나님은 그가 조금 더 일을 하고 오라고 살려 주신 것 같았다. 아이들이 아직 아무도 결혼하지 않았는데, 죽었다면 아내에게도 아이들에게도 많이 미안할 뻔했다. 결혼까지는 시켜주고 떠나야 부모의 도리를 다했다고 할 수 있을 것이었다. 이제 아이들이 어서어서 결혼해주기를 바랄 뿐이었다.

고맙게도 큰아들이 버클리에서 대학원을 하고 있다가 그 이듬해 결혼했고, 둘째는 2년 뒤에 결혼했다. 딸은 오빠들과 나이 차이가 많이 나서 과연 신부 입장을 시켜주고 떠날 수 있을지 걱정이 되기도 했으나, 딸도 너무 늦지 않게 결혼하게 되어 다행이라면 다행이었다. 하지만 그는 딸이 박사과정을 중단한 게 너무 아까운 생각이 들었다. 원래 공부도 잘하는 영특한 아이였고, 미국에서 매우 좋은 조건의 장학금을 받고 박사과정을 공부하던 아이인데 결혼을 하면서 학업을 중단하니 한편은 좋으나 또 한편은 많이 아쉬웠다. 그나마 사위가 유능하고 순해서 다행이었다.

상철은 우리의 삶이 녹록치 않음을 새삼 느끼면서, 그래도 정신 차리고, 국가와 가정, 그리고 자기 자신을 위해 열심히 사는 것이 주어진 사명임을 다시한번 자신에게 일깨우면서 여생을 후회 없이 일하리라 다짐하였다. 묵계를 떠나 부산으로 갈 때부터 이미 어렵고 힘든 길을 두려워하지 않았던 것 같다. 세상에 쉬운 길이 없다고 처음부터 생각했는지도 모를 일이고, 보이지 않는 어떤 섭리에 의해 누군가 이끌어주는 대로 달려온 것인지도 모를 일이었다.

그는 오늘이 있기까지 오로지 일에만 몰두할 수 있도록 내조를 해준 아내에게 큰 고마움을 느꼈다. 본인도 바쁜 교수면서, 한결같이 시부모께 효도하는 며느리, 삼남매의 다정한 어머니, 또 자상하지 않은 남편의 아내로서 온 가족에게 헌신한 데 대해

이 세상 최고의 찬사를 보내고 싶었다. 바쁘다는 이유로 제대로 돌봐주지 못한 가운데에도 별 탈 없이 잘 자라 주었을 뿐 아니라 이젠 아비에게 자랑거리를 만들어주는 인수, 인호, 인영에게도 한없는 고마움을 느꼈다. 이제 며느리 두 명, 사위 한 명, 손녀 두 명, 손자 네 명이 그의 노후를 즐겁게 해주고 있다. 힘든 순간도 수없이 많았지만, 노후에 이런 안락함을 주신 그 누군에겐가 감사하지 않을 수 없었다. 아무리 노력했다고 해도 이만큼의 복을 누리기가 어디 쉬운 일인가? 좀더 겸손해지고, 매일 매일 하느님과 조상들에게 감사하며 살아야겠다는 생각을 하고 또 했다.

세계를 품 안에

국회수석전문위원직을 끝내고, 상철은 운 좋게도 한국과학
기술원(카이스트) 교수가 되었다. 그가 카이스트 교수가 되자 제
일 좋아하는 사람이 두 명 있었다. 한 사람은 그의 아내 지영이
었고, 또 한 사람은 그의 장인어른이었다. 좀체 감정을 잘 드러
내지 않은 장인어른이 그토록 좋아하실 줄은 몰랐다. 장인어른
은 상철이 진정으로 좋아하고 존경하는 분인데, 이분이 너무도
기뻐해 주시니 상철도 기분이 좋았다. 유감스럽게도 그의 친부

모님은 그가 카이스트 교수가 되는 걸 못 보고 돌아가셨는데, 처부모님은 보시게 되어 그나마 위안이 되었다. 그는 장인을 한 번도 '장인어른'이라 부른 적이 없다. 처음부터 '아버님'으로 불렀다. 아버님은 신, 구학문을 다 하신 분이고, 특히 만년에는 유학자로서 많은 활약을 하신 분이다. 도산서원, 병산서원, 소수서원 같은 유명 서원의 원장을 두루 지내셨고, 동래정씨 문중 대표로도 일을 많이 하셨다. 그런데 하루는 이 어른이 서울 딸네 집에 오셨는데, 딸과 사위를 앉혀놓고 선물 보따리를 내놓으셨다.

  −내가 한 달간 쓴 건데 마음에 들지 모르겠네. 자네 과학기술원 교수 된 기념으로 쓴 것일세.

  하시며 내놓으신 것은 뜻밖에도 열 폭짜리 병풍 글씨였다. 병풍 치고도 매우 큰 병풍이었다.

  −아니 세상에…….

  팔순이나 된 어른이 이 엄청나게 많은 글자를 한 자도 흐트러짐 없이 곧게 써내려 가신 것이 정말 경이로웠다. 그는 너무도 감격하여 말문을 잊었다. 워낙 글씨가 힘있고 아름다워 평소에 '한석봉 글씨'라고 부르는 그 글씨를 열 폭이나 써 오신 것이다. 이 많은 글자를 쓰시느라 얼마나 힘드셨을까 생각하니 가슴 한 켠 뜨거운 그 무엇이 북받쳐 올랐다.

  −정말 너무너무 감사합니다. 이 은혜를 어떻게 갚아야 할지

모르겠습니다.

  -은혜는 무슨. 내가 죽기 전에 자네한테 꼭 선물을 하나 주고 싶었네.

  상철과 지영은 이 글씨로 병풍을 만들어 30년째 소중히 사용하고 있는데 이 집 보물 1호다. 어쨌든 아버님한테서 받은 병풍은 일 년에 네 번 제사를 지낼 때면 꼭 쓰는데, 글씨를 볼 때마다 그는 인자했던 아버님 생각이 간절해진다.

  한 20년 전에도 사위를 위한 서예 작품을 하나 써주셨는데, 글귀는 다음과 같았다.

　　和氣自生 君子宅
　　春光先到 吉人家
　　(군자의 집에는 화기애애한 기운이 절로 돌고,
　　복받은 집에는 봄볕도 먼저 든다)

  상철은 자기한테 너무 과분한 글귀지만, 액자에 넣어 걸어놓고 오며가며 옷깃을 여미며 군자가 되고 길인이 되기 위해 열심히 살아야겠다는 생각을 자주 하게 된다. 아버님은 워낙 말수가 적으시나 눈빛만 보아도 그를 얼마나 아껴주시고 사랑해주시는가를 알 수 있는 그런 분이었다. 아버님은 사위가 박사를 해 온 이후부터는 언제나 '이 서방' 대신 '이 박사'나 '이 교수’로 불러주었고, 친척들이 ‘이 서방’이라고 부르면 ‘이 박사’로 부르라고 엄명을 하시는 등 그를 진정으로 아끼셨던 분이다.

장모님도 따뜻하고 훌륭하기 그지없는 분이었는데, 그의 어머니가 돌아가시기 바로 전 겨울에 하나의 소포를 받았다. 발신인을 보니 장모님이었다. 상자를 열어보니 뜻밖에도 솜을 넣어 만든 상철이 한복 한 벌, 마고자, 조끼, 두루마기, 안동포로 만든 도포, 그리고 유건(儒巾)이었다. 그전에도 장모님이 해주신 한복이 있었지만 너무 오래 되었다고 생각하였는지 다시 새 한복과 함께 이번에는 도포까지 마련해 보내셨던 것이다. 아닌 게 아니라 처가에서는 제사 지낼 때 아버님, 처남, 처조카들도 모두 안동포로 된 도포를 입고 갓이나 유건을 쓰고 지내는데, 자기만 양복 입고 맨머리로 지내는 게 약간 민망했던 적이 있었다. 아마 장모님도 그게 맘에 걸렸던 모양이었다. 이렇게 장모님이 안 보내주셨으면 아마 그는 평생 도포란 걸 못 입어보고 유건도 한번 못 써보고 죽었을지도 모를 일이었다.

이런 도포가 생겨 그의 어머니가 돌아가셨을 때도 입고, 그 후 장인, 장모님 돌아가셨을 때도 입고, 지금은 그의 아버지 어머니 제사 때 꼭 입는다. 이 도포를 입고 유건을 쓰면 더 경건한 느낌이 들고, 좀 더 격식을 갖추어 제사 지내는 것 같고, 부모님께도 정성을 다 한다는 기분이 든다. 편리한 것도 좋지만,

이렇게 전통적인 방식을 고수하는 것도 매우 뜻 깊은 것 같다. 또 가을에 장인어른이 안동의 농토에서 수확한 햅쌀과 과수원에서 수확한 사과를 보내주셔서 두 분의 땀과 사랑을 생각하며 먹었던 기억이 난다. 이제 두 분 모두 돌아가시고 그 크신 사랑과 인자함만 남아 있다. 친부모님도 처가부모님도 모두 그에겐 각별하고 그를 많이도 응원하고 사랑해 주셨는데, 이제 모두 하늘나라로 가셨으니 허전하기 이를 데 없었다. 좋은 일이 있을 때마다 양쪽 부모님 생각이 간절하다.

상철이가 카이스트 토목과에 부임하니 교수라고는 기계과에 잠시 부임했다가 토목과로 옮긴 윤석민 교수와 자신 둘뿐이었다. 배정된 공간도 좁은 교수실 4개가 전부였다. 당시 카이스트는 키스트(KIST)와 통합하여 학부제로 운영되고 있었는데, 토목공학과는 기계공학부 소속으로 되어 있었다. 그는 기계공학부장을 만나 담판과 설득 등 갖은 노력을 다하여 9호관 건물 1개 층(약 200평)을 배정받는 데 성공했다. 이 공간이 확보되고 나서 다섯 명의 교수를 충원할 수 있게 되어 학과의 모습을 갖추어갔다. 대덕 캠퍼스로 이전한 뒤 1천 평의 독립 건물에 다시 6명의 교수가 더 충원되면서 첫단계 면모를 완성하였다.

상철이가 카이스트 교수로 부임한 것은 새로운 세계에 도전하는 기분이어서 약간의 두려움마저 느꼈던 것이 사실이었다. 그러나 2년 정도 지나면서 다시 자신감을 회복할 수 있었다.

카이스트의 정교수 승진에는 최소 12편의 국제적으로 인정된 SCI (Science Citation Index) 논문이 필수였는데, 상철은 이 12편을 2년에 발표하여 부임 2년 만에 정교수로 승진했다. 빠른 승진과 논문 실적에 주위에서 감탄들을 하였다.

카이스트 부임 후 첫 국제학술회의에 참가했던 일을 지금도 자못 인상적으로 기억한다. 대만 남부의 타이난(Tainan)에서 있었던 일이다. 당시 회의장 밖에 게양된 참가국 국가들의 수십 개의 국기 중에 당당하게 꽂힌 태극기를 보고 상철은 매우 감격하였다. 이등휘 부총통(후에 총통이 됨)이 축사를 하러 지방에까지 온 것은 놀랍기보다 날로 고립되어 가는 약소국의 국제사회를 향한 처절한 절규로 들려 안쓰럽기까지 하였다. 한국에서는 그 혼자만 이 학술회의에 참가했는데, 이 같은 국제학술회의에 '나홀로 참가'는 국내 경제사정의 호전과 학술적 발전이 이루어지는 거의 10년 후까지 지속되었다.

이 무렵 그는 내진(耐震) 설계에 관한 일에도 관여하게 되었다. 내진 설계란 건축물을 지을 때 지진에 견딜 수 있게 하는 설계를 말하는 것이다. 멕시코, 일본 등 여러 나라의 지진 피해를 보고 우리나라도 이제 내진 설계를 해서 대비해야 한다는 목소리가 높았다. 사실 우리나라는 지난 100년간 규모 5.0 이상의 지진(피해를 발생시킬 수 있는 최소규모)이 일어난 적이 딱 네 번 있었는데, 인명 피해는 없었고, 경미한 재산 피해가 난 것밖에는 없었다. 그러나 지진이란 언제 온다고 하고 오는 게 아니기 때문에 만약의 경우에 대비해 준비를 해 두는 것이 좋다. 국내의 내진 설계는 지난 1985년 멕시코 대지진을 계기로 1986년 내진설계법이 마련되면서 1988년부터 적용되었는데, 내진설계법을 만드는 과정에 상철이 깊이 관여하게 되었다.

당시만 해도 일반은 물론, 학계에서도 지진에 대한 관심과 연구는 매우 드물었다. 상철은 대한건축학회가 건설부로부터 받은 내진설계 연구 프로젝트의 책임연구원으로 이 프로젝트를 추진하였다. 전국에서 지진 연구에 경험있는 교수(주로 해외 유학파)를 총동원하다시피 하였다. 최종적으로 만든 안은 6층 이상 또는 연면적 일만제곱미터 이상의 모든 건축물과 일정 규모 이상의 종합병원, 방송국, 공공업무시설, 다중 이용시설, 5층 이상의 아파트, 국가적 문화유산, 댐, 터널, 고속철도, 교량에 대한 내진설계를 의무화하는 법이다. 내진 설계는 여러 가지가 있는데, 건축물의 구조에 적용할 수도 있고, 건축 재료에 적용할 수도 있다. 상철이가 미국 육군건설연구소에서 일했던 경험이 이번 내진 설계의 기준을 만드는 데 크게 도움이 되었다. 이후로 내진설계법은 더욱 강화되었다. 그러나 1988년 이전에 지어진 건물이나 교량, 철도는 내진설계가 안 되어 있기 때문에 약간 불안하다.

카이스트 토목공학과는 후발 미니학과로 출발했지만 30년이 지난 지금은 학과의 규모도 많이 커졌고(교수 20명), 학부생들이 가장 선호하는 대학원 학과 중 하나가 되었으며, 활발한 국제 활동을 하는 학과가 되었고, 단독 건물도 세 개나 가지게 되었으니 학과 발전에 초석을 놓은 상철로서는 감회가 크며, 긍지를 느꼈다.

카이스트에 취임한 첫해부터 그에게 하나의 특별과제가 주어졌는데, 그것은 새로 이전할 카이스트 대덕 캠퍼스 전체의 시설 마스터플랜(종합계획)을 짜는 것이었다. 카이스트의 전신인 한국과학원은 500명 수용을 목표로 서울 홍릉에 설립되었다. 설립 후 10년이 지나는 동안 대학원생 수가 2,000명에 이르게 되어 수용 한계를 넘게 되자 정부에서는 새로운 캠퍼스를 계획하게 되었다. 마침 대전의 대덕 연구단지에는 과학기술대학이 설립되어 있었으므로 이 대학을 흡수하여 학부와 대학원을 연계하는 과학기술교육기관으로 계획하게 된 것이었다. 그러나 교수들은 대덕으로 이전하는 것이 달가울 리 없었으니 교수들로부터의 협조는 아예 불가능했다. 교수들 중에는

ㅡ 이 아무개가 마스터플랜을 짜고 있기 때문에 진짜 우리가 내려가게 되는 것 아닌가.

라고 말하고 다니는 이도 있었다.

새 캠퍼스 계획의 기본개념(또는 철학)은 학교본부건물을 권위의 상징으로 계획하지 않는 것이다. 총장실은 행정건물에 있

으면 된다. 그리고 자동차 동선과 보행자 동선을 구분하여 캠퍼스의 중심을 보행자의 녹지공간으로 계획하고 자동차 동선은 건물군의 외곽으로 돌리는 것이다. 주차공간과 함께. 다음 건축을 위한 확장 공간도 마련하였다. 현 카이스트 캠퍼스는 백 퍼센트 상철의 계획대로 건설되지는 않아 아쉬운 부분이 많지만, 그의 기본 개념만은 곳곳에 살아있다. 그로서는 부임하자마자 카이스트에 기여를 한 셈이어서 가슴 뿌듯함을 느끼기도 하였다. 그는 시간이 지날수록 카이스트 교수로 온 것을 백 번 잘 한 일로 생각하고 또한 자기를 채용해 준 학교 측에 감사하였다.

상철은 적어도 1년에 서너 차례 해외에서 개최되는 국제학술회의에 참가하고, 국내에서 거의 매년 1회 이상 대규모 국제대회를 주관하는 등 국제 활동을 왕성하게 하는 편인데, 그 계기는 1980년대 중반 어느 봄날 일어난 일에서 비롯되었다. 미국과학재단(NSF)의 리우 박사, 일리노이대 토목과 스미스 교수, 그리고 버클리대의 맥콜리 교수가 예고 없이 카이스트 그의 연구실을 방문한 것이었다. 물론 이들은 전부터 잘 알고 지내던 사이였고, 서로 호감을 가지고 있던 학자들이었다. 그들은 서로 반갑게 만나 함께 식사를 하며 여러 가지 이야기를 하다가, 한미 양국 과학재단의 지원 하에 한미 공동 세미나를 개최하기로 합의하였고, 이듬해 5월 '핵심공학 연구에 관한 한미 세미나’를 성공적으로 개최하게 되었다. 이 소규모 세미나는 우리나라에서 토목건축 분야 국제학술세미나를 본격적으로 개최하게 되는 계기를 마련하였다. 이 한미 학술세미나에 참관자(observer) 자격으로 참석한 일본 교토대학의 다나카 교수가 크게 부러워한 나머지 유사한 한일 공동 세미나를 개최하자고 즉석 제안을 해 왔다. 처음에는 그저 건성으로 대답하고 말았으나 결정적으로 한일 세미나 개최의 쐐기를 박는 계기가 곧바로 생겼다.

그해 여름 알라스카의 앵커리지 국제공항 커피숍에서 다나카 교수와 상철이 바로 옆에 나란히 앉아 있는 일이 생긴 것이었다. 기막힌 우연이었다. 상철은 국제토목공학 학술회의에 가기 위해 런던으로 가는 길에 대한항공이 잠시 기착한 것이었고, 다나카 교수는 일본항공이 함부르크로 가는 길에 기착한 그 짧은 사이 극적으로 조우하게 된 것이었다. 출발 시간이 서로 달라 불과 10여 분 간 커피 한잔 하면서 두 사람은 한일 공동 세미나 개최를 다시 논의했고 기본 골격에 합의하였다. 다음해 ‘구조공학 기술에 관한 한일 공동 학술 세미나’가 서울에서 개최되었고, 이어서 미국 하와이에서 열린 한·미·일 3국 세미나로 발전하게 되었다.

과학 분야는 국제 활동을 통해 학문의 흐름을 파악하고 정보를 얻지 못하면 금방 낙후하게 된다. 그러므로 국제학술지에 논문도 발표해야 하지만, 직접 학회에 참가하여 외국의 여러 학자들과 교류하는 것도 매우 긴요하다. 왜냐하면 학술지 논문은 아무래도 학회 발표로부터 짧게는 몇 개월, 길게는 1,2년이 소요되므로 학회에 참석하여 듣는 것이 가장 빠르기 때문이다. 또한 발표 뒤에 이어지는 토론에서도 많은 지식과 정보를 얻을 수 있을 뿐만 아니라 외국의 저명한 교수들을 직접 대면할 수 있기 때문에 학회에 참석하는 것이 교수에게는 매우 바람직한 활동이라 할 수 있다.

다음해에는 카이스트-교토대 토목공학분야 공동 세미나 시리즈도 발족했다. 이는 한일 공동 세미나와는 달리 한일 양국의 두 명문대학 간의 우의 증진에 큰 의미가 있어 다음 회동이 기다려질 만큼 흥미롭고 즐거운 행사로서, 매년 서울과 교토에서 번갈아 개최되었다. 일본 측 대표인 다나카 교수는 사석에서

―이전에는 한국이 아직 학문적으로 뒤떨어져 있어 나의 관심 밖의 국가였으나 몇 번의 공동 세미나 이후에는 한국에 대해 다시 생각하게 되었고, 관심도 많이 가지게 되었다.

라고 고백하면서 한글을 깨우칠 정도로 한국 이해에 적극적이 되었다.

상철은 뿌리 깊은 일본 불신과 적대감을 가지고 있었던 것이 사실이지만, 이때쯤 되어서는 일본과 일본인 전체에 대한 감정은 변함없더라도 일본인 개인에 대한 감정은 많이 호전되어 있

었다. 교토 측 의장인 다나카 교수가 과거 일본의 한국 지배와 그 기간에 있었던 일본의 잘못에 대해 사죄한다고 제1회 서울 세미나 개회사에서 말했기 때문이다. 의외였지만 상철은 그것이 제스처만이 아닌 그의 진솔한 사과였다고 믿었다. 일본수상이 한국에 공식적으로 사과를 하기 10년 앞 선 것이었다. 적어도 자신이 조직한 공동학술세미나에서만이라도 한일 양국이 대등한 지위를 확보할 수 있었던 것은 당연하면서도 기분 좋은 일이었다.

그 후 대만의 국립대만대학이 참여하면서 카이스트-교토대 세미나는 3국 세미나로 확대되었고, 그 다음해에는 국립 싱가포르대학이 참가하면서 4개국 세미나로, 그리고 최근에는 태국의 출라롱콩대학이 참가하게 되어 5개국 세미나로 발전하였다. 이 아시아지역 명문대학 간의 세미나 시리즈는 그의 카이스트에서의 경력과 나란히 발전해 왔으며, 오랫동안 이어갈 것을 생각하면 또 하나의 보람이 아닐 수 없었다.

카이스트 교수들이 외부에서 받고 있는 평가는 좋은 편이라 할 수 있지만, 내면적으로 교수 개개인은 연구 업적 때문에 엄청난 스트레스를 받고 있다. 해외 학술지에의 논문 발표가 가장 중요한 평가 잣대가 되는데, 상철 역시 카이스트 교수로 취임한 10년 동안은 해외 저명 학술지에 연구논문을 많이 발표했었다. 그러나 그 자신이 직접 국제학술지를 발간해보자는 생각

을, 그것도 50대 중반 나이에 하게 된 것은 조금은 엉뚱하지
만, 용감했다고 할 것이다. 결코 쉽지 않을 것이라는 주위의 만
류에도 불구하고 이 일에 어떻게 뛰어들었는지 자기 스스로 생
각해도 신기한 일이었다. 논문을 제출하고 심사를 거쳐 학술지
에 발표되기까지 빨라야 6개월, 심지어는 1,2년 걸리는 경우도
많았다. 상철은 이것이 제일 싫었다.

어쨌든 1990년대 초 아직 국제학술지의 후진국인 한국의 한
무명 출판사에서 국제학술지인 『Structural Engineering &
Mechanics, An International Journal』(구조공학과 역학)이
탄생했고, 20년이 지난 지금 연간 24회 발간되는 세계적으로
도 무시할 수 없는 구조공학 분야 1급 학술지로 우뚝 서게 되었
다. 이 학술지가 SCI에 등재되었을 때 당시 국내에서 내는 국
제학술지라고는 2,3종에 불과했기 때문에 그는 그간의 어려움
을 모두 잊고 남이 경험 못하는 국제 학술지 발간의 보람과 희
열을 맛볼 수 있었다.

전세계적으로 국제학술지 발간은 미국과 유럽의 3,4개 국가
가 독점하고 있는 실정이니 더욱 그러했다. 첫 학술지가 SCI에
등재된 뒤 다른 4개의 학술지도 모두 등재되는 쾌거를 이루었
다. 즉 『Wind & Structures』(바람과 구조)와 『Steel &
Composite Structures』(철골과 구조), 『Computers and
Concrete』(컴퓨터와 콘트리트), 『Smart Structures and

Systems』(스마트구조와 시스템)이 그것이다. 또한 이어서
『Geomechanics and Engineering』(토질역학과 공학),
『Interaction and Multiscale Mechanics』(상호작용과 다중 스케
일 역학), 그리고 『Membrane Water Treatment』(여과식 수처리)
등 현재 8종의 국제학술지가 모두 SCI에 등재되었고, 또 다섯
개의 학술지 『Earthquakes and Structures』(지진과 구조역학)
과 『Ocean Systems Engineering』(해양 구조공학), 『Advances
in Materials Research』(재료공학 연구의 발전), 『Advances in
Environmental Research』(환경공학 연구의 발전) 『Coupled
Systems Mechanics』(이중시스템의 상호작용 역학) 등이 등재를
기다리고 있다.

상철은 이렇게 열 세 종류의 국제학술지를 발간하면서 국제
학술회의 주최도 병행했다. 국제학술회의는 학술지의 홍보와
논문 투고 증진효과가 커서 매우 성공적이었다고 할 수 있다.
과감하게 시작한 『구조공학과 역학 발전』(ASEM, Advances in
Structural Engineering & Mechanincs), 『풍공학과 구조역학의
발전』(AWAS, Advances in Wind and Structures), 『국제 철강구
조공학 및 복합구조 학술회의』(ICSCS, International Conference
on Steel & Composite Structures) 등 국제 학술회의는 이제 한국
에서 시작된 본격적인 세계적 학술회의 시리즈로 위상을 갖추
게 되었고, 매회 300~700명의 저명한 학자들이 자비로 참가

하고 있다. 지난 십수 년간 거의 매년 1,2회씩 개최한 국제학술회의는 국제적인 학술교류는 물론, 우리나라 공학계의 국제사회에서의 위상 제고에 크게 기여했으며, 적게는 외화 획득의 효과도 있었다. 특히 설립 역사가 일천하던 카이스트 토목공학과(현재는 건설환경공학과)를 일약 세계의 명문 반열에 올려놓게 되어 상철은 매우 만족스러웠다.

국제 활동을 하던 초기에 있었던 일이다. 학술회의 집행위원회 회의가 끝나고 저녁식사를 함께하는 사석에서 국립싱가포르 대학교 왕 교수가

—국제무대에서 카이스트 토목과 교수들의 활약이 커서 (make big noise) 대단한 규모의 학과인 줄 알았더니 전체교수가 달랑 5명뿐이더라.

는 우스갯소리로 좌중을 웃겼지만 '어떻게 그럴 수 있을까' 하는 표정들이었다. 실제로 세계적으로 이름난 토목공학과는 교수가 100명이나 되는 데가 많고 적어도 5,60명은 된다. 그러니 교수 5명밖에 없는 학과에서 그토록 국제활동을 많이 했으니 외국교수들이 놀라는 것도 무리는 아니었다.

국제학술회의를 주관한다는 것은 생각보다 쉬운 일이 아니다. 더구나 매년 국제학술대회를 주관한다는 것은 참으로 어려운 일이다. 그럼에도 불구하고 상철이가 이를 계속 추진한 것은 국가적인 이익을 먼저 생각했기 때문이다. 구조역학 분야의 최

신 연구결과를 제일 먼저 얻는다든가, 국위선양을 한다든가 하는 점 외에도 국내의 학자들과 대학원 학생들에게 최소의 경비와 시간을 들여 앉아서 세계적인 학자들을 만나게 해주고, 그들의 영어 발표를 직접 듣고 또 발표도 하게 하여 국제화를 촉진하는 등 무형의 이득 또한 무시할 수 없었고, 현실적으로 우선 개인당 400~500불의 등록금을 받을 뿐만 아니라 항공, 호텔, 관광, 쇼핑 등 파생되는 경제적 이익이 적지 않기 때문이다.

처음에는 기존의 세계적인 큰 국제회의를 한국에 유치하려고 노력했다. 한번은 약 2,000명의 세계 학자들이 모이는 큰 국제대회를 한국에 유치하기 위해 물밑작업을 많이 하였다. 그동안 알게 된 외국학자들을 대거 동원하여 거의 한국 유치가 확실시되어 가던 중에 중국이 끼어들었다. 중국이 국가적인 차원에서 지원을 하고 전세계에 퍼져있는 중국계학자들이 나서니까 한국 유치를 돕기로 약속했던 외국 학자들 중 많은 수가 중국 쪽으로 돌아서게 되었다. 일본학자들도 언제부터인가 중국 눈치를 보기 바빴다.

더욱 결정적인 것은 상철을 견제하고 싶었던 한국학자들마저 중국에 표를 주어 결국 중국 북경에서 하게 되었다. 지금 생각해도 가장 애석하고 속상했던 일이다. 또 한 번은 1,500명 정도 모이는 국제대회를 한국에 유치하기 위해 서양 및 아시아학자들에게 물밑작업을 많이 해 놓았는데, 중간에 일본이 끼어들었다. 이번에는 유럽 학자들과 인도, 중국학자들이 일본에 손을 들어주었다. 그런데 기가 막히는 것은 투표 결과 한국 지지표가 세 표밖에 나오지 않았다는 것이다. 이번 투표에 참가한 학회 이사 중에는 한국인 교수만도 여덟 명이나 있었는데 말이다. 상철을 견제하고 방해하는 한국 교수들의 중심에는 늘 허찬식 교수가 있었다.

한국 내에서는 자기네들이 일류라고 뽐낼 수 있는데, 국제무대에 서니 엊그제 창설한 카이스트 토목공학과에 비해 왜소해지니 그냥 시기심이 났던 것이다. 상철은 아직도 한국의 학문적 위상과 한국의 학술적 수준이 선진국에 도달하려면 갈 길이 멀다는 생각을 떨칠 수 없었다. 물론 어느 사회에서나 경쟁은 있게 마련이고, 경쟁에서 패배할 수도 있는 거지만 한국 학자들이 그를 견제하기 위해 상대 국가를 돕는다는 것은 도의적으로 문제가 있다고 생각하였다. 어떻게 국가의 이익보다 개인의 이익이나 사감이 먼저인가.

특히 허찬식 교수의 수 십 년간의 견제와 방해 그리고 음해는 지긋지긋했다. 세상에 무슨 이런 악연이 있나 싶었으나, 그렇다고 멱살 잡고 싸울 수도 없고, 그러려니 하면서도 가끔씩 주먹을 날리는 상상도 했다. 몇 년 후 1000명 정도가 모이는 국제대회 유치를 성공하기도 하고, 7,800명 정도 모이는 학회를 유치하기도 했지만, 처음에 두 번이나 국제대회 유치에 실패한 쓰

라린 경험은 나중에 상철 자신이 직접 국제학술회의를 개최하
게 되는 주요 계기가 되었다. 중국이나 일본에 비해 한국의 국
력이 떨어지는 게 사실이지만 학자들은 노력하기에 따라 중국
학자나 일본 학자를 능가할 수 있고, 학회든 학술지든 이들 나
라들보다 앞설 수 있다고 생각했다. 그는 이러한 신념에 따라
살아왔고, 적어도 그의 학문 분야에서는 중국과 일본은 물론,
세계 어느 나라 학자도 못하는 일을 하고 있는 것이다. 기업들
의 노력으로 IT산업이 세계 1등이 되고, 한류가 돌풍을 일으키
듯이 학문 분야에서도 노력하면 분야별로 1등 짜리를 만들 수
있다는 것이 그의 일관된 신념이고, 또 어떤 면에서는 실현하기
도 한 것이다.

그의 학회 창립은 그의 미국유학 시절부터 회원이었던 '미국
콘크리트학회'(ACI, American Concrete Institute)의 한국 분회장
이 된 1980년대 중반부터 시작되었다. 분회장이 되자마자 한국
콘크리트학회를 만들라는 압력이 국내외적으로 거세게 들어왔
으나 고심 끝에 그는 자기의 주전공인 '한국전산구조공학회'를
먼저 창립하기로 결심했다. 이 새 학회는 '학술활동을 위주로
하는 학회', '학제간 학회', '국제활동을 강화하고 민주화된 학
회'를 창립 이념으로 하였다. 이러한 전산구조공학회의 민주
적, 국제적 운영방식은 우리나라 기존의 다른 학회들에 새로운
바람을 불러일으킬 것을 예고하고 있었다. 아니나 다를까, 그

후 불모지나 다름없던 토목건축 분야에서도 다수의 전문학회들이 창립되었다. 또한 기존 학회에서도 회장과 대의원 선출이 전산구조공학회 방식대로 회원이 직접 선거에 참여하는 등 민주화되어 갔다.

전산구조공학회가 창립 30년이 된 지금도 대체로 학회 창립이념이 그대로 지켜져 오고 있다. 처음에 그가 새로운 학회를 만든다니까 기존의 두세 개 학회에서 난리가 났다. 당시 토목학회의 주요 자리에 있던 허찬식교수는 노골적으로 반발하면서 자기 후배나 제자들에게 절대로 전산구조공학회에 입회하지 말 것을 모든 인적 네트워크를 통해 전달했다. 그를 따르는 교수도 있었지만, 외국에서 박사를 한 교수들 중심으로 참신한 학회 탄생에 큰 관심을 가진 이도 많았다.

찬식은 상철이 S대학에 학사 편입하여 다닐 때 건축공학과에서 함께 공부했던 친구였다. 나이로는 상철보다 4년 아래였지만 같은 학년에서 공부를 하던 동급생이었다. 상철이 군복을 입은 채로 학교에 가야 할 때도 많았는데, 다른 학생들이 이질감을 느꼈을 터였다. 그러나 상철이 워낙 열심히 하고 공부도 썩 잘 하니까 깍듯이 형님으로 대우하며 따르는 학생도 있었고, 동급생으로서 존중하며 우호적인 학생도 있었고, 아주 무관심한 학생도 있었고, 매우 미운 이방인으로 보는 학생도 있었다. 찬식은 가장 비우호적인 학생이었다. 상철은 그런 일에 별로 신경 쓰지 않고, 나이로 보나 능력으로 보나 자기의 실력을 보여주어야겠다는 생각을 하며 열심히 했다. 실제로 일반대학에서 건축전공과목을 공부하는 자체가 매우 즐겁고 흥미로웠다. 그리하여 네 학기 내내 수석을 하였다.

상철이가 편입하기 전까지 수석을 했던 찬식은 상철이가 눈엣 가시였다. 그런데 찬식과는 운명적으로 악연이 되려고 그랬는지 찬식이가 대학을 졸업하고 미국 유학 가서 상철과 동일한 전공인 구조역학을 공부하고 S 공대 교수가 되었다. 유학은 찬식이가 5년 먼저 갔지만 졸업은 상철이보다 1년 먼저 하였다. 상철이 학위 받고 1년 동안 육군 건설기술연구소에 근무하고 돌아와 보니 찬식은 S 공대 교수가 되어 있었다. 상철은 마음속으로 잘 됐다고 생각했다. 이제 찬식이가 잘 되어 있으니 자신을 괴롭힐 일은 없겠다고 생각되었기 때문이다. 그러나 상철의 예상은 빗나갔다. 상철이 귀국하여 건축학회와 토목공학학회에서 만나면 외면을 하는 것은 물론이고, 상철이 S공대에 강의를 나가니 그때부터 상철에 대한 그의 공격은 다시 시작되었다. 건축과와 토목과 교수들에게 '이상철 교수는 S공대에 출강하는 걸 별로 달가와하지 않는다. 투덜거리는 걸 내가 직접 들었다' 고 거짓말까지 서슴치 않았다.

상철을 특별히 아끼던 스승인 김진수 교수가 찬식이 한 말을 기억했다가 상철에게 확인을 했기 때문에 알게 되었던 것이다.

상철은 찬식이가 그토록 오랫동안 끈질기게 상철을 괴롭힐 줄은 이때만 해도 상상하지 못했다. 찬식이가 어떡하든 막아보려 했으나 상철은 은사님 덕분에 계속 출강을 할 수 있었다. 그래도 이때까지만 해도 상철이 아직 육사교수로서 많은 제약을 받고 있었기 때문에 학계에서 무엇인가 주도적인 일을 하기에는 역부족이었다. 나중에 카이스트 교수가 되고는 본격적인 학회활동을 하였고, 어떤 교수보다도 국제활동을 많이 하여 찬식과는 연구업적에 있어 점점 간격이 벌어졌다. 이과 계통에서는 SCI 학술지에 논문을 얼마나 냈느냐, 이들 학술지에서 논문이 얼마나 많이 인용되었느냐 하는 것이 수치로 나올 수 있기 때문에 직접적인 비교가 가능하다.

찬식이 좀더 강도 높게 상철이를 공격한 것은 상철이가 전산구조공학회를 만드는 때였다. 기존에 건축학회도 있고, 토목공학 학회도 있지만, 좀더 전문적인 새로운 학회를 만들어야겠다는 생각이 들어 학회를 창설하려고 하니 찬식이 본격적으로 학회 창립을 결사적으로 막고 방해했던 것이다. 찬식으로서는 이때야말로 상철에게 타격을 줄 절호의 기회라 생각했는지도 모를 일이었다. 그는 자기가 할 수 있는 모든 방법을 동원해 학회 창설을 막아보려 했다. 어느 정도 영향력을 발휘하여 적어도 수십 명의 입회를 막는 데는 성공했다. 그러나 학회 창립 자체를 막기에는 역부족이었다. 이후에도 찬식은 상철이가 하는 일을 방해하기 위해 많은 무리수를 두었다. 자기 영향 아래에 있는 젊은 교수들을 동원해 기회 있을 때마다 상철을 비방하는 것이었다. 명분은 카이스트 토목과가 S대학의 토목과를 앞서나가는 것을 볼 수 없다는 것이었다.

일생 동안 자기의 앞길에 가장 큰 장애물로 여겼던 것이다. 그러나 한국에는 건축과나 토목과가 수십 개 대학에 있고, S대학 출신 중에서도 소신 있는 교수들은 자신의 발전을 위해 입회하기도 하여 창립총회 때 이미 몇 백 명의 회원이 모였다. 카이스트에 우호적인 교수들도 많았고, 카이스트는 일찌감치 국제교류를 왕성하게 하여 나중에는 다른 대학이 따라 올래야 따라 올 수 없게 되어 버렸던 것이다.

국내에서나 국제적으로 교수사회에서는 더러 '앙숙' 이라는 소문이 도는 경우가 있다. 이는 대부분 학문적인 견해 차이를 극복하지 못하고 옹고집적으로 서로 자기주장을 펴는 경우이다. 학문적으로는 서로 양보 없는 비판을 하면서도 사석에서는 담소하는 '학문적 앙숙' 은 그런대로 건설적일 수도 있다. 그러나 찬식처럼 사적인 감정으로 앙숙이 되는 경우는 참으로 딱하다. 더구나 찬식처럼 일방적으로 상대를 미워하고 헐뜯고 일을 방해하는 것은 황당하기까지 하다. 상철은 찬식을 경쟁상대로 보지 않는데, 찬식은 몇 십 년에 걸쳐 상철이가 자기의 앞에 서서 움직이는 게 견딜 수 없었던 것이다.

이런 일도 있었다. 상철이가 모대학 인사심의에서 전원일치로 신임교수로 추천되어 대학인사위원회에 회부되었을 때였다. 이 위원회에서 상철의 논문을 심사할 교수들을 몇 명 선정하여 심사를 의뢰했는데, 그중 한 명이 허찬식 교수였다. 상철이 발표한 미국의 토목학회가 내는 1급 학술지에 실린 논문 세 편을 이들 교수들에게 심사를 의뢰했다. 이 위원회가 찬식과 상철의 관계를 알 리 만무였다. 찬식은 이번에야말로 상철이를 넘어뜨릴 수 있는 절호의 기회로 보였다. 찬식은 아예 논문을 보지도 않고 세 편을 모두 D, D, F로 평가하여 보냈다. 상철이의 신임교수 취임은 물거품이 되었다. 이미 국제적인 논문 심사에서 통과되어 1급 학술지에 실린 논문이고, 다른 심사위원 4명이 모두 A+를 준 논문이 어떻게 D가 되고, F가 될 수 있는가. 너무나 어이가 없고 괘씸하기 이를 데 없었지만 상철은 이런 사람을 상종하기가 싫어 대응을 하지 않았다. 주위의 은사나 동료들이 상철을 위로하면 그는 이렇게 말하곤 했다.

다음에 더 잘 되려고 그러는 겁니다.

훗날 상철이 카이스트 교수가 되었을 때 주위에서 더러는 이 말을 되새기기도 하였다.

그 후 전산구조공학회는 발전에 발전을 거듭하여 지금은 3천 명의 회원을 자랑하고 있다. 이후에도 허찬식 교수는 사사건건 대립각을 세우고 그가 하는 일을 방해하려고 무던히도 애를 썼지만 외국의 저명한 학자들까지 막지는 못했으니 결국 상철이 하고자 하는 일은 다 하게 되었다.

어쨌든 상철은 한국 풍공학회(風工學會)도 창립하고 초대, 2대, 3대 회장도 역임했고, 국제 전산역학회 IACM의 한국분회 성격의 KACM(Korea Association of Computational Mechanics)을 창립하고 현재 회장직을 맡고 있다. 말할 것도 없이 이와 같은 학술회의 개최, 국제학술지 발간, 그리고 학회 창립과 같은 학술 활동을 성공적으로 이끈 열쇠는 무엇보다도 카이스트 건설환경공학과 전 교수의 단합과 협력이었다.

상철은 이후에도 계속 국제 활동을 하면서 국내 교수의 참여는 별로 신경 쓰지 않았다. 어떨 때는 외국에서 500명이 오고 국내에서는 50명이 오는 대회를 하기도 하였다. 국내에서 개최되는 다른 국제학술회의와는 반대현상이었다. 상철은 국내 참가교수에게 기대를 걸고 국제학술회의를 개최한 적은 없다. 국내에서는 언제나 찬식의 방해를 막는 것도 짜증 나고 피곤했다. 그는 한국 교수들이 경쟁할 상대는 어차피 선진 외국 교수들이지 국내 교수들이 아니라고 생각했다. 한국의 일류 기업들이 수출에 힘을 기울이는 것과 같은 이치이다. 그는 학술 활동도 애국심에 바탕을 두고 초지일관으로 추진했다. 우선 선진국 중심으로 돌아가는 국제학술 무대에 한국이라는 나라도 무시할 수 없는 저력을 가지고 있다는 것을 알려야 했고, 외국에서 개최되는 학술회의를 되도록 한국에서 많이 개최하여 한국을 알리고, 이런 대회를 통해 외국의 연구 성과를 가장 먼저 입수하고, 국내의 교수나 대학원생이 국제대회에서 돈과 시간을 최소한으로 들이고 세계 저명교수들의 발표를 듣고, 또한 영어로 발표하는 기회를 제공하며, 가능하다면 외화도 벌자는 일거삼득, 사득을 노렸던 것이다.

그의 이런 목표는 매해 한 번, 어느 해는 일 년에 두 번씩 국제대회를 개최하면서 하나하나 이루어졌다. 학회도 어느 다른 나라 학회보다 알차게, 질서있게, 친절하게 하니까 연구비를 많이 가진 외국학자들이 속속 모여들었다. 정말 논문으로, 책으로만 대하던 세계적인 석학들을 앉아서 만나게 되고, 그들의 최신 연구 성과를 제일 먼저 접하게 되니 그는 감개무량했다. 이렇게 그가 국제적으로 알려지면서 외국의 국제대회에 기조강연 초청도 많이 받게 되어, 여비와 체재비를 받으면서 국제대회에 참가할 수 있게 된 것도 큰 성과였다. 이런 기회는 그에게는 또 다른 기회가 되기 때문이다. 우선 영향력 있는 저명한 외국학자를 만날 수 있고, 이들에게 다음번 그가 하는 국제회의를 소개할 수도 있고, 그가 내는 학술지 브로슈어를 배부할 수 있고, 학술지 구독자들을 아예 모집해 오기도 하기 때문이다. 그런데 한 가지 안타까운 것은 다른 세계적인 대학에서는 그가 발간하는 국제학술지를 구독하는데, 국내의 교수들이나

대학 도서관에서는 외국의 비싼 3류 학술지는 구독하면서 그
가 내는 1급 학술지는 구독하지 않는다는 점이다. 때로는 답답
한 심사를 달래기 어려웠지만 그의 의욕이 꺾이지는 않았다.

SCI에 등재되는 국제저널 한 권을 내는 것은 실로 엄청난 일
이다. 우선 편집위원들 몇십 명 중 90퍼센트 이상이 외국의 저
명 학자여야 하고, 세계적으로 논문을 모집해야 하고, 그 논문
을 그 분야의 세계적인 학자들을 찾아 심사 의뢰를 해야 한다,
논문 한 편당 5명의 심사위원이 심사를 하는데, 이들의 심사
결과를 받아 다른 심사위원들의 평가와 대조하여 '게재', '수
정 후 게재', '게재 불가'로 나누고, '수정 후 게재'는 즉각 논
문제출자한테 보내 수정원고를 받아 인쇄에 들어가게 된다, 이
모든 과정을 짧게는 한 달, 길어야 석 달 안에 다 마쳐서 배부
까지 해야 하기 때문이다. 그런데 가끔씩 심사위원이 제때 논
문 심사를 해주지 않아 애를 태우기도 한다. 그는 이런 경우에
대비해 두세 명의 심사위원을 항상 대기해 놓고 있다.

과학 분야에서 초일류 학술지는 2주에 한 권씩 나온다. 물론
3주에 한번 나오는 것도 있고 보통은 월간이다. 과학 분야는
하루하루 새로운 지식과 정보가 쏟아져 나오므로 학술지를 이
렇게 빨리 만들어야 하는 것이다. 지금 그가 내고 있는 13종의
국제학술지 중 한 종만 2주일에 한번 나오고 12종은 한 달에
한번 나오는 것이다. 전 세계의 과학 분야 수천 종의 학술지는

영국, 독일, 미국의 세계적인 주요 출판사에 의해 독과점되어 있는 상태여서 신규 진입은 엄두도 못 낼 만큼 어렵다.

상철은 홀로 이런 거대한 출판사들과 맞서 무려 열세 권의 학술지를 내고 있는 것이다. 세계적으로 전무후무한 일을 하고 있는 셈이다. 그는 자기 나름의 방식과 불과 대여섯 명의 학부 출신 인력을 가지고 이 일을 하고 있다. 돈이 되는 것도 아니고, 권력을 가지는 것도 아니고, 크게 명예가 되는 것도 아니지만 그는 이것이 애국이라 믿고 그의 능력을 총동원하여 이 일을 하고 있는 것이다. 그의 나이 70대 중반, 앞으로 몇 년 더 일을 할 수 있을지는 모르지만 자기 삶의 마지막 봉사로 생각하고 이 일을 계속하고 있는 것이다. 이 일을 몽땅 학과에 내놓고도 싶고, 맡을 사람이 있으면 맡기고도 싶지만 맡아서 하겠다는 사람이 없다. 너무나 엄청난 일임을 알기 때문이다. 교수들은 이런 일을 하는 시간에 자기 논문 한 편이라도 더 써야 하고 연구프로젝트를 수행해야 하니 그가 하는 학술지를 맡아서 할 여력이 없는 것이다. 더구나 상철만큼 세계적으로 알려지지도 않았으니 엄두를 내기 어려운 점도 있을 것이다.

그가 처음에 국제학술지를 낸다니까 기존 학회들의 반발이 만만치 않았다. 처음에 구조역학 분야 학술지를 내니 A학회에서 반발을 하고, 콘크리트 학술지를 내니 B학회에서 반발하고……. 이런 식이었다. 이들 반발의 중심에는 늘 허찬식 교수가 있었다. 자기들은 수십 년 동안 학회를 운영해 오면서 수없이 국제학술지를 낸다고 해놓고 성공하지 못했으면서 그가 낸다니까

  —그건 우리 분야니까 그만 두시오.

라고 노골적으로 반대했다.

그러나 상철이 철저하게 국제 기준에 맞춰 학술지를 내는 것을 계속하자 이들 학회에서도 3, 4년 뒤에 국제학술지를 내게 되었다. 그러나 중도포기하거나 아직도 SCI에 등재하지 못하고 있으니 딱한 일이다. 그는 학술지를 낸 지 2년, 심지어 1년 만에도 SCI 학술지가 되니 경쟁이 안 되었다. 모든 걸 국제 기준에 맞추어 내는 것과 한국식으로 대부분 한국 학자들이 영어로 쓴 것을 묶어 내는 정도로 어찌 국제 기준에 맞을 것인가.

그가 발간하는 학술지에는 한 권에 한국 사람이 쓴 논문이 한 편도 없을 때도 있다. 외국 심사위원에게서 좋은 평가를 못 받고 심사에서 떨어진 논문은 자기 제자라도, 자기 동료라도 가차 없이 떨어뜨리기 때문이다. 그렇지 않으면 질을 확보할 수 없으며, 질을 확보하지 못하면 SCI 등재는 물론이고, 세계 일류저널이 되는 것은 더욱 요원하기 때문이다. 그는 국제학술회의와 국제학술지 발간이라는 두 마리 토끼를 다 잡으면서 세계를 자기 품안에 안았다는 느낌을 많이 받았다. 전 세계를 대상으로 무엇인가 뜻있는 일을 도모한다는 것은 힘드는 것 이상

의 보람과 희열을 맛보게 해준다. 등산가가 힘든 과정을 거쳐 히말라야 정상에 올랐을 때의 희열과 전율도 이런 것이 아닐까 생각한 적이 있다.

사실 일반적으로 생각하면 그는 돈 버는 일에 좀더 관심을 두어야 했다. 어릴 때부터 가난 때문에 겪어야 했던 고통이 너무도 컸으니까 성인이 되고 공부를 마친 뒤에는 돈 생기는 일에 관심을 쏟는 게 자연스런 일이었다. 그런데 평생을 왜 남이 생각하지 않는 일, 돈 안 되는 일, 힘드는 일만 골라서 하는지 그 자신도 이해가 잘 안 된다. 국제학술지 내는 힘과 시간과 노력이면 돈을 벌어도 꽤 벌 수 있으련만 별로 알아주는 이도 없는 일에 정열을 쏟고 있는 것이다. 할 수 있는 범위 안에서 나라의 위상을 높이고, 나라를 홍보하고, 자기 분야의 학문적 역량을 높이고, 한 푼이라도 외화를 버는 일을 하고 있는 것이다. 국제 학술회의에서 조금이라도 남는 돈이 있으면 계속 새로운 학술지를 내는 데 쓰고 있다. 그러니 1,2년간 구독자가 적어도 유지를 할 수 있는 것이다.

그는 카이스트에서 20년 동안 재직하면서 80여명의 석사와 50명의 박사를 배출하였다. 모두 하나같이 능력 있고 뛰어난 우리나라 최고급의 과학 인재들이고 정말 자랑스러운 친구들이다. 그들과 함께 지낸 20년은 그에게는 다시없는 행운이고 행복한 기간이었다. 특히 이들 중 몇 명은 카이스트 교수로 재직하고 있어 그를 매우 기쁘게 해준다. 그의 제자들 모두는 각각 개성과 능력은 달라도 그들의 노력과 학업 성취에 대한 의지는 하나같았다. 그는 자신이 학생들에게 자상하지 않은 줄 안다. 그러나 훌륭한 인재로 길러내고 장차 과학기술 분야의 거목이 될 수 있도록 기초를 마련해주자는 그의 철학대로, 그의 방식대로 그들을 독려해야 했다.

그는 재직 중에는 학생들과의 모임을 매주 월요일에 열어 지난 주의 연구성과를 분석하고 이번 주에 할 일을 점검했다. 가끔 세미나도 개최했다. 회의에 앞서 30분 정도 비디오를 이용해 영어회화 연습을 하기도 했다. 이러한 규칙적인 회동과 시스템에 적응하는 것이 어떤 학생에게는 힘든 일이었을지도 모른다. 상철은 제자들이 영어가 필요하다고 믿어 영어를 강조한 것이지만 제자들 중에는 '영어회화를 왜 해야 하나?' 라는 의문을 가지기도 했다. 그러나 대부분 잘 따라와 주었다. 이러한 과정을 잘 소화한 제자는 일류대학 교수가 되어 있기도 하고, 외국 대학 교수가 되어 있기도 하며, 좋은 연구소에서 일하기도 하고, 일류기업에서 일하기도 한다. 그는 이들 제자들의 성취에 찬사를 보내고 싶었다. 혹시 힘들게 여겨졌던 제자들에게는 미안하다는 말과, 이제는 각자의 방식대로 정진하여 대성하길 바란다는 말을 하고 싶다.

그는 늘 젊은 엘리트들과 함께 호흡하는 것은 교수로서의 또 다른 특권일 수 있다고 생각했다. 그가 학생들과 같이 이룩한 그간 학술적인 성취는 100여 편의 SCI 논문(국내 토목공학과 최고), 350여 편의 국내외 논문, 그가 발간하는 13종의 국제학술지, 그리고 그가 주최한 30여 회의 국제학술회의 논문집으로 태산을 이루었고, 그가 저술한 본격적인 대학원 교재인 『유한요소법』 두 권에 실려 있다. 또한 몇 개의 학회를 창립하고, 여러 개의 학회 회장을 하면서 다른 대학 교수들과 친교를 맺고, 국내외 학술대회를 개최하고, 건축 관련 법안을 정부에 건의한 것들은 또 다른 즐거움이고 보람이었다. 그동안 그는 학문적으로는 유한요소법의 핵심이라고 할 수 있는 요소개발 연구에 주력했다. 비적합 모드를 이용해 요소의 성능을 향상하는 내용으로서 세계의 많은 유한요소법 분야 연구자들이 그토록 꿈꿔왔던 완벽한 4절점 평면 셀 요소의 개발에 처음으로 성공했을 때에는 큰 자부심과 보람 그리고 짜릿한 희열을 함께 느꼈다. 또한 그가 발표한 논문들 중에는 실용적인 최적설계기법, 인공지능의 운용, 컴퓨터 계산 풍공학, 추계론적 유한요소법, 무요소법 등 다양한 분야가 포함되어 있다. 구조역학 이론에 있어 유한요소법(Finite Element Method) 이론은 전기전자분야에서 아날로그 시대에서 디지털 시대를 여는 것과 같은 획기적인 것이었다.

학생들과 고난을 함께한 카이스트 교수 20년간에 상철은 영광스러운 일도 많았다. 우선 제1회 대한민국 공학상을 수상했다. 이것은 전국 수천 명의 공학 분야 교수들 중 학문적 업적이 뛰어난 교수에게 주는 상인데, 심사는 1년간 국내외 학자들이 엄격하게 진행해서 나온 결과로 정하는 것이어서 참으로 받기 어려운 상이다. 당시로서는 거금의 상금을 대통령한테서 받는, 참으로 영예로운 상이었다. 이 뉴스가 도하 각 신문과 방송으로 나가자 전에 알았던 전직 과기부장관이 축전을 보내 왔다. '대한민국 노벨상을 타신 것을 축하합니다.' 몇 년 뒤에는 과학 발전에 기여한 공로로 교수가 받을 수 있는 최고 훈격인 국민훈장 모란장을 받았다. 그리고 정년에 즈음해서는 녹조근정훈장도 받았다.

그는 370여 명의 카이스트 전체 교수 중 4명뿐인 카이스트 석좌교수가 된 것도 더없는 큰 영광이었다. 다른 대학들과는 달리 재직 중인 교수 중에서 국내외 관련 학자들의 추천과 연구업적 등을 종합하여 선정하기 때문에 카이스트 석좌교수는 정말 영광스럽다 하지 않을 수 없다.

또한 같은 해에 그가 한국과학기술 한림원 회원이 된 것도 빼놓을 수 없는 기쁨이었다. 노벨상 수여로 유명한 스웨덴의 한림원 같은 개념으로 대한민국 최고의 과학자들로 구성된 한국과학기술 한림원이 설립된 것은 18년 전의 일이다. 그는 제1분과(토목, 건축, 환경, 자원 등 분야)에서 심사 없이 된 정회원 외에 엄격한 심사과정을 거쳐 추천된 첫 정회원이 되었고, 이듬해에는 다시 제1분과 최초의 종신회원이 되었다. 한국과학한림원의 종신회원은 업적의 탁월성을 위주로 심사하기 때문에 그간의 학문적 업적을 인정받은 것 같아 매우 흐뭇했다. 그 후 심사기준이 완화될 때까지 여러 해 동안 그는 제1분과의 유일한 종신회원이었다. 상철은 1년에 한 명씩 주는 최고과학자상에 해당하는 한국과학한림원상도 받았다. 재미있는 것은 그토록 오랫동안 무던히도 상철을 견제하고 대립각을 세웠던 찬식은 끝내 한림원의 정회원도 되지 못했고, 더구나 한림원상 같은 것은 쳐다볼 수도 없게 되었다. 오로지 SCI 논문과, 논문의 피인용 횟수, 해당 분야 외국 저명 학자들의 엄정한 심사를 통해서만 회원의 자격을 주고, 상을 주기 때문이다. 한국과학한림원은 한국에서 학연이나 지연이 통하지 않는 흔치 않는 기관이다. 그러니 이 상을 받는 것도 큰 영광이었다. 그가 이 상을 받은 후 가끔 이런 농담도 듣게 되었다.

　─참 아깝다. 이것이 스웨덴 한림원이었다면 진짜 노벨상인데…….

　상철로서는 노벨상 얘기를 두 번째 듣는 것이었다. 정말 그는 그의 전공이 노벨상을 주는 분야가 아니라는 게 아쉽게 생각된 적이 여러 번 있었다. 물리, 화학, 생명공학 같은 분야를 공부했더라면 노벨상에 목표를 두었을지도 모른다. 학자가 전공

분야를 정하는 것은 매우 젊을 때여서 긴 호흡으로 몇 십 년 뒤를 내다보고 정하지 못하는 경우가 매우 많다. 상철도 우연히 구조공학에 관심이 있어 정한 것이 평생을 지배하게 될 줄은 미처 몰랐던 것이다. 그러나 자신의 전공 선택에 후회란 없다. 하늘의 뜻이었는지도 모르지만 자기의 분야에서 열심히 공부하고 일을 한 것은 역시 인생의 보람이고 가치라고 생각했다.

한번 친구는 영원한 친구

상철은 일생을 바쁘게 살면서 친구들과 어울려 같은 취미 활동을 하거나 한께 여행하거나 하는 등의 즐거움 같은 것은 거의 누리지 못했다. 하루하루 생활하기도 바쁘니 언제 친구들과 만나 여유롭게 옛날 얘기하며 재미있게 놀 것인가. 그는 생태적으로 친구들과 많이 어울릴 수 없는 삶을 살았다고 할 수 있다. 초등학교 때야 학교에 갔다 오면 허리에 찼던 보자기 책가방을 풀어 마루에 휙 던져놓고는 그 길로 곧바로 친구들과 어

울려 놀았지만 이후 중·고·대학 과정을 모두 남다르게 지내
다 보니 친구들과 마음놓고 어울려 놀지 못했다.

　이후로도 그에겐 친구들과 어울려 사는 삶이 거의 허락되지
않았다. 공부하거나 일하는 것만이 그가 받은 축복이고, 숙명이
었다. 더구나 선천적인 성격 탓인지 후천적인 환경 탓인지는 몰
라도 사람을 특별히 좋아하지도 않았고, 더구나 너울가지가 별
로 없었다. 그때 그때 주위에 있게 된 사람과 특별히 불화하지
도 않지만 그렇다고 사람을 사귀는 데 연연해 하지도 않았다.
자신에게 호의를 베푸는 사람이 있으면 감사해하고, 또 받은 만
큼 주려고 했고, 비우호적인 사람에게는 일정한 거리를 두고 살
아왔다. 그러다 보니 옛 친구를 찾는 일 같은 건 아예 해본 적이
없다. 육사 친구 중에도 전방에만 근무하고 장군이 된 친구들과
는 졸업 후 어울릴 기회가 없고, 일 년에 한두 번 동기회에서나
만나는 정도였다. 육사 교수부에서 근무했던 친구들은 미국 유
학 기간을 빼고는 워낙 왕래가 많다보니 완전히 단절된 적은 별
로 없었다.

　그런데 이제 그의 이름이 자꾸 신문에 오르내리고 입소문을
타다 보니 몇 십 년 만에 친구들한테서 연락이 오기 시작했다.
안계중학, 사범학교, 심지어 S공대 동기생들까지 동기회에 나
오라는 연락들이 왔다. 육사 교수부 동기생, 공병 동기생들은
일 년에 몇 번은 만나 왔지만 초·중·고 동기생들과는 거의 연

락이 끊겨 있었던 터였다. 그가 가야 되나 말아야 되나 망설이고 있으면 지영이가 나가라고 채근을 하여 한두 번씩 나가서 밥을 사기는 했으나 옛날 얼굴이 기억나는 친구도 있고 전혀 낯선 친구도 있었다. 그는 그동안 정서적인 면에서 너무 메마르게 살아온 것 같았다. 친구들을 많이 그리워하지도 않은 것 같고, 친구를 위해 도움을 주어본 적도 없다. 바쁘다는 핑계를 댈 수밖에 없겠지만, 무정한 자신의 성격이 제일 큰 이유일 것이리라.

하루는 뜻밖에 이진호 친구에게서 전화가 왔다. 몇 십 년도 더 된 그 옛날의 코흘리개 친구가 자기의 연락처를 어떻게 알았는지 모를 일이었다.

─상철이가? 나 안계중학 친구 이진호다. 설마 나 잊진 않았겠제?

'나의 이름으로 불려본 적이 얼마 만인가?'

이렇게 스스럼없이 이름으로 불러주는 친구가 있었다는 게 갑자기 감격으로 다가오는 것이었다. 친구라도 나이 먹고 사회적으로 어느 정도의 직함을 가지게 되면서 서로가 이름으로 부르는 것은 매우 어려운 것이 되었다. 더구나 해라체를 교환하는 친구는 좀체 없었다. 그런데 안 본 지 40년도 넘었는데, 그냥 중학생 시절로 돌아가 '상철'이라 불러주니 정말 눈시울이 뜨거워졌다. 그 친구가 전화해준 게 더없이 반갑고 고마웠다.

─응, 그래. 진호야, 정말 오랜만이다. 잘 지내지? 다른 친구

들하고는 연락이 되나?

　—그럼, 니만 빼고는 우리 모두 아직도 한 달에 한 번씩 만나고 있제.

　—그래? 모두 어디 사는데 그렇게 자주 만날 수 있어?

　—대구와 서울에 살고 있어. 그래서 다음 번 모임에는 우리가 니한테 쳐들어가자고 했어. 괜찮제?

　—그럼, 괜찮고말고. 대전이 서울과 대구의 중간이니 오기도 좋을 거야. 모두 와라.

　—알았어. 그럼 다음 토요일 12시경에 카이스트에 도착할 기야. 우릴 VIP로 모실 거제?

　—알았어. 오기나 해.

　참으로 오랜만에 그는 10대 초반의 소년으로 돌아가 안계에서 함께 뛰어놀고 함께 공부했던 친구들을 다시 만난다고 생각하니 가슴이 마구 뛰었다. 그로서는 좀체 느끼기 어려운 감정을 실로 오랜만에 느끼게 되었고, 이들을 만날 날을 기다리게 되었다. 옛날 자기가 안계에서 부산으로 갈 때 이 친구들이 사인해서 주었던 축구공이 지금 집 안 어디에 있는지 없는지 모르겠지만 적어도 부산에서는 그 공을 보면서 자주 친구들을 생각했던 기억이 나기도 하였다. 이들의 대부분은 초등학교부터 같이 다닌 친구들이니 그야말로 상철의 죽마고우였다.

　6학년 1학기가 채 끝나기도 전에 6·.25사변이 났다. 북한이

소련의 도움을 받아 남침을 한 처참한 민족상잔의 전쟁이었다. 일제 치하에서 벗어나 건국한 지 2년도 채 되기 전이었으니 아무런 준비 없이 맞이한 전쟁이었다. 불과 사흘 만에 서울이 함락되고, 정부도 국민도 남쪽으로 남쪽으로 피난을 가야 했다. 상철의 가족도 마을 사람들과 함께 6월말쯤 대충 짐을 꾸려 군위로 피난을 갔다. 6명이 임시로 먹을 것, 입을 것, 덮을 것, 일용품, 책 등 짐이 제법 많았다. 아버지와 상철은 짐을 어깨에 메고, 어머니와 누나는 머리에 이고 끝없이 걸어야 했다. 5,6일 걸려 노숙을 해가며 군위까지 걸어갔는데 이미 인민군이 거기까지 밀고 내려와 있었다. 피난민들은 군인들을 피해 깊은 산골길을 택했고 인민군들은 도로를 따라 트럭으로 이동했으니 먼저 도착해 있었던 것이다. 인민군들은 피난민들 보고

　-동무들, 모두 집으로 돌아가시라요. 이제 해방이 되었소.

　라고 하였다. '해방?' 그러나 피난민 중에는 아무도 대꾸하는 사람이 없었다. '해방' 말고도 그들이 무슨 선전적인 말을 했는지 상철이는 다 기억하지 못한다. 어쩌면

　-이젠 지상낙원에서 살게 되었소. '

　라고 했을 법하다.

　상철네 식구는 다시 5,6일 동안 걸어서 집으로 돌아가는 수밖에 없었다. 이리하여 이들의 피난은 10일간의 단막극으로 끝난 셈이었다. 집에 돌아와 보니 동네는 이미 폭격을 맞아 반 이상

불타서 쑥밭이 되어 있었다. 천행으로 상철이네 집은 불에 타지 않아 안도하였으나, 집 안의 모든 것이 다 없어지고 말았다. 옷가지며, 그릇이며, 심지어 농기구까지 다 없어졌다. 상철이가 가장 아까와 한 것은 그의 어릴 적 사진이었다. 100일쯤 되었을 때 찍은 사진으로 완전히 벌거벗어 고추를 내놓고 있는 사진이었다. 무엇 때문에 남의 집 앨범조차도 없앴는지 참으로 모를 일이었다. 건넛마을도 대부분 불탔다. 전쟁이 낳은 비극은 이루 형언할 수도 없지만 가장 가슴 아픈 것은 무고한 민간인들의 희생이었다.

상철네 가족은 동네에 그대로 살기가 무서워 집에서 1킬로미터쯤 떨어진 밭에 임시로 움막을 치고 살았다. 동네는 인민군이 접수하여 밤에는 동네사람을 모아 공산주의 교육을 시켰고, 아이들은 낮에 학교에 나오라고 하여 또 정신교육을 시키고 인민군 노래도 가르쳤다. 상철 형제들은 어머니가 학교에 못 가게 하여 안 갔다. 하루에도 몇 번씩 폭격 소리가 들리고, 인민군 앞잡이들이 붉은 완장을 차고 돌아다니니 어머니가 4남매에게 꼼짝도 말고 들어앉아 있으라고 했지만, 여름에 움막집에 들어앉아 있는 건 너무나 큰 고역이었다. 어머니가 어디 나가고 없으면 상철과 남동생 상현은 가만히 나와 인민군이 사격 훈련하는 것도 멀리서 구경하고, 밤에는 어른들 뒤에 숨어서 공산주의 교육하는 것도 구경하였다. 아마 그가 몇 살만 더 나이를 먹었어도 인민군에 끌려갔을 것이었다. 동네의 청년들은 대부분 인민군에 끌려갔고, 동네 사람은 인민군이 하라는 대로 하는 형국이었다. 집을 마음대로 군화를 신고 들어가 닥치는 대로 가져가도 저항하지 못하고, 밥을 해내라고 하면 해주어야 하고, 빨래를 해내라고 하면 해주어야 했다. 이맘때 어른 아이 할 것 없이 '비겁한 놈은 갈 테면 가라. 우리들은 붉은 깃발 지킨다' 대충 이러한 내용의 적기가(赤旗歌)를 부르게 했다.

이렇게 인민군 치하에서 몇 달이 지났을까. 하루는 요란한 비행기 소리가 나더니 온 들판에 삐라가 떨어졌다. 주워서 읽어보니 '인천상륙작전 성공, 서울 수복'이라는 글자가 쓰여 있었다. 얼마 후 인민군은 거짓말처럼 어디론가 다 사라지고 동네 붉은 완장 찬 아저씨들도 함께 사라졌다.

상철은 다시 학교에 나가게 되었다. 학교에 가보니 학교는 다 불타 없어졌고, 원래 두 반이었던 학년은 한 반으로 줄어 있었으며, 여학생은 1,20명 따로 한 반을 만들었다. 학생들은 운동장에 가마니를 깔고 앉아 공부를 했으나, 겨울이 되자 추워서 일찍 방학을 하고 이듬해 봄에 보충 수업을 하고 6월에 졸업을 하였다. 그리고 7월에 중학교에 입학하였다. 안계중학도 불타고 없어 교장선생님 지휘하에 학생들은 모두 학교를 짓는 일에 동원되었다. 선생님들과 학부모들은 산에 가서 나무를 잘라오고 학생들은 벽돌 만드는 일을 했다. 동네에 황토가 많아 물

을 붓고 반죽하여 벽돌 틀에 넣어 찍어내어 말리면 훌륭한 흙
벽돌이 되었다. 그렇게 하여 몇 달 만에 초가 같은 가건물이 지
어졌다.

하루는 전교생이 모인 조회시간에 교장선생님이 흥분된 목
소리로 말했다.

— 여러분, 여러분이 직접 지은 이 흙벽돌 가교사가 미국 타
임(Time)지 표지로 나왔어요. 동양에서 제일이라는 동경제대
도 타임지 표지에 실린 일 없어요.

쉽게 감동하지 않는 상철이도 이 일만은 아직 또렷이 기억하
고 있다. 얼마 후에 어디선가 책걸상이 들어와 이듬해부터는
책상에 앉아 공부를 하게 되었다. 6·25 이후 나라의 대부분이
폐허가 되었고 먹을 것, 입을 것이 없어 온 나라가 거지가 된
것 같았다. 몇 달에 한 번씩 미군구호품이 왔다. 밀가루, 분유,
초콜릿, 옷가지, 담요 등 당시의 한국 국민이라면 이 구호물자
를 안 받은 사람은 별로 없었을 것이다. 전쟁이 남긴 상처는 크
고도 깊었다. 물적 손실이야 그래도 시간이 지나면 회복할 수
있겠지만 전쟁 때 잃은 가족, 국가문화재, 가정의 가보와 같은
것은 영원히 다시 찾을 수 없을 것이고, 남북분단의 고착화는
영원히 아물지 않을 상처로 남을 것이며, 남북간의 불신과 대
립은 겨레의 고통과 아픔으로 오래도록 남을 것이었다.

몇 십 년 만에 고향 친구들로부터 전화를 받고 보니 6·25뿐

만 아니라 불현듯 6학년 때의 친한 친구 서정호가 너무 그립고, 지금 어디에서 무엇을 하며 어떻게 살고 있는지 몹시 궁금해졌다.

정호는 공부도 잘 하고 마음씨도 착한 아이였고 집도 부자였다. 그 친구는 상철에게 특히 호의적이어서 자주 자기 집엘 데리고 가서 함께 숙제도 하고 밥도 먹었다. 자기 부모에게 상철 얘기를 어찌나 잘 해 놓았는지 그가 가면 정호 어머니가 언제나 반겨주시며, 맛있는 것도 챙겨 주시고, 가끔씩 학용품도 주셨다. 그가 가난하다는 걸 그 친구가 알고 자기 부모님께 얘기했는지는 알 수 없으나, 그 애 어머니를 뵈면 마치 이모나 고모를 만나는 것 같았다. 하루는 그 집에 갔는데, 그날은 뜻밖에도 란도세르 가방을 정호와 그에게 주시는 것이었다. 얘기로만 듣던 란도세르 가방이었다. 정호 아버지가 일본 가셨다가 어린이날 선물로 정호 걸 하나 사면서 상철이 생각이 나서 하나 더 사 오셨다는 것이다. 그는 너무도 놀라고 감격하여 어쩔 줄을 몰랐다.

'내가 란도세르 가방을 다 선물로 받다니.'

상철은 그날 집에 와서 꿈인지 생신지 가방을 만져보고 또 만져봤다. 두꺼운 통가죽 가방인데 당시 학생들에겐 꿈에 그리는 가방이었다. 란도세르 가방을 들고 다니면서 가슴 벅찼던 기억이 새로웠다. 정호의 따뜻한 우정은 오래도록 그를 행복하

게 했고, 지금 그 친구를 만날 수 있다면 그 십 배, 백 배로 보답
하고 싶었다. 자기가 진작 좀 연락하고 살 걸 친구들에게 너무
무심했다고 자책하면서. 하루속히 중학 친구들을 만날 날을 기
다리게 되었다. 드디어 안계중학 친구들이 온다는 날이 되었
다. 초여름의 눈부신 햇빛을 받은 캠퍼스의 잔디며 소나무들이
오늘 따라 더욱 싱그러웠다. 잔디밭 위에 군데군데 만들어 놓
은 화단에는 분홍의 패랭이꽃, 노오란 벌노랑이, 빨간 해당화,
하얀 개망초 꽃들이 형형색색 피어 파란 잔디밭의 풍경을 더욱
아름답고 매혹적으로 만들어주고 있다. 상철은 강의가 없는 주
말이라 편한 복장을 하고 아침을 간단히 먹고 학교에 갔다. 오
전에 해야 할 일이 많았지만, 이상하게 일에 집중이 안 되었다.
경비실에서 전화가 왔다. 친구라는 분들이 여러 명 오셨는데
들여보내도 되냐고 물었다. 토목과 건물을 좀 알려주라고 부탁
하고 상철은 건물 밖에서 친구들을 기다렸다. 무려 7명의 친구
가 멀리서 오는 것이 보였다. 멀리서 봐도 배가 불룩 나온 전형
적인 50대의 중후한 아저씨들이 걸음을 재촉하고 있었다. 그
많은 세월이 지났는데도 한 명 빼고는 다 온 것도 경이로왔다.
　그는 친구들을 향해 뛰어갔다. 남들이 다 보는 길에서 그들
은 모두 얼싸안고 어린애들처럼 펄쩍펄쩍 뛰었다. 머리도 이미
반백이 되었고, 얼굴에도 적지 않은 주름살이 있고, 그 중에는
대머리가 된 친구도 있었으나 그저 반갑기만 하였다. 예약해

놓은 음식점에서 맛있는 음식을 먹으며 회포를 풀었다. 그 친구들은 안계에서 중학을 나오고 그 중 두 명은 농사를 짓다가 검정고시로 고등학교 과정을 마쳤고, 네 명은 대구로 가서 고등학교를 졸업했으며, 두 명은 그래도 대학까지 졸업했는데, 그 중 한 명이 이기찬이었다. 기찬이는 이들 중 특히 경제적으로 가장 성공하여 친구들의 구심점이 되어 왔으나, 오늘은 사정이 있어 못 나왔다고 하였다. 상철은 평소에 친구가 많지 않아도 외롭다거나 허전하다거나 그런 감정도 별로 가져보지 못하고 살아왔지만, 막상 옛날 친구들을 만나니 반갑고 기쁘기 그지없었다.

이 친구들이 그를 더욱 감동시킨 것은 당시 안계중학교 교문에 걸렸던 '경축 이상철 군 부산사범 합격' 이라 쓴 현수막을 포장지로 잘 싸서 가지고 온 것이었다. 너무도 놀라 이걸 어떻게 너희들이 가져왔느냐니까 상철이가 부산으로 떠난 뒤에 서무과에 가서 그 현수막을 달라고 했다는 것이다. 처음에는 학교에서 보관해야 한다고 했지만 상철에게 주고 싶다고 끈질기게 졸랐더니 주더라는 것이다. 그것을 창수라는 친구가 무려 40여 년간을 간수해가지고 있다가 오늘 가지고 온 것이었다. 상철은 그들의 우정에 가슴이 뭉클하고 목이 메었다.

'아, 나는 그동안 이 친구들을 별로 생각조차 안하고 살았는데, 이 친구들은 그 옛날 우리가 약속했던 대로 한번 친구는 영

원한 친구라는 약속 아닌 약속을 지켰구나.'

—야들아, 정말 미안하다. 변명의 여지가 없다. 그동안의 나의 무정함을 용서해라.

—용서는 무슨. 우리는 니가 이렇게 훌륭한 학자로 일하고 있는 것 자체가 기쁨이고 자랑이야. 다른 생각은 할 필요 없어. 그래도 우리 이렇게 만났잖아. 모두 건강한 모습으로 말이야.

이 친구들은 자기처럼 대학도 안 가고 박사를 안 해도 자기보다 얼마나 더 성숙한지 놀라고, 순수한 우정에 가슴이 뜨겁게 달아오름을 느꼈다.

'아, 우정이란 이런 거구나. 돈으로도, 명예로도, 권력으로도 살 수 없는 가장 소중한 인간애, 이런 것이구나.'

지금까지 살기 위해 발버둥치고, 국제화니 뭐니 하며 자기의 발전과 자기 분야 학문의 선진화를 향해서만 안간힘을 써 온 그에게 이들의 진한 우정은 그의 삶을 되돌아보게 하고, 인간에게 진정 무엇이 소중한지를 생각해 보게 하였다. 친구들과 밤새 이야기하고 실컷 웃으며 그는 아주 오랜만에 완전히 동심으로 돌아가니 그동안의 모든 스트레스가 다 날아간 것 같았다.

이튿날 아침에는 계룡산을 함께 올라갔다가 점심을 먹고 앞으로는 적어도 일 년에 두세 번은 만나기로 약속하고 헤어지려는데, 그때서야 친구들은 그를 찾아온 진짜 이유를 털어놨다. 8명의 친구 중 오늘 빠진 기찬이에 대한 얘기를 꺼내는 것이었다.

　―실은 기찬이를 도와줘야 할 상황인데, 아무래도 너의 도움
이 필요해서 찾아왔어. 그러나 오해는 마. 우리가 만나기만 하
면 늘 너 얘길 하면서 꼭 한번 쳐들어가자고 했었어. 이번엔 너
를 만나보는 것이 첫째 목적인 건 맞아. 그러나 너를 만나고 기
찬이 얘길 안 할 수 없네.

　―알았어. 기찬이가 어떻게 됐는데?

　기찬이는 머리도 영리하고 성실하여 선생님들이나 학생들
로부터 신망이 높던 친구였다.

　―얘기가 길어.

　―그래도 간단히 얘기해 봐.

　―기찬은 안계중학교를 졸업하고 대구 M고등학교를 나와 A
대 경영학과를 졸업하고 대기업을 다녔어. 집도 대구로 이사하
고 아버지도 신발 도매상을 하여 비교적 유복하게 살았지. 결혼
도 약대를 나온 색시와 하여 친구들이 부러워할 정도로 잘 살았
고, 승진도 남보다 빨라서 대리, 계장, 과장, 차장까지 쑥쑥 올
라갔어. 더 이상 없이 모든 일이 순조롭게 잘 풀려갔지. 그러나
그 무렵 아무도 몰랐던 그의 야망이 서서히 드러나기 시작한 거
야. 대기업에서 월급 받고 언제 승진되나 하는 것에만 모든 관
심을 집중해서 사는 것이 너무 싫었던 거야. 자유롭게 자기의
능력을 마음껏 발휘할 수 있고, 승진 같은 문제로 신경을 곤두
세우는 일 같은 것은 안 해도 되게 자신이 직접 회사를 경영하

고 싶어진 거지.

그 친구는 마침내 가족들의 만류도 뿌리치고 조그만 건설회
사를 차렸어. 대기업의 하청업체로서 공사를 맡아 착실하게 하
니 처음엔 월급보다 훨씬 더 많은 수입이 있었대. 회사의 규모
도 조금씩 계속 커져 어느덧 중견기업이 되고, 건설업계에서
아는 사람도 늘어나고, 공사도 더 큰 것을 하게 되고, 드디어
어음도 발행할 수 있게 되었지. 이제 공사도 몇 억, 몇십 억짜
리 공사에서 드디어 100억대의 공사도 하게 된 거야. 이러는
사이 제법 돈도 벌게 되어 친구들을 만나면 언제나 자기가 밥
사고, 여흥비도 대주면서 사는 게 너무나 즐겁다고 했어. 아들
딸을 낳아 가정적으로도 다복한 셈이었으니 점점 더 매사에 자
신감도 생겼지.

그러다가 은행에서 융자를 받아 양평에 넓은 땅을 사게 되었
어. 아파트를 지어 분양할 계획이었지. 아파트를 단독으로 지
어 본 일은 없지만, 대기업의 아파트 공사 중 기초 공사와 골조
공사는 아파트 5개 동이나 하청받아 한 적이 있고, 마무리 공
사도 여러 번 한 일이 있어 수주만 하면 공사는 잘 할 수 있을
것 같았나 봐. 여러 어려움이 있었지만 드디어 몇 백 세대를 짓
는 아파트 공사를 수주하게 되었지. 그러나 분양에서 문제가
터지고 말았어. 분양 공고를 냈지만 청약하는 사람은 절반에도
미치지 못한 거지. 그래서 2차 공고를 내어 가까스로 60퍼센

트의 분양률을 기록하게 되자 공사를 시작했어. 한 번 더 공고를 하여 적어도 80퍼센트 이상 분양되면 공사를 시작하자는 회사 임원들의 말도 무시하고 착공에 들어갔어. 공사를 진행하면서 분양 공고를 한 번 더 내면 될 거라고 생각했던 거지.

그러나 착공에 들어가자마자 얼마 안 있어 자금압박을 받기 시작했대. 자재비는 한두 달 미룰 수 있지만 근로자들의 임금은 매일매일 주어야 하기 때문에 조금씩 빚을 지기 시작했어. 분양자들이 그때그때 날짜에 맞게 분양대금을 납부하리라고 철석같이 믿었지만 이것도 생각만큼 되지 않았던 거지. 분양계약을 하고 계약금을 낸 후 10회에 걸쳐 분양비를 제때에 내주어야 하는데, 분양자의 절반은 분양대금을 미룬다는 것을 계산 못했던 거야. 건축자재회사들의 재촉이 득달같아서 한두 달 이상 미루는 것은 거의 불가능하고, 두 달 기다리다 자금이 안 들어오면 즉각 자재 공급을 중단하더래.

기찬은 결국 아파트를 계속해서 지을 수 없는 상황이 되었지. 은행에서 융자를 더 받으려고 했으나 은행 역시 기존에 빌려준 돈의 이자조차 미루는 회사에 더 대출을 해 줄 리 없었으니 그때부터 그는 심한 스트레스를 받게 됐어. 지금까지 가졌던 자신감은 어느덧 사라지고, 이 어려움을 해결하기 위해 집도 팔아야 했고, 아이들 돌 반지조차 팔아야 했지. 어떻게든 아파트를 완공하여 모든 분양이 이루어지면 만사가 해결될 거니

까 아는 사람이나 친구들, 친척들한테서도 돈을 빌리고 나중에
는 결국 사채까지 쓰기에 이르렀어. 그러나 아파트를 완공하기
에는 역부족이었지. 급기야 회사는 부도를 내고, 아파트 공사
는 골조를 올리고 막 외장을 시작하자마자 모든 것이 정지되
고 그는 결국 감옥에까지 가고 말았어.
　-저런……. 그럼 가족들은 어떻게 됐어?
　-가족들은 지하 셋방을 얻어 살면서 그 부인이 노점상을 하
며 아이들을 키웠으나 남편을 구해낼 방법은 없었지. 남편을
도와달라고 고등학교, 대학교 친구들을 찾았으나 선뜻 나서주
는 이가 없었대. 마음은 있어도 실제로 도움을 줄 힘이 없는 사
람도 있었지만, 형편이 되는데도 망한 건설회사 사장 친구에게
도움을 주는 이는 없더라는 거야. 무서운 세상인심을 실감하였
지. 마지막으로 우리 안계중학 친구들에게 도움을 요청해 온
거야. 그래서 우리가 모두 십시일반으로 조금씩이라도 갹출하
여 급한 불이라도 꺼줄까 해. 안 그래도 너를 꼭 만나자고 계속
벼르고 있다가 이번에 기찬이 일을 계기로 너를 찾은 거야. 미
안하다. 정말 오랜만에 만나 즐겁기만 해야 되는데, 세상사는
게 모두 왜 이렇게 어려운지 모르겠다.
　옛 친구들의 우정에 감격하여 너무도 즐겁고 행복한 시간을
보내던 상철에게 이 친구들은 좋은 분위기를 완전히 깨 버린
셈이 되었다. 야속했지만 기찬의 딱한 사정을 들으니 이해도

되었다. 몰랐으면 어쩔 수 없었겠지만 이왕 알게 된 이상 외면할 수도 없어, 친구들과 함께 그를 돕는 방법을 의논하기로 하였다. 현재 그가 안고 있는 모든 문제를 해결해줄 수는 없지만, 최소한 감옥에서 나올 수 있도록 도와주는 것까지는 함께 힘을 모으자는 데 의견의 일치를 보았다.

우선 변호사를 선임하기로 하고 그 비용을 대주고, 가족들이 조금 나은 주거환경에서 살 수 있도록 해주고, 그가 출소하여 활동할 수 있도록 최소한의 경비라도 만들어 주기 위해 얼마씩이라도 내자는 데 합의하여 결국 목표액을 넘기게 되었다. 다른 친구들을 찾아 도움을 구하는 것은 동욱이가 하기로 했다.

상철은 마지막으로 친구들한테 물었다.

ㅡ너희들 중에 혹시 서정호 연락 되는 사람 없나?

ㅡ서정호?

ㅡ응 서정호. 안계중학 다니다가 1학년 때 대구로 갔을 거야.

ㅡ어디서 들어본 것 같기는 한데…….

진호가 아는 체를 했다.

ㅡ아, 이제 생각났어. 재대구 안계향우회에서 서정호 사장이 뭘 협찬했다고 했던 것 같애. 내가 좀더 자세히 알아볼게.

진호에게 서정호 연락처를 알아봐달라고 부탁하고 그들은 다시 연락하기로 하고 헤어졌다. 결국 그는 몇십 년 만에 만난

중학교 친구들에게서 진한 우정을 느꼈고, 자기가 평소에 남을 위해 베푼 게 없으니 이렇게라도 어려움에 처한 친구를 위해 조금이라도 베풀게 되었다는 것이 조금은 뿌듯하기도 하였으나, 완전히 해결해줄 수 없는 자기의 처지가 안타까웠다. 기찬이 하루 속히 세상에 나와 재기하기를 간절히 바랄 뿐이었다.

그로부터 두 달 뒤에 이진호한테서 전화가 왔다. 서정호의 연락처를 알아냈다는 것이다. 그는 연락처를 받고 즉시 전화를 했다.

－서정호 사장님이세요?

－예, 그런데요. 누구시죠?

－나 안계초등학교 친구 이상철인데…….

－이상철? 나와 친했던 이상철?

－응, 그래 맞아. 이게 얼마만이고?

－40년도 넘었지? 그래 자네는 그동안 뭘 하고 어떻게 지냈어?

－우리 그러지 말고 만나서 얘기하자. 정말 보고 싶다.

두 사람은 주말에 대구의 P 호텔 커피숍에서 만났다. 상철은 어느 친구보다도 정호를 만난 게 기뻤다. 자세히 보니 어릴 때의 모습이 어렴풋이 남아있었다.

－야, 정말 반갑다. 어떻게 내 전화번호를 알았어?

－그건 중요한 게 아니고 정말 이렇게 만나게 돼서 너무 기뻐. 그래, 자네는 큰 회사를 한다며?

-응, 식품 가공회사야. 자네는 어떻게 지냈어? 사범학교 간 것까지는 들은 것 같은데…….

-응. 난 공부를 계속하고 있어. 카이스트 교수로 있어.

-그래? 이 교수, 대단하구나. 남은 들어가기도 어려운데 거기서 교수라니 대단한 학자가 되었구나. 역시 자네는 공부로 성공했구나.

-다 자네 덕이지. 초등학교 다닐 때 자네가 날 아껴주고 위해주고 해서 잘 된 것 같아. 그래, 부모님은 아직 생존해 계시지?

-아니, 다 돌아가셨어.

-그래? 정말 미안하네. 내가 그토록 큰 사랑을 받고도 사람 노릇을 못했네.

-무슨 소리야? 나도 마찬가진데. 우리 모두 뿔뿔이 흩어지고 살기에 바쁘니까 언제 옛날 친구를 찾을 여유가 있어야 말이지. 이렇게 찾아줘서 정말 고맙네.

-난 자네와 자네 부모님의 은혜를 잊은 적은 없었어. 항상 고마운 마음으로 살았고, 뵐 수만 있다면 은혜에 보답하겠다고 별러 왔는데, 막상 만나고 보니 부모님은 이미 저 세상으로 떠나셨고, 자네는 부자가 되어 있으니 은혜에 보답할 길이 없네.

-무슨 소리야? 이렇게 찾아준 것만으로도 난 너무 기쁘고 고마운데. 그리고 이렇게 훌륭한 학자가 내 친구라고 누구에게나 자랑할 수 있으니 더 이상 뭘 바라겠는가? 정말 고맙네.

둘은 그날 밤을 함께 지내며 회포를 풀었다. 오랜만에 세상사 복잡한 일을 다 잊고 10대 초반의 소년으로 돌아가 함께 놀았던 얘기며, 란도세르 가방 얘기며 지금의 모든 가정사도 서로 터놓게 되었다. 알고 보니 정호는 10년을 함께 산 첫 부인과 사별하고 5년을 혼자 살다가 지금의 부인과 결혼했고, 이 부인의 아버지가 현재 정호의 회사를 창립했는데, 정호가 그 회사에 다녔다고 하였다. 정호가 하도 착실하니까 자기의 외동딸을 정호의 후처로 시집 보냈고, 장인이 별세하자 자연스럽게 정호가 회사의 대표가 되었다는 것이다. 그러나 4남매 중 배다른 자식끼리 너무 반목하여 괴롭다고 하였다. 세상살이의 이치가 이처럼 복잡하고 어렵다는 것을 다시 한 번 느끼게 되었다. 이후로 정호와는 자주 연락하며 옛날의 우정을 이어가게 되어 기쁘기만 하였다.

그러나 이것이 3년 후 상철에게 돌이킬 수 없는 불운을 갖다 줄 줄은 상상도 못했다. 정호와 새롭게 우정을 키워가던 어느 날이었다. 식품회사로 돈을 벌고 나서 옛날 자기 아버지처럼 냉난방을 설치하는 설비회사를 차려서 더 잘 된다고 자랑을 하였다. 진심으로 축하해 주었다. 상철은 정호는 늘 고마운 친구로 생각되었기 때문에 정호의 성공은 곧 자기의 성공처럼 기뻤다. 그런데 하루는 정호가 얼굴이 하얗게 되어 나타났다. 회사에 문제가 생겨 급히 돈이 좀 필요하다는 것이었다. 한 달 후면 아파트 공사가 끝나고 돈이 들어올 텐데 공사비에 쫓기게 되었다는 것이다. 건설회사의 생리를 잘 모르고 뛰어들었다가 애를 먹고 있다는 것이다.

시작할 때는 여유 돈이 있어 공사비는 어렵지 않게 조달했고, 공사가 끝나니 그래도 수익이 꽤 좋았단다. 두세 번 하고 나니 점점 자신감이 생겨 자꾸 더 큰 공사를 맡게 되었는데, 이번에는 몇 백 세대의 아파트 설비 공사를 맡았다는 것이다. 그런데 공사 중간에 문화재가 발굴되는 등 문제가 생겨 공사가 지연되면서 어려워졌다는 것이다. 그래도 결국 문제가 해결되어 공사를 재개했는데, 인건비와 자재비가 딸려 부도를 낼 위기에 처했다는 것이다. 한 달만 있으면 공사가 끝나고, 공사가 끝나면 몇 십 억이 들어올 예정인데, 돈 몇 억이 없어 부도를 내게 될 위기에 처했다는 것이다. 처가에서 집을 담보로 얼마를 대출받아 주었으나 조금 모자라 지금까지 쌓아온 모든 걸 잃을지도 모른다면서 좀 도와 줄 수 없느냐고 했다.

하청을 준 대기업은 공사 중도금을 보통 3개월에서 6개월짜리 어음을 주는 반면, 하청업체는 근로자들 인건비는 무조건 매일 매일 계산해 주어야 하고, 건축 자재비는 한두 달 안에 지불을 해야 하기 때문에 하청업자들의 어려움이 크다는 것을 이번에 알게 됐단다. 상철이 '내가 지금까지 돈 관리를 안 해 봤다.'고 하자 자기가 은행에서 돈을 빌릴 테니 보증만 서주면 된다고 하였다. 한 달, 아무리 늦어도 두 달 안으로는 반드시 갚을 수 있다고 자신있게 말했다. 현재 85% 공정률을 보이고 있다는 아파트공사의 사진도 보여주었다.

더구나 그 아파트는 한국 굴지의 대기업에서 짓는 아파트의 설비공사를 맡은 것이어서 전혀 걱정을 안 해도 된다고 하였다. 일시적인 돈의 유동성 부족 문제이니 아무 걱정하지 말고 자기를 믿고 보증서에 사인만 해주면 된다고 너무나 간곡하게 부탁하였다. 학자인 상철의 형편으로는 보증 서주기가 너무 큰 액수인데, 그 옛날의 우정을 생각하면 차마 못해주겠다고 하기도 난처했다. 평생에 보증이 뭔지, 보증을 잘못 서주면 어떤 결과를 가져오는지도 모르는 상철이로서는 막연한 두려움이 있었지만 도저히 거절을 할 수 없었다. 결국 보증을 서주기로 하고 대구까지 가서 사인을 해주었다. 옛날 고마움에 대한 보답이라고 생각하면서, 그리고 이 일이 잘 돼서 정호가 한 단계 비약하기를 빌면서…….

그러나 그의 순수한 이 마음이 얼마나 어리석었다는 걸 아는데는 채 석 달이 걸리지 않았다. 정호의 회사가 부도를 내자 상철이가 보증을 서 준 돈이 고스란히 상철이의 빚이 된 것이었다. 빚보증이라는 것이 이렇게 무서운 것인지도 이때야 알게 되었다. 정호 회사가 부도를 내자 은행에서는 조금이라도 더 돈을 회수하기 위해 상철이가 보증선 것부터 빨리 상환하라고 득달같이 독촉을 하는 것이었다. 이런 낭패가 없었다. 결혼한 이후 돈과 관련된 모든 일을 아내한테 맡겼는데, 이번에 난생 처음으로 혼자 한 일이 이토록 참담한 결과를 가져올지는 상상도 못 했다. 원금은 완전히 날아갔으나 은행 이자는 꼬박꼬박 물어야 했다. 하필 IMF 직후여서 이율도 엄청나게 높았다.

용돈을 줄여 이자 내기도 벅찬데 원금 날아간 것은 찾을 길이 없었다. 그가 세상을 너무 모르고, 돈 관리도 안 해 보고 앞뒤 생각도 하지 않고 겁 없이 보증을 서준 것이 돌이킬 수 없는 실수와 실패로 나타났다. 그냥 자기가 잘 할 수 있는 일, 논문 쓰고 국제학술회의 개최하고 국제학술지 발간하는 일만 했어야 하는데, 오랜만에 친구 노릇 한번 한다고 단순하게 생각한 것이 이토록 무서운 결과를 가져올 줄은 꿈에도 몰랐던 것이다. 아무리 후회해도 소용이 없었다. 이 사건이 터질 무렵 유난히 뒤숭숭한 꿈을 많이 꿨는데 그걸 무시했던 것도 악수였다. 세상일은 학술 세계와 엄연히 다르다는 것을 뼈저리게 느꼈다. 처음 만나고 두 번째 만났을 때 그냥 밥이나 사고 '그동안 고마웠다고, 아이들 선물이나 하나씩 사주라고 봉투나 주고 끝냈으면 얼마나 좋았으랴.

이미 엎질러진 물이니 후회해도 소용없고, 어떻게든 수습을 해야 했다. 이런 상태로 마냥 비싼 이자를 계속 물 수도 없고 정말 큰일이었다. 할 수 없이 아파트를 팔아 빚을 갚고 더 작은 아파트를 전세 내어 살기로 했다. 그런데, 더욱 기막힌 것은 그 사이 아파트 값은 뚝 떨어진 대신 전세 값은 사상 최고가를 달리고 있었다. 아파트를 팔아도 은행 빚 갚고 나면 전세비도 모자라는 것이었다. 결국 아파트 한 채를 거의 날리게 된 형국이었다.

더구나 전세비도 부족하니 상철은 그야말로 망연자실하였다. 그러나 이런 일로 완전히 무너질 수는 없었다. 하루속히 문제를 해결하기 위해서는 아내의 도움을 받을 수밖에 다른 도리가 없었다.

'지금까지 가정 일엔 거의 외면하고, 아무리 경제적으로 어려워도 무조건 모든 걸 아내한테만 떠맡겨온 내가 지금 와서 어떻게 이 일을 얘기하지?'

그러나 어쩔 수 없었다. 주말에 서울에 와서 큰 용기를 내어 지영이한테 모든 걸 실토하고 지금의 난관을 타개해 달라고 사정했다. 이야기를 다 들은 지영이가 말했다.

─당신 나하고 결혼하고 나서 오늘 제일 길게 이야기 한 거 알아요? 내가 얘기 좀 하자고 하면 '요점만 얘기해', '한마디로 해', '결론만 얘기해' 하면서 두세 마디밖에 못하게 했고, 당신도 나에게 두세 마디 이상 말한 적 없는 거 알아요?

그가 듣고 싶어 하는 대답은 없이 난데없는 '대화' 타령이었다. 그전 같으면 벌떡 일어나고 말았겠지만 사태가 사태인지라 그는 꾹 참고 다시 대화를 시도했다.

　－내가 그랬어? 미안해. 내 천성인 거 당신도 알잖아? 여보, 정말 면목이 없어. 그렇지만 내가 지금 얼마나 어렵게 당신한테 이야기하고 있는지 알아? 어떻게 좀 해줘. 당신도 알다시피 나는 너무 바쁘잖아? 이런 일로 더 이상 소모할 시간도 힘도 없어. 나 한 번만 봐줘.

　－또 결론만 빨리 말하라는 거군요. 알았어요. 내가 알아서 해결해 드릴 테니 걱정 말고 당신 일이나 하세요.

　－고맙소, 여보. 정말 고마워. 화도 안 내고 따지지도 않고, 이렇게 그냥 다 받아주니 당신은 역시 천사요. 아주 유능한 천사.

　그 다음 주에 지영이가 내려와서 아파트를 팔았는데, 이번엔 양도소득세가 중과세로 나왔다면서 괴로워했다. 서울에 집이 있는데, 대전에 또 한 채가 있으니 1가구 2주택이 되어 중과세에 해당되었던 것이다.

　무슨 투기 목적도 아니고 직장이 서울에서 대전으로 옮기는 바람에 할 수 없이 분양받은 거고, 이 아파트 분양받느라 아내가 몇 년간 불입금 내느라 고생했던 것은 차치하고라도, 두 집 살림하느라 경비도 훨씬 많이 들고, 주말마다 오르내리느라 피곤하고 가끔 부아가 치밀어도 운명이려니 했는데, 20년이나 산 집에 일반 양도세도 아니고 60퍼센트나 되는 중과세를 내라는 것이었다. 지영이가 세무서에 가서 아무리 따지고 애원을 해도 소용이 없었단다. 무슨 은행이나 회사가 망하면 정부가 공적자금으로 천문학적인 돈을 넣으면서, 개인에게는 이토록 억울한 일을 당하게 했던 것이다. 지금까지 오로지 국가와 민족을 위해 혼신의 힘을 다 해 살아온 상철에게 이건 정말 너무 가혹한 처사라는 생각을 떨칠 수 없었다. 그는 이번 일로 한동안은 얼이 나간 사람처럼 멍한 가운데 울울불락하다 못해 풀벌레 소리도 굉음으로 들리고 바람은 무당의 굿으로 느껴졌다. 세상이 자기를 속이고 나서 비웃고, 고소하다고 박장대소하는 것 같았다.

그래도 아내가 문제를 다 해결하고 교통 좋은 곳에 얻어준 작은 아파트에서 다시 마음을 추슬러 하던 일에 매진하였다. 이후로 옛날 친구를 만나는 것에 더욱 소극적이 되었다. 그러나 몇 개의 모임에는 드문드문이라도 나간다. 제일 많이 나가고 마음이 가장 편하고 친숙한 모임은 역시 육사 교수 동기회인 지인회다. 지인회는 육사 교훈인 지(智), 인(仁), 용(勇) 중에서 지와 인을 따서 지은 모임 이름이다. 지인회 친구는 모두 전공도 다르고 인생의 후반부에는 걸어온 길도 조금은 다르지만 사는 형편도 비슷하고, 육사생도 때부터 교수까지 오랜 시간 함께한 세월이 있으니 이들과 만나는 건 매우 유쾌하고 행복한 일이다. 서로 흉허물이 없고, 친근하고, 서로의 집안 형편이나 종교든 뭐든 다 아니까 편하다. 그가 바빠서 잘 빠져도 시비 걸지 않고,

그가 금요일에 만나자고 해도 그렇게 해주니 진정 고마운 친구들이다. 그의 동년배 노인들과는 너무도 다른 삶을 살고 있는 상철은 외롭기 그지없으나, 외로움을 느낄 시간조차 없다. 어느 누구 하나 그의 일을 진정으로 이해하기에는 그가 하는 일이 너무 고차원적이고 생경한 일이니, 말하자면 그는 독불장군으로 살고 있는 셈이다.

그의 친구 중에는 외국 친구도 여러 명 있다. 서로 안부를 모르면 궁금해 하고, 안 보면 보고 싶어지고, 만나게 되면 우정은 물론, 심지어 우애까지 느끼게 되는 친구들이다. 이런 친구는 미국, 독일, 프랑스, 영국, 이탈이아, 네덜란드, 중국, 일본, 인도, 싱가포르, 대만, 태국, 호주, 캐나다 등 여러 나라에 다 있다. 비록 피부색이 다르고, 언어가 다르고, 문화가 다르지만 '학문' 이라는 공통분모가 있고, 교수라는 직업의 공통점이 있으며, 오랫동안 알고 지내면서 쌓인 정이 있어 만나면 말을 영어로 하는 점 외엔 한국 교수들과 똑같이 반갑고, 서로의 관심사나 가정사까지도 다 아는 가까운 친구들이다.

사람의 희로애락은 다 비슷하기 때문에 기쁜 소식 앞에서 함께 기뻐해주고, 슬픈 소식을 접하면 함께 슬퍼한다. 농담을 해도 통하고, 섭섭함을 표현하면 미안하다고 한다. 한국 교수들은 가끔 그를 견제하기도 하고, 시기하기도 하고, 때론 방해를 하기도 하지만 이들 외국 친구들은 오히려 더 우호적이고, 더 협조적일 때가 많다. 특히 국제 활동을 많이 하는 그에게 이런 외국 친구들은 참으로 소중하다.

자녀들 이야기도 함께하며 부모들의 공통된 심리를 확인하기도 한다. 부모란 동서고금을 통해 자식을 사랑하는 마음이 비슷하기 때문에 금방 얘기가 통한다. 차이점은 한국부모가 자식들에게 더 오래, 더 희생적이라는 것이다. 세계 어느 나라도 부모가 자식을 대학, 대학원, 유학까지 시켜주고, 결혼비용 다 대주고, 집도 마련해주고, 손주가 나면 또 최대한 돌보아주고……. 이런 나라는 한국밖에 없다. 다른 나라의 경우 자식이 20세가 되면 거의 독립시킨다.

어쨌든 외국 친구들은 아직도 국제학술회의에서 만나고, 상철이가 내는 학술지 논문의 심사를 맡아주고, 편집에도 참여해준다. 무엇을 부탁하면 거절하는 법이 없다. 그러니 언제나 든든하고 고마운 친구들이다. 외국 친구의 또 하나의 장점은 그들도 상철처럼 일흔이 넘어도 여전히 일을 한다는 점이다. 미국은 정년이란 것이 없고, 본인이 더 이상 일을 할 수 없다고 판단될 때 그만 두면 되는 것이다. 중국도 정년퇴임이 있긴 하나, 업적이 많은 교수는 정년을 해도 또 계속할 수 있다. 일본도 정년이 70세니 상철이 70세가 훨씬 넘어서까지 일을 해도 이상하게 보지 않는다. 이런 점에선 오히려 한국인 교수보다 대하기가 더 편하다.

첫사랑

연말이 가까워 오니 모두가 바쁘고 들뜬 분위기가 연출되었다. 한 해를 무사히 넘겼다는 안도감과 다가올 새해의 새로운 희망을 갖게 되기 때문일 터. 직장, 동창회, 동아리 중심으로 망년회를 하고, 새해의 안녕을 위해 함께 축배를 든다. 각 관공서와 회사들도 행정적으로나 재정적으로 한 해를 결산해야 하고, 새로운 해의 예산을 짜야 하므로 온 나라가 바쁘고 복잡하고 들뜬 분위기가 된 것이다. 시끌벅적한 연말의 열기는 잡다한 상념과 평소의 근심걱정을 어느 정도 덜어주기도 한다. 이러한 열기는 남녀노소 없이 갈등관계를 푸는 화해 무드를 만들어 주기도 하고, 서먹한 관계를 급속하게 친근하게 만들어주기도 한다. 더구나 새하얀 눈까지 내려 온 나라가 설국이 되니 온 국민이 낭만적으로 되고, 나이 많은 어른들은 모처럼 동심으로 돌아가기도 한다.

상철은 연말에 누구나 한 번쯤 꿈꿔 볼만한 뜻밖의 전화를 받았다. 수십 년간 연락이 끊어졌던 친구에게서 받는 전화란 참으로 반갑고 고맙고 아름답고 가슴 벅찬 일이다. 그런데 이 친구는 이 모든 것을 선사하고 거기에 더해 깜짝 놀랄 소식까지 전해주는 것이었다. 사범학교 동문회에서 이 교수에게 '자랑스런 동문상'을 주려고 하니 언제 어디로 나오라는 전화였다. 그는 약간 어안이 벙벙해지기도 하고 얼굴이 상기되기도 했으나, 한편으론 많이 켕기기도 하였다.

우선 사범학교에서 성실하게 공부하지 않고 육사 입시 준비했던 것도 그렇고, 사범학교 졸업 후 교사를 한 학기밖에 안 한 것도 그렇고, 그 후 친구들과 거의 교류를 하지 않은 것도 그렇고, 모교에 조금의 기여도 못 한 것 등이 그로 하여금 이 큰 상을 기쁨으로만 받을 수 없게 만들었다. 그러나 동창회 이사회에서 이미 정해 놓은 상을 거부하기도 어려웠다. 궁여지책으로 상을 받되, 이참에 학교에 장학금이라도 내놓으면 되겠다는 결론에 도달하였다. 그리하여 정해진 시간에 교육문화회관 무궁화홀에 나갔더니 약 300명 정도가 모여 있었고, 홀의 본부 쪽 앞면에 '경축 부산사범 송년회 겸 자랑스런 동문상 시상식' 이란 커다란 플래카드가 걸려 있었다.

기념식이 시작되어 국기에 대한 경례로 시작하여 회장 인사, 일 년간의 동문회 활동 경과보고 및 재정보고가 있고, 오늘 참석한 분들 중 주요인물에 대한 소개 순서가 있고, 자랑스런 동문상 수여의 취지와 역사 소개가 있은 다음, 오늘의 수상자를 발표하였다. 총 3명의 동문이 수상을 하는 것으로 되어 있었다. 첫째는 학술 부문, 둘째는 경제 부문. 셋째는 봉사부문이었는데, 그는 학술 분야의 자랑스런 동문으로 선정된 것이었다. 제일 먼저 단상에 올라 '학술 부문 자랑스런 동문상' 을 받고, 간단한 인사를 하고 내려오니 박수가 터져나왔고 내려와서 보니 어떻게 구했는지 그의 이력이 영상 화면에 나오고 있었다.

그는 그동안 소리 없이 자신의 길을 걸어왔는데 동문들이 알아주는 것이 너무나 신기하고 고마웠으나 쑥스럽기도 하였다. 공식적인 행사가 끝나고 만찬이 시작되었다. 상철은 중앙 테이블에 앉아 동창회 임원들, 교육대학 총장, 수상자들과 함께 앉아 중국 음식을 먹었다. 그는 자기 형편에 맞게 장학금을 희사하겠다는 생각을 하고 있었는데, 가만 애길 들어보니 그가 낼 수 있는 돈 액수는 아무것도 아니라는 걸 알게 되었다. 경제부문상을 탄 선배님은 유명한 회사를 창립하여 운영하고 있는데, 연 매출이 몇 천 억이 되는 분이었고, 모교 장학금으로도 50억을 쾌척하였다는 것이다. 자기의 주머니 사정은 명함도 내놓을 수 없는 형편이었다. 또 봉사부문상을 탄 후배는 몇 십 년째 독거노인들의 목욕 봉사와 점심 도시락 배달을 한다는 것을 알게 되어 슬그머니 부끄러워졌다. 이들과 나란히 상을 탄다는 게 어쩐지 민망하게도 생각되었다. 그래도 지금 와서 어찌해 볼 수도 없고, 자기는 자기 나름대로 학술 분야에서 학자로서 열심히 살았으니 필요 이상 폄하할 필요는 없다고 다시 생각을 바꾸어 먹었다.

'그렇다면 나는 모교 후배들을 위해 무엇을 할 수 있을까?'

아무리 생각해도 좋은 아이디어가 떠오르지 않았다. 그가 다닌 사범학교는 이미 4년제 교육대학교로 바뀐 지 오래고, 국립이다 보니 별로 아쉬울 것도 없는 학교였다. 아무리 생각해도 자기의 경제력으로 학교에 보탬 될 일을 할 거리가 없는 것 같았다. 그래서 아예 생각도 하지 말자는 쪽으로 결론을 내려는 순간 섬광처럼 하나의 아이디어가 스쳐 지나갔다. 그것은 교육대학 학생들을 국제화하는 데 조금의 보탬을 주면 좋겠다는 생각이었다. 마침 총장님도 와 계시니 이야기를 하기도 매우 좋았다.

─총장님, 회장님, 제가 너무 과분한 상을 받고 보니 민망하

기 이를 데 없어 곰곰이 생각을 하다가 모교 후배들에게 한 가지 해줄 게 생각났는데 말씀드려도 되겠습니까?

-그럼요, 말씀하세요. 이 교수님 같이 훌륭한 학자님이 계시는 것만으로도 저희들한테는 너무 자랑스럽고 든든한데 무얼 더 하시겠다는 겁니까? 안 그러셔도 되는데요.

-아닌 게 아니라 제가 직업이 직업인지라 돈은 없습니다. 그러나 아주 조금은 후배를 위해 뭔가를 하고 싶은데 이제야 생각이 났으니 한번 들어보시고, 고견을 말씀해 주십시오. 저는 교육대학 학생도 되도록 국제화되어야 한다고 생각합니다. 그러려면 외국의 학교도 보고, 외국어도 잘 할 수 있으면 좋지 않겠습니까? 그래서 재학생 중 우수 학생 10명을 뽑아 방학 동안 한 달 정도 미국 어학연수를 시켜주면 어떨까요? 제가 일단 올해 이들에게 필요한 경비를 지원할 테니 학교나 동창회에서는 형편이 되는 대로 앞으로 영국, 독일, 프랑스, 중국, 일본 등으로 지역도, 파견할 학생 수도 확대하면 좋을 것 같습니다만.

-그거 정말 좋은 생각입니다. 안 그래도 교육대학 학생들이 긍지를 못 가지는 경향이 있는데, 이런 프로그램이 있다면 악착같이 공부도 더 열심히 하고, 자긍심을 심어주는 데도 큰 도움이 될 것 같습니다.

동문회장님이 일어나 즉석에서 발표를 했다.

-동문 여러분! 잠깐만 조용히 해 주십시오. 한 가지 알려드릴

일이 있습니다. 오늘 학술상을 타신 이상철 교수님께서 우리 학생들에게 미국 어학연수 프로그램을 제안하시고 지원을 해주기로 약속하셨습니다. 이를 계기로 우리 동문회에서도 앞으로 더 많은 학생들이 더 넓은 지역에서 어학교육도 받고 견문을 넓힐 수 있도록 지원할 예정입니다. 동문들께서도 형편이 허락하는 대로 재학생들의 외국 연수 지원에 협조해주시면 대단히 감사하겠습니다.

이렇게 하여 그는 10명의 학생에게 한 달 간의 미국 연수 자금을 대주게 되었다. 이후 동문들의 호응이 좋아 지금은 연간 60명의 학생이 6개국에 연수를 하게 되었다고 한다.

만찬이 거의 끝나갈 무렵 누군가가 쪽지를 주고 갔다. 열어보니 만찬 후에 잠깐 만나자는 내용이었다. 사범학교 때 친했던 몇 안 되는 친구 중의 한 명인 김현태라는 친구가 준 쪽지였다. 이 친구는 1학년 때 단짝이었으나, 2학년 2학기부터는 육사 입시 준비 관계로 친구들과는 전혀 어울릴 수 없어 더 이상 친하게 지내지 못한 친구였다. 사십 년이 넘도록 아무런 연락도 없이 살아온 터였는데, 아마 오늘 이 자리에 나온 모양이었다. 그는 너무나 반가웠다. 사범학교 친구는 겨우 몇 명 연락되지만 재학 때는 이름도 몰랐고, 살아온 길도 너무 다르니 만나도 대화가 어려웠다. 그런데 김현태는 친했기 때문에 얘깃거리도 많고, 오랜 세월이 지났지만 잊혀지지 않은 이름이었으므로 정말 반가웠다. 그는 만찬이 끝나는 대로 총장님과 동창회 임원들에게 서둘러 인사를 하고 그 친구를 찾았다. 그러나 아무리 찾아도 찾을 수가 없었다.

이때 등 뒤에서 누군가 '이상철' 하고 부르는 게 아닌가? 뒤를 돌아봐도 아는 얼굴은 없어 또 다른 곳을 두리번거리는데 한 친구가 나타났다.

―야, 내가 김현태야.

10대에 만나고 거의 반백 년이 지나고 보니 알아볼 턱이 없었으나, 현태는 그가 단상에서 상을 받는 걸 보았기 때문에 그를 알아본 것이다. 두 사람은 손을 잡고 커피숍으로 자리를 옮겨 서로의 얼굴을 살펴보니 이미 60대 중반 노인의 얼굴에 피차 처음에는 낯설어 약간 어색했다. 그러나 45년 전으로 돌아가 얘길 하다 보니 어렴풋하게나마 10대 때의 모습이 조금 보였다.

김현태는 사범학교를 졸업한 후 부산에서 교편을 잡았고, 교장을 12년이나 하고 정년퇴직했다고 하였다. 같은 동기생과 결혼하여 부인도 교장으로 정년퇴직하여 안정되고 행복한 노후를 보낸다고 하여 크게 축하를 해주었다. 정말 자기가 못한 것을 이 친구 부부가 해준 것 같아 기쁘기도 하였다. 슬하의 남매도 잘 자라 한 명은 변호사고, 또 한 명은 회사의 부장 이라고 한다. 정말 평탄하고 복된 인생을 살았다는 걸 알게 되어 더

욱 좋았다. 이제 나이 들어 보니 누구가 잘 되었다는 얘기가 제
일 듣기 좋다. 슬픈 얘기, 속상한 얘기는 덜 듣고 싶고 즐거운
얘기, 좋은 얘기는 언제나 듣고 싶다.

한참 얘길 하다 보니 현태가 자기를 만나고자 했던 뜻은 딴
데 있었다는 것을 알게 되었다. 물론 오랜만에 친구가 상을 받
는 것을 보니 축하도 해 주고 싶었을 테고, 비록 45년이나 연락
이 없었지만 고등학교 때의 단짝을 보고 싶기도 했을 것이다.
그러나 멀리서 상철을 보자 꼭 들려주고 싶은 얘기도 함께 생
각이 났던 것이다.

―상철아, 너 한정자 기억하지?

―한정자?

―기억 안 나? 니가 1학년 때 매우 좋아했다며?

―1학년 때 내가 좋아했던 한정자? 그래, 기억난다. 그런데
그 친구가 왜?

―내 마누라와 단짝이었거든.

―그래? 그렇게 되었어?

―응. 그래서 너와의 얘기를 자세히 들었어.

그로서는 까마득하게 이름도 얼굴도 다 잊어버린 첫사랑이었
다. 그녀가 만나지 말자고 하여 안 만났던 것인데, 자기의 가장
친한 친구인 전송희에게는 그와의 얘기를 다 털어놓은 모양이
었다. 이 전송희가 바로 김현태의 부인이었던 것이다. 김현태는

학교 다닐 때 전송희를 매우 좋아했으나 고백도 못 한 채 졸업을 했고, 그 후 뿔뿔이 흩어졌으나 3년 후 우연히 부산의 같은 초등학교에 부임하면서 다시 만나 열렬한 연애 끝에 결혼하였던 것이다. 부부교사로서, 잉꼬부부로서 순탄하고 행복한 결혼생활을 하고 두 사람 모두 교장이 되는 행운도 얻게 되어 남부러울 것이 없는 노후생활을 하고 있다는 것이다. 그들 동기생 중 부부가 된 사람이 일곱 쌍이 있는데, 한 달에 한 번씩 모인다고 자랑을 하였다.

—그래, 그런 모임 정말 재미있겠다. 서로서로 힘도 되고 말이야.

—응. 친구라기보다 이젠 모두 형제 같아. 어쩌면 형제보다도 더 우정이 깊지.

—참 잘 됐다. 그런 친구들이 있다는 건 정말 축복이지. 부럽다.

—그런데 한정자는 집안 어른들의 소개로 부잣집의 막내와 결혼하여 처음에는 친구들의 부러움을 샀으나 남편이 회사를 다니다가 그만두고 아버지 회사를 물려받았으나 회사 경영에는 뜻이 없고 술, 여자, 도박의 3박자를 갖춘 한량이 되어 지내다가 급기야 회사가 부도나서 망하게 되었어. 사채업자들이 들이닥쳐 가재도구까지 다 가져가고 집도 남에게 넘어가니 삼남매의 엄마였던 정자는 할 수 없이 친정에 들어갔지. 아이들 키우면서 우선 살아야 하니까 다시 학교 교사를 하려고 했지. 그

러나 사범학교 졸업 후 의무적으로 해야 하는 교사직을 처음부터 맡지 않아 벌금까지 물었던 경력 때문에 교사도 할 수가 없어 보험 아줌마를 하며 아이들을 키웠지.

 -왜 교사를 안 했어?

부모님이 부잣집에 시집보내려고 졸업하자마자 바로 신부 수업을 시켰대.

 -세상에……. 그럼 아주 일찍 결혼했겠네?

 -스물한 살인가 그때가?

 -그렇게 일찍 결혼했구나. 그럼 그 뒤 남편은 어떻게 되었어?

 -남편은 늘 술에 취해 살면서 가끔 한 번씩 들러 마누라한테 노름돈이나 뜯어가는 불량배가 되었대. 그래도 한정자는 자식이라도 제대로 키우려고 밤낮으로 뛰었으나, 워낙 마음씨가 곱다 보니 남편 노름돈은 물론, 가끔씩 시부모에게도 용돈을 드리는 등 워낙 뺏기는 데가 많다 보니 도저히 형편이 안 돼 위로 두 명은 2년제 대학을 가고, 막내만 겨우 4년제 대학을 시켰다나 봐.

 -그럼 자식들은 어떻게 됐어? 모두 잘 산대?

 -죽을힘을 들여 키운 삼남매가 그럭저럭 직장도 얻고 결혼하여 아이들도 낳아 그런대로 사는 듯했으나 거짓말처럼 집집마다 사단이 나기 시작했어. 큰아들은 중소기업에 다니다 회사가 망하는 바람에 실직하여 일용직으로 일하다가 겨우 택시기

사를 하게 되었지. 그래도 착실히 모아 조그만 아파트도 하나 장만했으나 마누라가 바람이 나서 남편 몰래 아파트를 팔고, 남편의 카드를 훔쳐 달아나 얼마나 써댔는지 결국 엄청난 카드 빚을 져, 택시까지 날리게 되자 충격으로 쓰러져 앓다가 결국 죽었어.

　-저런. 정자의 충격이 컸겠다.

　-말도 못 하지 뭐. 그뿐만 아니야. 큰딸은 대기업의 회사원과 결혼하여 아들 딸 낳고 잘 살았는데, 그만 사위가 교통사고로 죽고 우유 배달하여 겨우 연명한다고 해. 막내아들은 대학 졸업 후 몇 년간 공무원 시험 본다고 엄마한테 학원비 타 쓰고 하다가 안돼서 결국 중소기업에 들어갔는데, 미용사를 하는 며느리가 유방암을 앓아 치료하느라 큰돈을 써서 빚을 졌대. 그런데 3년 후 이번엔 위암 수술을 받고 항암치료 중이라나 봐.

　-세상에……. 그래서 정자는 지금 어떤 상태야?

　-남편 복이 없는 건 그렇다 쳐도, 자식들이 죽거나 하나같이 불운하여 수십 년간 갖은 고통을 받다가 정자 자신도 그만 치매에 걸렸는데 돌보아 줄 사람이 없어 나라가 운영하는 시설에 입원해 있어. 그토록 얌전한 친구가 어쩌면 그리도 박복한지 모르겠어.

　-정말 안됐다. 정자가 그렇게 되다니…….

　상철은 안 듣기보다 백배는 못한 이야길 듣고 보니 하늘이 참으로 공평하지 않음을 다시 한 번 뼈저리게 느꼈다. 곱상하던 정자의 모습이 아련히 떠오를 듯 말 듯하며 갑자기 비감한 생각이 들었다. 부모님이 그토록 교사 사위 안 보려고 노력하고 결국 부잣집에 시집보내는 것까지는 성공했으나, 그 뒤 그런 엄청난 불행이 기다리고 있을 줄을 어찌 상상이나 했겠는가? 사람에게 진정 운명이라는 것이 있는 것인지, 아니면 모든 게 우연인지 알 수 없으나, 왜 죄 없이 착하게 사는 사람들이 하늘의 축복을 받지 못하고 갖은 고통을 겪어야 하는지 정말 모를 일이었다. 그는 이런 얘기를 들려주는 김현태가 원망스러웠다. 이제 와서 자기에게 이런 이야기를 하는 이유가 무엇인가? 아무리 고등학교 1학년으로 돌아가 정자와 만나던 때를 회상해 보려고 해도 그 사실 자체는 어느 정도 기억이 나나 당시의 감정은 전혀 생겨나지 않았다.

'설사 내가 아직도 정자를 못 잊고 있다고 해도 내가 정자를 위해 무엇을 할 수 있단 말인가?'

하물며 그는 그동안 그녀의 이름도 얼굴도 잊고 살았는데, 지금 와서 무엇을 어찌 하라고 이런 얘길 들려주는지 친구가 너무도 야속했다. 물론 정자의 처지를 생각하면 너무도 안타깝지만 지금 그가 할 수 있는 일은 아무것도 없고, 공연히 마음만 복잡하였다. 그는 바쁘고 힘들게 살기도 하고, 외국 나가 몇 년씩 유학도 하고, 집에도 끊임없이 우환이 있었으므로 첫사랑을 생각할 만큼 한유하게 살아보지도 못했고, 솔직히 10대에 잠시 한정자에게 마음을 주었던 건 사실이지만, 그 당시 사범학교 다니던 시절에 이미 잊어버릴 정도로 그의 머리는 늘 다른 것으로 꽉 차 있었다.

이후 육군사관학교라는 특수대학에 들어가 공부하고 훈련받느라 그의 머리엔 이미 사범학교조차도 잊어버릴 만큼 생존을 위해 몸부림쳐야 했으며, 더구나 사관학교 1학년 때 잃은 동생 때문에 그는 정신적으로 많이 황폐해 있었다. 이후 수십 년간 열심히 일만 하며 살다 보니 무슨 낭만적인 생각 같은 건 아예 남아 있지 않았다. 이후로는 교수 하며, 국제 관련 일을 남달리 많이 하느라 정말 뒤를 돌아볼 여유가 없었다. 남들은 첫사랑이 무슨 대단한 추억이 되고, 낭만적인 자양분이 되는 정도로 생각하는지 모르겠으나 상철에게 있어 첫사랑은 그저 책 속에 끼워져 말라있는 낙엽 한 잎 정도로밖에는 생각되지 않는다.

'내가 너무 이기적이고 무심한 건가?' '그렇지, 이기적이고 말고. 그렇지 않았다면 오늘의 나는 없을 것이다. 어떤 힘든 상황에서도 나를 버티게 해준 것은 나의 이기심과 옆도 뒤도 안 돌아보고 앞만 보고 살아온 진취적인 기상 덕분이 아니었던가? 나에게는 나 자신, 가족, 내 제자, 국가만 있을 뿐이다. 내가 책임지지 않아도 될 일, 나와 상관없는 일에까지 신경 쓸 마음의 여유도, 시간적 여유도 없다. 무엇보다도 나는 지금의 내 아내가 없다는 것은 상상도 할 수 없는 일이다. 그러니 정자한 테 마음의 편지나 한 장 보내고 잊을 수밖에.'

　나의 첫사랑 한정자 여사여! 김현태한테서 그대의 얘길 들었소. 맨정신으로 그 고통을 다 감내하느니 차라리 치매라도 걸려 그런 고통 안 받으니 다행이오. 아주 잘 하였소, 자식들 때문에 눈물 흘리는 것도 하루 이틀이고, 일이 년이고, 한두 항아리지 그 긴 세월, 그 엄청난 눈물을 어찌 다 쏟아내시겠소. 왜 우리 한국의 어머니들은 부모도, 남편도, 자식도 모두 그대들의 가슴을 후벼 파는 무기만 되는지 안타깝기 그지없소. 나 역시 내 아내에게 오랜 세월 혹독한 추위와 아픔만 안겨준 무능하고 비정한 남편이었다오. 나이 육십이 훌쩍 넘어서야 아내 소중한 것 알고, 아내의 인고의 세월을 아주 조금이라도 알게 되었다오. 내가 그대와 맺어졌던들 달라졌겠소?

　나 같은 사람과 인연을 안 맺은 게 얼마나 다행이오? 얼마 동안이라도 부모님 마음을 편안하게 해드렸을 테니 말이오. 부디 정신 차리지 말고 어린애의 심성으로 이 세상을 살다가 잘 가시오. 나는 이왕 맨정신이니 세상의 고통을 외면할 수가 없소. 이왕 그대의 얘기를 들어버렸으니 내 기도 속에 그대의 이름 석 자도 넣어보리다. 혹여라도 그대의 마음이 더 편안하고 즐거워질 수 있을지, 그리고 혹여라도 그대가 아직 못 잊은 것 있으면 다 잊게 해달라고 말이오. 부디 어린아이처럼 걱정근심 없이 뛰어놀다

하늘나라로 잘 가시오. 누가 먼저 갈지는 모르겠지만, 하늘나라
에서 다시 만날 수 있다면 천진하게 웃으며 술래잡기라도 합시
다. 우리 사범학교 친구들과 춤이라도 추어봅시다. 골치 아픈 건
모두 지구에 던져 버리고 우린 오로지 평화와 행복과 기쁨과 즐
거움만이 가득한 하늘나라에서 자유를 구가해 봅시다.

　　　얼굴에 주름살과 검버섯만 훈장처럼 새겨진 이상철 씀

끝나지 않는 꿈

마침내 상철은 카이스트에서 정년을 맞게 되었다. 이제 정년을 하면서 아쉬움은 별로 없고 즐거움과 보람 그리고 새로운 인생에 대한 기대가 있을 뿐이다. 그간 직간접으로 그의 과학기술원에서의 교수 활동을 도와주었던 많은 분들께 감사하다는 말을 전하고 싶다. 재직 중 학과 발전을 위해 늘 호흡을 맞추고 매사에 상호 협력하여 편한 마음으로 교수직을 수행할 수 있게 해준 학과 동료 교수들에게 감사하며, 그간 그와 함께 공부하고 연구하고 자기 길을 개척한 자기 제자들에게 깊이 감사하고 자랑스럽다는 말을 전하고 싶다.

그의 정년을 기념하여 제자들이 성대한 잔치를 하얏트 호텔에서 베풀어 주었다. 학계의 유명 교수들, 카이스트 식구들, 육사 식구들, 친지, 제자들이 모두 와서 축하해주었고, 축사는 토목학회 회장과, 세계적인 석학인 카이스트의 조인혁 교수가 해주었다. 그리고 그의 제자 대표가 그의 학문 세계를 발표하였고, 그의 발자취를 영상으로 보여주었다. 그리고 무슨 훈장, 감사패, 공로패 같은 것도 몇 개나 받고 꽃다발 증정, 『수당 이상철 교수 정년 기념 회고집』을 증정 받고 나서 그가 답사를 하였다.

그의 답사가 끝나자마자 아내 지영이가 꽃다발을 들고 단상에 올라오더니 그의 목에 걸어주고 내려가는 게 아닌가. 이럴 때는 어떻게 해야 하는 건지 몰라 잠시 어리둥절해 있는데 그의 제자들 속에서 갑자기 '안아 줘, 안아 줘.' 하는 합창 소리가 들려왔다. 처음에는 무슨 말인지 몰라 어안이 벙벙했는데, 짓궂은 그의 제자들이 안는 시늉을 하며 수십 명이 '안아 줘, 안아 줘.'를 외치니 이번에는 하객들이 일제히 박수를 치는 게 아닌가. 할 수 없이 이 상황을 수습하는 길은 자기가 아내를 안아주는 도리밖에 없는 듯하여 아내를 가볍게 안는 시늉을 했더니 우레와 같은 박수가 터져 나왔다. 물론 부끄러웠지만 특히 부끄럼을 많이 타는 아내가 얼굴이 빨개지며 황급히 자기 자리로 돌아갔다. 그도 더 이상 할 말이 없어 그저 감사하단 말만 몇 번 하고 내려왔다. 마지막으로 그의 제자들 4,50명이 우렁차게 스승의 노래를 불러주니 정말 이 순간을 위해 살았나 싶었고, 제자들이 너무나 고맙고 자랑스러워 가슴이 벅차올랐다.

교수라는 직업은 돈도 없고, 권력도 없고, 희소가치도 없으나 자식과 같은 제자들을 가질 수 있는 것이 가장 큰 특권이요 축복일 것이다. 특히 카이스트처럼 한국의 뛰어난 수재들을 몇십 명씩 직계제자로 가질 수 있다는 것은 너무도 큰 행운이며 행복이다. 제자들의 진심어린 사랑에 눈시울이 뜨거워졌다. 그야말로 아름다운 밤이었다.

상철은 정년 후에도 계속해서 국제학술지를 더 창간했다. 한 권씩 낼 때마다 엄청난 힘이 들었지만 원래의 목표였던 열 개의 저널을 채우기 위해서였다. 이렇게 하여 그 자신에게 했던 당찬 약속을 지킨 셈이었다. 적어도 열 개는 되어야 조그만 기업이라도 운영할 수 있고, 그가 나중에 학과에든, 개인에게든, 출판사에게든 넘길 때도 좋기 때문이다. 이미 13개의 학술지를 발간하는 지금의 추세라면 몇 개의 저널은 더 시작할 수도 있을 것 같다. 이젠 노하우가 생겨 하나씩 늘어날 때마다 힘이 그만큼 덜 드는 것 같다. 이젠 어느 누구도, 어느 학회도 그를 제지하지 않는다. 허찬식처럼 제지해보다가 힘만 빠지고 체면만 구겼으니 또다시 제지할 엄두도 못 내려니와, 아무리 견제하려고 해도 견제가 안 되니 포기한 것 같다. 실제로 자기들이 두려워했던 만큼 그들에게 실질적인 피해를 입힌 것도 전혀 없고, 오히려 자기들의 후배나 제자들에게 도움이 되니 나서서 더 방해하기도 어려웠을 것이다.

그는 이들 국제학술지를 홍보하고 구독자를 모으기 위해 해마다 한두 번은 큰 국제대회를 주최한다. 이젠 국제대회도 이력이 붙어 그리 힘들게 여겨지지 않는다. 사실 웬만한 교수는 국제대회를 엄두도 못 낸다. 해보지 않고는 용기가 나지 않기 때문이다. 맨 처음 시작하는 게 중요하다. 일단 한 번 해서 너무 큰 실패만 안 하면 자신감이 생긴다. 그러나 보통의 교수들은 이런 모험심이나, 무에서 유를 창조하는 혁신적인 일을 만들지 않는다. 매일 바쁘고 힘들며 할 일이 태산인데, 구태여 그런 일을 왜 하겠는가. 차라리 그 시간에 논문 한 편이라도 더 쓰고, 연구제안서 하나라도 더 써내서 연구비를 받아야지 하는 생각을 하는 것이 보통이다. 이치로는 그게 맞는 말이다. 그러나 백 명에 한 명, 아니면 천 명에 한 명 정도라도 자기같이 국제학술지를 내는 사람도 있어야 한다는 게 그의 신념이다.

정치 경제적으로 한국이 G20의 일원이 되고, 정상회의를 유치해 와서 한국의 국제적 위상을 높이고, 세계적인 기업이 국가 경쟁력을 높이듯이 학문적인 면에서도 언제까지나 다른 나라에서 발간하는 학술지에 논문을 싣기만 할 것인가. 우리나라에서 내는 국제 학술지에 외국의 저명 학자들이나 신진 학자들이 논문을 내게 하는 것, 이런 것도 지금쯤은 우리가 해야 할 일이 아닌가. 그러니 그는 한 사람의 학자로서 외롭고 힘들지만 이 길을 가고 있는 것이다.

그가 전공한 분야가 워낙 대중들에겐 안 알려진 분야라 일반인들에게는 아무런 느낌이 없을 것이나, 그의 전공 분야에서는 그의 이름이 세계의 학자들에게 자연스럽게 많이 알려져 있으니 이게 곧 애국하는 길이고 국위를 선양하는 길이 아니고 무엇이랴. 우리가 100층짜리 건물을 짓고, 세계에서 제일 긴 교량을 세우고, 제일 긴 제방을 쌓고, 해저터널을 만들고, 원자력발전소를 건설하고, 세계적인 선박을 건조하는 그 핵심 기술에 모두 구조역학이 들어 있다는 사실을 아는 국민은 많지 않다.

한 나라가 발전하기 위해서는 학문이 융성해야 한다. 세계를 지배했거나, 하고자 하는 나라치고 학문이 약한 나라는 없다. 각 분야별로 연구가 축적되어 신기술이 생기고, 신제품을 만들고 하는 나라들이 결국 잘 살게 되고, 다른 나라에 영향력을 발휘하는 것이다. 가령 석유가 펑펑 나와서 돈은 많아도 학문이 취약한 나라는 국제사회에서 영향력 있는 국가가 될 수 없는 것이다.

우리나라는 지난 몇 십 년 동안 세계에서 그 유례가 없을 만큼 눈부신 경제발전을 이루고 민주화를 이루었다. 참 대단한 나라

다. 국민들이 자부심과 긍지를 충분히 가져도 좋다고 생각한다. 그러나 냉철하게 생각해야 할 것은 국민 1인당 연간소득이 2만 불 전후에 도달한 뒤 20년 가까이 제자리걸음이라는 것이다. 백 불에서 이백 불, 이백 불에서 천 불이 되고, 천 불에서 5천 불 되는 게 어렵지, 5천 불을 넘어서면 만 불이 되는 건 쉽고, 만 불이 되면 2만 불 되는 건 더 쉽다. 2만 불에서 3만 불 되는 건 더더욱 쉽다.

그런데도 우리나라는 2만 불에서 완전히 멈춰 서 있는 것이 다. 이유는 매우 다양하고 복합적이겠지만, 그 중의 한 가지는 원천 기술이 별로 없고 후발 기술만 있기 때문이다. 자동차, 가 전제품, 컴퓨터, 휴대폰, 선박 등을 많이 수출하고 수주를 많이 하지만 이 모든 제품의 원천 기술에 대해서는 비싼 로열티를 내 야 하기 때문이다. 심지어 꽃이나 버섯 같은 것도 로열티를 내 는 것이 많다.

우리가 수출을 많이 하면 할수록 대일본 무역적자는 커지는 구조이다. 너무나 많은 부품, 너무나 많은 원천 기술을 일본에 서 들여오기 때문이다. 우선 급하니까 수입해서 썼지, 수없는 실패를 통해서라도 우리만의 원천 기술을 확보하고 부품을 개 발하는 데 더 노력했어야 했다. 물론 옛날에 비하면 우리나라 는 정말 개천에서 용이 난 것과 다름없다. 그러나 조금만 더 노 력해서 한 단계만 더 올라간다면 완전한 선진국이 될 수 있다.

예를 들어 그 많은 의약품 중에, 그리고 그 값비싼 의료기기 중에 한국이 원천기술을 가진 게 몇 개나 있는가? 모든 분야의 원천기술을 갖는 것은 어렵지만 그래도 주요분야는 최대로 독자적인 원천기술을 확보하기 위해 노력해야 한다. 지금도 늦지 않았다. 이제 먹고 사는 걱정은 안 해도 되니까 우리의 후세들을 위해 차분히 기술개발에 투자해야 한다.

기업은 기업대로, 정부는 정부대로, 대학은 대학대로 기술개발을 위한 특단의 대책을 마련해야 한다. 물론 이 세 주체가 합동으로 기술개발에 나선다면 더욱 좋다. 장기적으로 볼 때 가장 중요하고 지속가능한 분야에 선택과 집중을 통해 미래에 필요한 기술개발을 해야 한다. 핵심 기술도 확보해야 하고, 세상이 변하는 속도를 선도하는 후발 기술도 부지런히 개발해야 한다. 이런 기술을 확보하기 위해서 학자들은 연구를 해야 하고, 자기와 같이 외국의 최신 연구 동향을 맨 먼저 파악하고 연구결과를 제일 먼저 입수해야 하는 것이다. 상철은 자기와 같은 학자가 다른 과학 분야에도 다 있다면 매우 이상적이라는 생각을 한다. 생물, 화학, 물리학, 의학, 전기전자, 기계, 재료, 약학 등 여러 분야에 자기와 같은 학자가 많다면 나라 전체로 볼 때 매우 든든한 일이 되는 것이라고 굳게 믿고 있다.

물론 현대는 서비스업도 무시할 수 없지만 항상 기초가 튼튼해야 한다. 천재지변이 나도 기술은 안 없어지고 지식은 안 없어

지니까, 최악의 상황에서도 나라가 지탱되기 위해서는 과학기술이 확보되어야 한다. 예를 들어 지하자원이 많은 나라에서 지진이 발생하고 홍수나 해일이 일어나거나 태풍이 불고, 불이 나면 다 없어질 수도 있지만, 금광을 캐는 기술, 석유를 탐사하는 기술, 파괴된 자연을 복구하는 기술은 태풍에도 없어지지 않는다. 이 기술만 가지고 있으면 다시 복구하고, 기술을 수출하고, 석유탐사를 하면 되는 것이다. 또한 석유가 고갈되면 태양열도 만들고 풍력도 만들고 원자력도 만들어 쓰면 되는 것이다. 지하자원이라고는 거의 없는 우리나라는 과학기술밖에는 믿을 게 없다. 물론 요즈음은 예능이나 체육도 국력을 신장하고 국위를 크게 선양해 주고 있지만 이런 건 평화로운 시대 얘기고, 전쟁이라든가 천재지변 같은 위기 상황에서는 과학기술만이 빛을 발할 수 있는 것이다.

상철의 꿈은 아직도 끝나지 않았다. 원래 국제 학술지 10개를 만드는 것이 그의 꿈이었지만 이미 달성해 버렸으니 이젠 그의 꿈에 한계가 없어져 버렸다. 열다섯 개, 스무 개……. 그 자신도 자기가 어디까지 갈 수 있을지 모른다. 현재 자기와 이메일을 주고받고, 심사를 의뢰하고, 국제학술회의에서 좌장을 부탁하는 등 그와 소통하는 토목건축 분야 학자는 45개국 1200명에 이른다. 그는 아직 세계기록의 항목에도 들지 않는 꿈을 향해 달려가고 있는 것이다. 아직 개인 학자가 국제학술지를 몇 개를 창간하고, 계속해서 발행하고 있다는 기록은 어디에도 없으니까. 그는 그 나름의 기록을 세워 나가서 몇 십 년 뒤에라도 혹시 어느 누가 이런 기록 보유자를 인정하는 무슨 기준을 세워 자기 이름을 거기에 올려준다면 그는 죽어서도 웃을 수 있을 것이다. 이제 허찬식의 견제와 방해를 받지 않을 위치에 완전히 올라서게 된 것이 제일 기분 좋다. 오늘따라 화사한 햇빛이 꽃이슬에 반짝이고 끝나지 않은 그의 꿈을 위해 영롱한 바람이 나비처럼 나부낀다.

그의 칠순을 맞이하여 아이들이 미국 큰아들 집에 모여 잔치를 하기로 했다고 통보해 왔다. 그의 회갑연도, 정년 잔치도 제자들과 학과 교수들이 다 해주었지만 아이들이 한 명도 참석 못해 약간 섭섭하기도 하고 허전하기도 하였다. 그런데 이번에는 지영이가 아이들한테 이야길 하여 칠순은 자기들이 책임진다고 한 모양이었다. 제일 이상적인 건 아들들이 모두 나와서 그동안 아빠가 신세졌던 많은 동료와 제자들에게 잔치를 베풀어 인사를 해야 마땅하나, 그럴 형편은 안 되니 우리 식구만이라도 한번 다 모이자는 큰애의 제안에 따라 플로리다주 탬파에서 모두 5박 6일 여행을 하는 것으로 계획을 세웠단다. 큰애는 집도 있으니 그리로 모이기로 한 모양이었다.

상철은 나이 들면 아이들을 따라야지 별 수 없다 싶어 그렇게 하기로 하였다. 큰아들네 네 식구, 둘째아들네 네 식구, 막내딸 내외, 상철 내외 모두 12명이 조촐한 파티를 하고 기념촬영도 하고, 디즈니랜드, 올란도, 케네디 우주항공국 등 인근지역을 여행했다. 무엇보다도 그는 손주 네 명을 한자리에서 본 것이 제일 반가웠다. 신기한 것은 그 꼬맹이들이 생전 처음 보는데도 4촌이라는 걸 아는지 너무나 우애 있게 잘 논다는 것이었다. 아이들이 같이 놀다가 싸우기도 하고 삐치기도 하고 그럴 텐데, 참으로 신기하게도 그런 게 전혀 없이 너무나 잘 노는 게 여간 기특하지 않았다. 모두 부족함을 모르고 사는 아이들이라 싸우지 않는 것일까? 그도 아니면 요즘 아이들은 욕심이 없어서 싸우지 않는 것일까? 아니면 친척도 이웃도 모르는 미국에서 외롭게 살아 사람이 그리웠던 탓일까?

열 살, 여섯 살, 다섯 살, 세 살짜리 아이들이 깔깔거리며 노는 모습을 보니 상철은 이젠 죽어도 여한이 없을 것 같았다. 이렇게 가지런히 아이들이 나름대로 단란한 가정을 꾸려가고 있으니 무얼 더 바라겠는가? 그 다음 보트를 타고 끝도 없는 늪지를 달려본 것도 색다른 경험이었다. 연말이라 시간 내기 어려웠을 텐데 처가의 행사에 와준 사위도 고맙고, 무엇보다도 편안히 이런 모임을 가질 수 있도록 모든 수고를 아끼지 않은 맏며느리에게 그는 감사하고 싶었다.

상철이 여행에서 돌아와 대전 사무실에 오니 여러 가지 우편물 속에 낯익은 글씨의 편지가 한 통 와 있었다. 아내로부터 온

편지였다. 정성스럽게 손수 쓴 편지에는 다음과 같은 사연이
쓰여 있었다.

　　사랑하는 당신에게

　　우리가 만난 지도 40년이 넘었네요. 그 긴 시간 동안 난 참으로
많은 역경과 시련을 겪은 것처럼 느낀 적도 많았지만, 다시 잘 생
각해 보니 그래도 행복하고, 보람된 일들이 더 많았던 것 같네요.
그건 모두 당신이 계셨기 때문이고, 당신이 꿋꿋이 당신의 길을 잘
걸어가 주었기 때문일 거예요. 무엇보다 그동안 건강해 주어서 감
사하고, 무엇이든 잘 먹어 주어서 감사하고, 당신의 학문적 역량을
잘 발휘해 주어서 감사해요. 담배를 안 피운 것도 얼마나 감사한지
요. 내가 이토록 기관지가 약한데 당신이 담배를 피웠더라면 난 훨
씬 더 옛날에 지금처럼 기관지 환자가 되었을 거예요. 집안일은 죽
어도 못 도와주던 당신이었지만, 아이들이 잠투정 심하게 해서 내
가 감당 못하면 당신의 그 푸근한 가슴에 안고 자장가를 불러주며
잠재워 주던 것도 모두 감사해요. 처음에는 '잘 자라 우리 아～가'
로 느릿느릿하게 나즈막하게 부르다가 애가 더 심하게 울면 더 빠
른 속도로 더 큰 소리로 '잘 자라 우리 아가'를 수도 없이 불러대던
당신.

　　돌이켜보면 우리가 유학하면서 당신은 5년간 바지 하나로 살
았고, 자동차는 손수 고쳤으며, 매일 야식으로 수제비만 끓여주
어도 맛있게 먹어 주었고, 매일같이 양배추 김치만 해놓아도 짜

증내지 않고 먹어 주었기 때문에 우린 그 모든 과정을 이겨낼 수 있었어요. 정말 당신이 자동차 밑에 누워 자동차를 고칠 때는 내 가슴이 얼마나 미어질 듯이 아팠는지 아세요?

우리가 사 놓은 산에 나무를 심는다고 매주 내려가서 엄청난 땀을 흘리며 가쁜 숨을 몰아쉬었던 것 기억하세요? 그때는 당신도 나도 어디서 그런 힘이 났을까요? 당신은 가족들의 발전을 위해서라면, 그리고 스스로 발전하기 위해서라면 또한 나라에 보탬이 되는 일이라면 어떤 희생도, 어려움도 감내하신 훌륭한 남편이고 아버지였으며 탁월한 학자였고 모범시민이었지요.

평소에는 무뚝뚝하고 엄격하고 무정하기만 한 당신이었지만 곰곰이 따져보면 그런 분이었기 때문에 그만큼 성취할 수 있었고, 당신이 꿋꿋이 제자리를 잘 지켜주시니까 나도 그만큼 견뎌내고 여기까지 올 수 있었으며, 아이들도 모두 제 길을 잘 가주고 있을 거예요. 그러니 우리 모든 가족은 진정으로 당신께 감사하고, 존경해야 마땅하지요.

당신은 애국심도, 정의감도, 위기관리 능력도 탁월했고, 당신 학문에 대한 열정과 사명감도 남다르니 우러러 보지 않을 수 없답니다. 당신이 주관하셨던 수십 번의 국제학술대회, SCI에 등재된 여러 가지 저널을 내는 것은 당신이 아니고서는 어느 누구도 감히 상상조차 할 수 없는 일이지요. 누가 알아주지 않아도, 누가 높이 평가해 주지 않아도 당신이 현재 하고 있는 일이 얼마나 차원 높은 애국심의 발로인지, 얼마나 가치 있는 일인지, 당신의 능력이 얼마나 대단한지 난 잘 알아요.

좋은 관광지란 관광지는 다 데리고 가 주신 당신, 아버지가 안동에 정자를 지으신다니까 봉투를 만들어 장인께 건네주시던 당신! 내가 학회니 뭐니 하며 그렇게 쏘다녀도 불평 한번 안 한 당신! 당신 정년 퇴임식에서 답사를 하다 말고 내려와 내 손을 잡고 다시 단상에 올라가 당신이 받은 훈장을 내 목에 걸어주시던 당신! 내가 국제한국어문화재단 이사장이 되고 얼마 후 '이사장이 아이들이 타던 조그만 헌 차를 타는 건 체면이 깎인다' 며 새 차를 사주시던 당신, 그리고 또 내 정년 행사 때 앙드레 김이 디자인한 옷을 입고 싶다니까 주저 없이 카드를 내밀어 주던 당신! 당신은 아직도 휴지도, 로션도, 치약도 아껴 쓰고, 당신 자신을 위해서는 티셔츠 하나도 사지 않는 사람이면서 나와 자식들에게 쓰는 돈은 아까워하지 않는 당신, 술에 약간 취하시면 평소에는 못하는 사랑 고백을 수도 없이 하던 당신! 지금까지 한 번도 말 안 했지만 정말 당신에게 시집 온 건 나의 행운이었답니다. 내가 밖에서 아무리 이름을 떨쳐도 당신 앞에 오면 아무것도 아닌 당신의 아내일 뿐이었지요. 당신은 그만큼 그릇이 컸고, 그만큼 더 높이 계셨으니까요.

여보! 수십 년 동안 사회생활을 하면서 숱한 남자들을 다 보았지만 당신보다 더 멋있고, 존경스런 남자는 못 보았답니다. 이제 나도 정년이 되면 정말 당신과 함께 즐겁게 살아보려고 했건만 그만 불치의 환자가 되어 버렸네요. 그래도 이젠 주말부부도 조

금 덜 하고 남은 기간 아이들 효도도 받아보고, 손주들 커가는 것
도 조금 더 지켜보고, 시간 구애 안 받고 한국의 구석구석을 다
돌아보고 함께 떠납시다. 당신 칠순 기념으로 난 아무것도 준비
못했지만 당신을 존경하고 사랑하는 마음만 가득 담아 드립니
다.

당신의 아내 영이가

그는 바쁘기도 하지만 성격 자체가 무심하고 자상하지 않은
데, 그간 집안 살림도 곤고하고 연이어 집안에 우환도 있어 아
내가 진정 힘들게 살아 왔으련만 이런 편지를 받으니 고맙기도
하고 쑥스럽기도 하였다. 새삼 아내의 소중함과 아내에 대한
사랑으로 가슴이 뜨거워진다. 상철은 처음으로 자기가 남자로
태어난 것에 감사한 마음이 들었다. 만일 자신이 남자가 아니
었다면 오늘과 같은 자리에 올 수도 없었을 것이고. 특히 지영
이와 같은 여자를 아내로 두지도 못했을 것이 아닌가.

이때까지만 해도 막내딸이 태기가 없어 걱정했으나 여행에
서 돌아오고 1년 뒤에 아들딸 낳아 잘 키우고 있으니, 상철 부
부는 자식 농사, 손주 농사는 일단 끝난 것 같아 이것도 그들의
마음을 가볍게 한다.

단지 상철의 가슴 한구석에 깊이 박혀있는 무거운 돌 하나는
누이들에 관한 문제다. 누나와 여동생 생각만 하면 항상 마음이

무겁고 어지럽다. 평생을 열심히 산 누나도 너무 박복하고, 상희도 그 어렵던 시절에 대학 시켜주고 매제 취직시켜주고 지영이가 두 누이에게 지극한 정성을 쏟았으나, 아직도 형편이 좋아지지 않으니 상철이로서는 어느 누구에게도 털어놓지 못하는 마음의 짐이 되어 있다. 누나에게는 매달 용돈을 찾아 쓸 수 있게 카드를 만들어 보내주고 평소에는 잊고 산다. 이런 저런 일을 다 생각하다간 자기가 하고 있는 이 엄청난 일들을 할 수 없으므로 되도록 정신과 시간을 딴 데 뺏기지 않으려고 노력하면서 살고 있는 것이다.

분명 사람이 할 수 있는 일도 있고, 할 수 없는 일도 있다. 그리고 노력한 만큼 결과가 있는 것도 있지만 그렇지 않은 것도 있다. 신의 영역도 있고, 자연의 영역도 분명히 있어서, 제아무리 잘 난 사람이라도 신의 영역과 자연의 영역을 지배하지는 못한다. 그러니 사람이 할 수 있는 일 중에서 남이 잘 안 하는 일, 가치있다고 생각하는 일만 찾아서 어렵지만 사명감을 가지고 하고 있는 것이다. 말하자면 고군분투하고 있는 셈이지만 상철은 매일 남다른 보람과 행복을 느끼며 살고 있다.

그야말로 자기는 이제 국제학술지 내는 일에만 집중할 수 있으니 이 모든 것이 하느님 덕이고 조상 덕이다. 그저 겸손한 마음으로 모두에게 감사하는 마음으로 학술활동을 통해 애국할 따름이다. 내년에는 7개 학회를 묶어 하나의 초대형 국제학술대회를 서울에서 개최하려고 준비하고 있다. 이미 모든 분야별로 전 세계 30개국 300명의 조직위원을 구성하였고, 7개 학회 45개 섹션의 좌장도 다 정해 놓은 상태다. 그의 희망은 2,000명 이상의 학자들이 서울에 모이는 것이다. 그가 옛날에 유치하려던 큰 대회를 이번에는 자기가 조직하여 성대하게 개최하는 것이다.

웬만큼만 유능한 교수라면 연구비를 가지고 있고, 제자들을 많이 거느리고 있기 때문에 이런 큰 대회에 자기 제자들이나 후배들을 데려오고 싶어 할 것이고, 직접적으로 데려오지 않더라도 자기 나라 학회에서 홍보는 할 것이니 분명히 잘 될 것이다. 조직위원들은 자기가 이런 초대형 국제대회에 조직위원이라는 걸 알리기 위해서도 분명히 자기 나라 국내 학회에서 이곳 대회를 알리지 않을 리 없다. 또한 그동안 상철 자신도 두세 번 외국 학술대회에 참가할 예정이어서 그때도 이 국제대회의 브로슈어를 전시할 테니 학회에 참석하는 사람은 다 알게 될 것이었다. 내년 9월이 기다려진다.

'나의 기대가 결코 어긋나지 않을 것이다. 믿는 대로 이루어진다지 않는가.'

그는 분명 하나의 역사적인 행사가 서울에서 성황리에 이루어질 것이라 굳게 믿고 있다. 오늘따라 더욱 높아진 하늘에 새하얀 뭉게구름이 갖가지 모양으로 햇빛을 반짝반짝 빛내고, 상쾌한 바람이 그의 꿈을 축복한다는 하늘의 계시를 전해주고 있다.

그는 아내의 65세 생일을 맞이하여 참으로 오랜만에 아내를 데리고 용산 가족공원을 찾았다. 푸른 소나무, 노오란 은행나무들 사이에서 붉은빛으로 자신의 존재를 드러내는 단풍나무의 아름다움이 어우러져 독특한 운치를 만들어냈다. 노랑, 보라, 흰색의 국화도 흐드러지게 피어 가을의 정취를 한껏 높이고 있었다. 둘이는 국화꽃에 잠시 코끝을 가까이 대고 향기를 맡아봤다. 국화의 향기가 이토록 그윽하면서도 깊은 줄 새삼스럽게 느꼈다. 어릴적 동네 여기저기에 피었던 국화꽃을 마치 몇 십 년 만에 처음 보는 것처럼 국화의 매력에 빠져 본다. 미당의 시가 아니라도 국화는 가장 한국적인 꽃이라 했던가? 저쪽 담장 밑에는 여기저기 코스모스도 하늘하늘 피어있다. 이토록 신비스러울 만치 풍요롭고도 아름다운 천고마비 계절의 향연을 이처럼 만끽해 본 적이 언제였던가?

낙엽을 밟으며 오랜만에 팔짱을 끼고 산책을 하니 갑자기 옛날 지영과 데이트하던 시절이 생각났다. 주머니에 돈은 없고 오래 함께 있고 싶어 오늘처럼 팔짱을 끼고 끝없이 걸으며 세상을 다 얻은 듯 가슴 벅찼던 기억이 새롭다. 갑자기 가슴이 뜨거워지고 눈에는 이슬이 맺혔다. 그 때의 지영이가 아직 자기 옆을 지켜주고 있다는 사실이 새삼스럽게 감동으로 다가온다. '행복' 이란 단어가 하얀 눈이 되어 두 사람의 머리에 사뿐히 내려앉는다. 어느새 맥박이 빨라졌다. 상철은 팔짱을 끼었던 손을 슬그머니 내려 지영이의 손을 꼭 잡아본다. 새삼스럽게 찌르르하는 느낌이 왔다. 이 순간을 위해 살아온 것 같고, 온 세상이 자기들을 위해 존재하는 것 같다. 하늘도 땅도 공기도 모두 자신들에게 축가를 불러주는 것 같다.

산책을 마치고 최고급 호텔의 최고급 식당으로 가서 웨이터가 안내해 주는 대로 창가에 앉았다. 상철은 마치 처음 보는 사람처럼 아내를 찬찬히 살펴봤다. 곱상한 얼굴형은 그대로 있으나 이마며 눈가며 턱에는 세월의 흔적이 역력하다. 갑자기 애처로운 생각이 들었다. 누구보다도 반듯하게 열심히 살아준 아내에게 무슨 말로 어떻게 위로하고 감사해야 할지 몰랐다. 웨이터가 와서 주문을 받아 갔다. 와인도 시켰다. 다시 아내 얼굴을 봤다. 이번에는 20대의 그 맑고 청순한 얼굴이 나타났다. 갑자기 프러포즈를 하고 싶은 생각이 들었다.

'지영씨, 우리 앞으로 백 년 동안 아침에 영롱하게 해 뜨는 광경과 장엄하게 불타는 황혼을 함께 볼 수 있을까요?'

―여보, 왜 그래요?

아내가 이상한 그의 침묵을 깨고 말을 걸어왔다.

'응, 그렇지. 내가 지금 아내 생일 축하하러 와서 뭘 하는 거야?

―응. 여보, 축하해요. 당신 생일을 이렇게 단출하게 해서 어떡해? 난 당신을 나 혼자 독차지하고 싶어서 우리 둘이만 왔는

데, 섭섭해요?

　-아니요. 물론 아이들이 모두 함께 왔으면 더 좋겠지만, 당
신과 단둘이도 좋네요. 더구나 이렇게 근사한데 오기는 처음이
잖아요?

　그는 뜨끔했다.

　-정말 처음이에요? 미안해요.

　-아니에요. 우린 국내외 여행도 많이 다녔고, 당신 나한테
그동안 외조 많이 하셨잖아요?

　-정말 그 말 내가 꼭 하려고 했는데……. 난 정말 당신의 내
조가 없었다면 오늘의 나는 없었을 거요. 참으로 고마워요. 아
마 내가 이 세상에서 가장 잘 한 일 한 가지만 얘기하라면 '당
신과 결혼한 것' 이라고 자신있게 말할 수 있어요. 당신과 산 세
월이 나에겐 더 없는 축복이었소. 당신이 거의 완벽하게 날 이
해하고 응원해주니 나야말로 행운이고, 진정 행복한 사람이
오. 당신은 나에게 있어 남녀 간의 사랑, 친구 간의 우정, 동료
애 이 모든 것을 느끼게 해주는 유일한 사람이라오.

　-당신 오늘 나에게 너무 과한 생일선물을 주시네요. 나도 당
신과 결혼한 것은 크나큰 행운이었어요.

　전채와 와인이 식탁 위에 놓였다. 웨이터가 와인을 보여주
며 뚜껑을 따서 그의 잔에 조금 따르고는 맛을 보란다. 그가 맛
을 보고 고개를 끄덕이자 두 사람의 잔에 3분의 1쯤 채워 놓고

갔다. 둘이는 잔을 부딪치며 ‘위하여’를 했다. 참으로 오랜만에 찾아온 오붓한 시간이었다. 그는 난생 처음으로 아내의 목에 진주 목걸이를 걸어줬다. 아내의 눈에 물기가 서리는 것 같았다.

　―우리 이렇게 조금만 더 살다가 함께 갑시다.

　이때 건너편의 그랜드 피아노에서 차이코프스키 ‘4계’ 중 가을에 해당하는 ‘10월’이 연주되고 있었다. 지영의 생일이 10월인 걸 고려해 그가 미리 부탁을 해 두었기 때문이다. 지영은 자기가 좋아하는 곡이라며 좋아했다. 피아노 소리가 은은하면서도 정감 있게 온 홀에 울려 퍼졌다. 그는 문득 까마득한 지난 날 아내에게 했던 찬란한 약속을 떠올리고 있었다.